最推しの義兄を愛でるため、長生きします！ 2

登場人物
「アルバは最高だよ」
オルシス・ソル・サリエンテ
義弟であるアルバを溺愛する。優秀で冷徹な側面を持っているが、アルバに対してはとにかく甘い。
アルバ・ソル・サリエンテ
転生したら最推しが義兄になっていた。乙女ゲームのシナリオにおびえていたが、なぜか溺愛が加速していて、困惑している。
「兄様のために最高にいい子になります！」

セドリック
ミラを引き取った
公爵家の少年。
ミラの扱いに苦戦している。
ジュール
ブルーノの弟。
遠巻きにされがちな
アルバにもフラットに
接している。
ミラ
乙女ゲームの主人公
ポジションの令嬢。
猫かぶりが得意だが
根は素直。
ハルス・
ソル・サリエンテ
オルシスの父で、
アルバの義父。
アルバの秘められた才能に
気が付きつつある。
ブルーノ
アルバの病を治す
薬を開発中。
ルーナと仲がいい
ようで……？
ルーナ・
ソル・サリエンテ
アルバの妹。
小さいながら、氷魔法が得意。

目次

プロローグ

『今日も今日とて推しが尊い……』

最推しの絵《スチル》を見つめながら、俺はハァ、と満足の溜息を吐いた。

『光凛《こうりん》夢幻《むげん》∞デスティニー』というスマホアプリ、俗にいう乙女ゲームの攻略対象者の一人であるオルシス・ソル・サリエンテを、俺は推しに推していた。

神が作りたもうた最高の銀糸のような銀髪、まるでアメジストをそのまま瞳に嵌め込んだような紫の瞳、そして作り物のようにどんな時でも変わらない表情……

どれも最高！　この世に降り立った最高最強の女神……！

そう思っていたところ母の再婚によって、俺はそんな最推しの思い出の義弟になりました。

――最推しの義弟とは、不治の病《やまい》を患《わずら》っており、本編の高等学園が始まる前に既に儚くなった人物。ゲーム内では最推しの心に闇を植え付けた「思い出の義弟」とだけ出てきていた。

それが、この世界での俺だった。

初めてそのことがわかった時、あまりの驚きと感動に俺は文字通り昇天しそうになった。

初顔合わせで『ラオネン病』の発作を起こしてしまったのだ。

最推しが義理の兄だなんて、テンションマックス振り切ってそりゃあ発作も起こすよね!!

でも、その時見た最推しショタ兄様のちょっと遠慮がちな、けれどちゃんと俺を歓迎してくれようとしているのがわかる柔らかい笑顔がそれはもう可愛らしく、俺が今まで持っていなかったショタという属性の扉を無理やりこじ開け、新たなる境地を開拓してくれた。

自分がショタ萌えなんていう属性を後天的に植えつけられるとは思ってなかった！

新しい父は生家とは比べ物にならないほどのお金持ちで、俺の持病である『ラオネン病』に効能もお値段も高い薬を惜しげもなく使ってくれた。そして兄様は俺が発作で苦しんでいる間中、ずっと手を握って魔力を分けてくれていた。兄様マジ女神。

今世最高かよ、と思った時期もありました。

けれど、俺は思い出の義弟。

最推しの表情筋を死滅させるのが、俺と義父によるものだと前世のアプリ情報で知っている。

犯人は俺だ。

今はまだ、花もほころぶような笑みを浮かべる最推し。この最推しの最高に女神な会心の笑顔をなくさないよう、せっかく最推しの義弟になったのだからと俺は突っ走ることにした。

まずは兄様を毎日たくさん褒める栄誉をいただき、兄様に冷たくする義父を注意しつつ、義父の代わりに俺が溢れんばかりの愛情を贈り続けた。

その結果、義父は兄様を愛する息子と呼び、兄様はまるで花開く瞬間のような綺麗な笑顔を俺に向けてくれるようになった。

ここは天国かな。天国だね。俺、そんなことを想うと、また発作が起きるんだけどね。

さて、そんな俺は、兄様の栄えある九歳のお祝いの席で、盛大な発作を起こして一週間生死の境を彷徨《さまよ》った。いつも以上に重い発作に、これは死亡フラグを破壊しないとだめだと一念発起した俺は、アプリ知識を総動員して、『ラオネン病』の特効薬を探しに、魔物蔓延《はびこ》るメノウの森に行くことを思い立った。しかし兄様に見つかり、二人してメノウの森に転移してしまった挙句、結局は義父に助け出された。でも兄様も義父もとても優しくて、俺の言葉を全て信じてくれた結果、『ラオネン病』の特効薬の元になる植物をとうとう見つけることが出来たのだ。

けれどやっぱりそれを食べるだけで治るほど『ラオネン病』は簡単な病《やまい》ではなくて……

義父が助っ人として呼んだのは、もう一人の攻略対象者、ブルーノ君だった。

天才ブルーノ君と、素晴らしさと賢さは誰にも負けない兄様は、まだ中等学園にも通っていない時からずっと俺の病気を治そうと、『レガーレ』と名付けられたメロン……間違えた、『ラオネン病』の特効薬を寝る間も惜しんで研究してくれていた。

そんな兄様とブルーノ君の登場する『光凛夢幻∞デスティニー』というゲームは、市井《しせい》で育った主人公が、その莫大な魔力と光属性を認められて、高位貴族の下に養子に入り、貴族子息子女たちが通う王立ソレイユ高等学園に入学するところから始まる。

選んだ攻略対象者と一定以上の好感度とレベルを満たし、二人で力を合わせて国の要《かなめ》である『守護宝石』に魔力を注入し、地脈だか魔脈だかを復活させれば、王国を救ってエンディング。

恋愛ゲームの醍醐味、トゥルーエンドと呼ばれる告白エンドだ。

上げた好感度、育てたステータス、選んだ分岐点によってルートの変わるマルチエンディングのこのゲームは、そのルートによってゲットできるスチルが違うので、やり込み要素が満載。

最推しのスチルはもうどれも垂涎もので、ゲットするたびに尊さに涙を流したっけ……

一番のお気に入りは、友人ルートの微微微笑。「今、笑った……のか？」と疑問符が付いてしまう程の口角の微上昇は、俺のハートを直撃し、しばらくの間悶《もだ》え転がったのはいい思い出だ……

話が逸れた。

そうそう、その攻略対象者である兄様とブルーノ君。

ゲームではどちらも闇を抱えていたけれど、今は全然そんなことはない。

兄様はお日様のような、いや、女神のような笑顔を惜しげもなく振りまくし、ブルーノ君はうちの研究所に居候のように住み着いて何やらのびのびと生活しているので、実家の侯爵家で冷遇されてなどいない。

そして思い出となっているはずの義弟である俺は、今も元気に兄様の笑顔を見てはあまりの尊さに廊下で丸まっている。嗚呼、守りたい、兄様の女神の微笑み。

さらには義父と母の間にルーナという天使のような妹も生まれ、これはもう死亡フラグはへし折ったのではないかと思いつつ、俺は無事中等学園生として兄様と共に学園に通うことになった。

しかし、すっかり安心しきっていた俺は、死亡フラグがまだ立ったままだったことに気付かなかった。

一年生の半ば、何の前振りもなく、特大の発作に襲われた。

苦しい夢の中で見たのは、プレイしていたゲームの続きだった。レベルカンストと最推しの新しい服装『ラフ系制服』を手に入れたことによって起こる新要素イベント、新種の植物ゲットのその先のストーリー。

最推しは、ゲットした新種《レガーレ》の植物が光魔法を受けて『ラオネン病の特効薬』に変化していたことを伝えてくれる。それから最推しがぽつりぽつりと義弟に対する隠された気持ちを打ち明けて……

『新スチルゲットォォォォォォ！』

俺は夢の中で最高に尊い最推しのスチルをゲットし、涙したのだった。

その時の俺は、前世の世界が本物か、兄様のいる世界が本物か見分けがついていなかった。それから大興奮のまま寝入って、目が覚めた時、覗き込んでいた最推し……いや、兄様の顔が、夢なのか現実なのか判断が付かなかったのだから。

そうして生還した俺の話を聞いた兄様が、光魔法の使えるツヴァイト第二王子殿下を連れ帰ってきてくれた。

本来ならこんな簡単に王族を家に誘うなんてできないんだけど、さすが兄様。頼りになりすぎる。気さくにうちまで来てくれた殿下は、兄様たちと共に研究所に籠《こも》り、ベッドの上でソワソワしていた俺に、朗報をもたらしてくれた。

目の前には夢で見た『ラオネン病の特効薬』であるレガーレの変異種。これを食べれば俺はもうあの苦しい発作に襲われないで済む。

兄様がやってくれた。兄様とブルーノ君が。そして殿下が。

信じられない想いでレガーレ改を食べれば、それはまるで兄様の笑顔のようなとても優しい味がした……

そんなこんなで、俺は十一歳にして、不治の病《やまい》を克服できた、らしい。ついでに光属性も手に入れてしまったようだ。

第二王子殿下が鑑定してくれたから多分本当。

そして、本当に俺の病《やまい》が消え去ったのか確認するために、ブルーノ君が取った方法はというと。

「オルシスが、口移しでお前に果汁を飲ませたんだよ」

ブルーノ君の言葉によるあまりの衝撃で、俺は意識を失ったのだった……

一、最推しに迫りくる乙女ゲームの影

俺の意識が覚醒したのは、ブルーノ君に爆弾発言をされてから一時間ほど経ってからだった。

発作は、なかった。

あんなことを聞いてしまった今までの俺なら、確実に発作を起こしていた。そうでなくても兄様の素晴らしい姿を見ると毎回動悸と息切れが酷くなって、ブルーノ君飴を手放せない状態だったのだ。く、く、口移……っ、そ、そんなことをされたなんて聞かされたら、確実にぽっくり逝く所だったはずだ。

ということで、レガーレ改は成功。でも、話し合いの結果、レガーレ改はまだしばらくは世に出せないと義父が決めた。

世に出すとしたら、殿下がしっかりと成人して、爵位を賜《たまわ》って臣籍降下する時だそうだ。

その時がきたら、殿下が一手に管理することとなったらしい。何せ食べたら超貴重な光属性がくっついてきちゃうから、悪用を防ぐため、殿下が責任を持って、レガーレ改で命を救った人を傘下に置けるようになってからじゃないと絶対に大変なことになるんだって話だ。確かに。

幸い、ブルーノ君が今現在管理している薬は安価なうえに効果はあるし、市井《しせい》にもちゃんと販売ルートを確保しているらしいので、あと五年はそれで保たせるとのこと。

俺がこの歳まで生き延びたっていう前例が出来たから、今まで半信半疑だったブルーノ君の薬も信用出来るものだと大々的に言えるそうだ。

殿下は爵位を賜《たまわ》ったら、公爵として、義父と肩を並べることになるんだって。殿下はまだ中等学生にしてそういうことを既にがっつり頭に入れていて、義父も舌を巻くほどの大人顔負けの交渉術を持っていた。義父にとっても殿下と手を組むことは悪いことではないらしく、本格的に『第二王子殿下の後ろ盾』になることにしたみたいだった。

そんな話を兄様たちが義父と共にしているのを聞いて、あなたたちは本当に十五歳ですか？　と真顔で問いたかった俺。明らかに頭脳は大人って感じでしょう。

もしかしてこの世界こんな人たちばっかりなのか？　それとも、攻略対象者が段違いなのか？　アドリアン君だって実は頭脳派だし。うん、こんな人たちが国の中枢にいるって、この国安泰だよね。

兄様たちは俺を優秀って褒めてくれるけれど、どこをどうひっくり返しても俺にそんな素質はない、と断言しよう。

「アルバはこれから、どうしたい？」

さて、そんなこんなで義父に問われて、俺はドキドキしながら顔を上げた。

もし、病気が完治したら、絶対にしたいことがひとつだけあったんだ。

今まで一度もできなかったこと。

「魔法を使ってみたいです」

せっかく魔法のある世界に生まれたのに、魔法を使えないなんてどんな拷問だよ、ってずっと思ってたんだ。今まではラオネン病のせいで使えなかったけれど、病気が治ったなら、多分、きっと、もう使えるんだよね。

隣で俺を支えるように座ってくれていた兄様は、俺の言葉を聞いてとても優しい顔で微笑んだ。

「そうか。アルバは小さなころから魔法が気になって仕方なかったもんね」

はい、と言って、兄様を見上げた俺の視線は一ヶ所に釘付けになった。

なんていうか、なんていうか。顔が熱いし、視線が唇から逸らせない。だって、だって。

頭から噴火しそうな勢いの俺に、兄様は色気駄々洩れの微笑みをこれでもかと投げ付けてくるのが耐えられない。

耐えられなさ過ぎて両手で顔を覆ってしまっても仕方ないと思う。兄様のご尊顔が、今はとてつもなく眩しすぎる。特に薄めのセクシーな唇が！

ついに震え始めた俺を見て、兄様がじとっとした視線をブルーノ君に向ける。

「ブルーノ……アルバが僕を見てくれなくなってしまったじゃないか。この落とし前どうしてくれる……」

「発作が起こらないと確認出来てよかったじゃないか」

「本当に発作が起きたらどうするつもりだったんだ！」

「オルシスが口移しでレガーレを流し込めば大丈夫だろ」

「ブルーノ！」

ああ顔から火を噴きそうだ。

俺の心臓破裂するんじゃなかろうか。だって、最推しとく、く、く……！

あっさりと解決策を提示するブルーノ君は何気に兄様の反応を楽しんでいるみたいだった。仲がいいのは嬉しいけれど、俺をダシに兄様をからかうのは本気でやめてほしい。俺がまず致命傷を負うから。口から心臓が飛び出しそうだ。

抗議しようと視線を向けると、ブルーノ君がにやっと笑う。

「アルバはもう少し慣れないとな。オルシスはアルバを手放す気はないらしいから」

「な、慣れるって、ナニ、ナニに……」

「オルシスとの接触に」

無理――！　はい無理――！　最推しとの接触って、ナニ、ナニがナニに接触をすると……！

最推しが出てくる成人指定のほにゃらら同人誌を数点嗜《たしな》んでしまったことがあるせいか、簡単に想像できすぎて鼻血が出そうだ。ヤバすぎる。

中でも滅茶苦茶好きだった絵師さんのブルオル本でアレのナニするアレが詳細に描かれていたせいか、ブルーノ君の言葉にいちいち余計な反応をしてしまう！

ちなみにブルオルは解釈違いのため即読むのを止めたけれども。俺には公式で楽しむのがベストだったんだ。オルシス様単体推しだったんだ。同人誌は……自分では全年齢の物しか出したことがないから！　あの絵師様の最推しは最高に素晴らしかったけれども！

「そうだな」

兄様の腕の中でおぐおぐ悶《もだ》えていると、兄様はいいことを思いついたとでも言うように、俺の顔を隠していた両手を強引に指で持ち上げた。

顎《あご》クイ頂きました！　はいもう許容量いっぱいいっぱいだよ！

心の中で叫んでいたら、兄様は顔を寄せて、あろうことか、俺の頬にチュッと唇を寄せた。

「はうわあぁぁぁ……」

「アルバ、これは挨拶だよ。父上とも義母上ともするだろ」

「そそそうですけれども……！」

「アルバだって父上と挨拶するだろう」

「た、確かに頬を寄せて挨拶はしますけれども……！」

「アルバ、それと同じだよ。これからは毎日しよう。僕に慣れてくれるように。いつも僕が顔を寄せるとアルバは飴を口に放り込むから、中々こういうこともできなくてとても寂しかったんだ。僕だけアルバに挨拶できないなって思って」

シュンとした兄様があまりにも可愛すぎて、俺の頭はショート寸前。

確かに兄様とはハグの挨拶しかしなかった。だって最初にやられたとき、あわや発作が⁉　の状態になってしまったから。

「た、確かに……！　寂しがらせてしまっていたんですね、僕」

「それだけ僕を大好きでいてくれるってことかなって、自分に言い聞かせていたんだけど……もう発作が起きないなら、僕も挨拶をしたいし、少しずつ慣れていってくれないかな」

「はうう、頑張ります……！　兄様が嬉しいなら、あ、挨拶ちゅーの一つくらい……！」

心臓が口から飛び出しそうになりながら、兄様の頬に唇を近づける。

俺が、最推しに、ちゅー。頬だけど、ちゅー。

心臓の音が煩くて、あまりの難易度にくらくらしながら、俺は意を決して目の前の白くてキメの細かい美しい頬に唇をくっつけた。

一瞬で離して、もう一度手に顔を埋《うず》める。

すると、義父の「見ているこっちが恥ずかしくなるよ……」という呟きが聞こえてしまって、俺は撃沈した。

「本当にオルシス君は旦那様そっくりですね」

母の呟きに、どこがどういう風に兄様と義父がそっくりなのか、絶対に知りたくないと思った俺だった。

さて、そんな俺の初魔法は、密《ひそ》やかに、家族に見守られながら発動した。

とはいえ、レガーレ改を通して定着したのは、殿下の光属性の回復魔法のみ。

どう頑張っても、攻撃系の魔法はまったく発動しなかった。回復魔法は発動したみたいだけれど、実際に傷を治したわけじゃなくて、草花に掛けてみたらうなだれていた花が上を向いて少し元気になったかな？　というくらいだったので、正直きちんと魔法が発動したのかどうかはよくわからない。

ただ馴染みの魔力が抜ける感覚はあったので、魔法が発動したとは思うんだけども。ちなみに発作かと思ってちょっと怖くなったけれど、すぐ魔力が抜ける感覚は止まったのでホッとした。

義父と兄様とルーナの魔法を見ているせいか、俺のショボさが浮き彫りになった瞬間だった。素人だもん、仕方ない。

そんな色々なことを経てから、俺は学園通いを再開した。

義父は、今年いっぱいくらいは学園を休んでもいいんじゃないかと言っていたけれど、兄様と一緒に同じ学園に通えるのは今年だけなんだよ。一緒に学園を満喫したい。

そんな俺の我儘で、学園再登校と相成った。発作が起きてからゆうに二か月が過ぎていた。

学園に行くと、どの授業でもリコル先生が教室に待機することになっていた。

俺の発作は学園側にもかなりの傷跡を残したらしい。リコル先生はもちろん、俺のことを色々と言っていた生徒たちも、俺が学園に顔を出した瞬間ホッとした顔をしていた。

とはいえ授業は粛々と進み、休み時間を迎えた。すると前に壁の向こうで話をしていたクラスメイトがそっと俺のそばに寄ってくる。

そして、きまずい顔のまま、何か言い淀んだあと、勢いよく頭を下げた。

「あ、あの、すみません！　ジュール様に聞きました。僕たちが言ったことをアルバ様が聞いてたって。それを気に病んでいて、発作を起こしたんじゃないかって思ったら、僕もう、いてもたってもいられなくて。謝りに行こうとしても僕の立場では公爵家に近付くこともできなくて……あの、どうしたらいいか、分からなくて。どうやったら、償えますか」

一気に言われて面くらっていると、その生徒が大粒の涙をぼたぼたと落とし始めた。

ええっとこの子、そもそも何をしたんだっけ。そうだ、俺がテストでお金を積んで順位を上げたとか言ってたんだっけ。

自分のせいで俺が死んだら自分が生きていてはいけないのでは、と考えるくらい追い詰められたらしい。えっと、ジュール君、どんなことを言ったんだろう。結構口の悪いブルーノ君よりは丁寧なイメージがあるから、やんわり言ったんだとは思うけど。

いつも思うけど、フォローの仕方が怖いよジュール君。

目の前で泣かれるのも困るので、どうしようかとクラスをぐるりと見回すと、ちょうどこっちを見ていたジュール君と目が合った。多分自分の名前を呼ばれて、気になったんだろう。ジュール君は間違ったことは言ってない、とでも言いたげに憮然としていた。そうだけどね。

助けてはくれなそうだな、と察して俺はポケットに入っていたハンカチを取り出すと、とりあえず目の前の子に差し出した。

「僕自身はもう大丈夫です。ほら、ちゃんと生きてるでしょ。謝ってほしいのはそこじゃなくて、父様と兄様を侮辱したところかな。そう侮辱したことを謝りに来るなら、うちに来てもいいです。でも謝りに来ないならしかるべきところに――」

だんだんあの時聞いた言葉を思い出してふつふつと怒りが湧いてきて余計なことまで口をつきそうになる。さらに口を開こうとした瞬間、教室の後ろで待機していたリコル先生に名前を呼ばれた。

「アルバ君。廊下にオルシス君が来ていますよ。アルバ君が遅いから心配になったと」

「兄様が!? ほんとに!? うわあ、そんなに遅くなっちゃったんだ。ごめんなさい兄様! もう用事は終わりましたので、今すぐ行きます！」

椅子から立ち上がって、リコル先生にお礼を言うと、俺はもうすっかり目の前で泣いていたクラスメイトの存在など忘れて教室を飛び出した。

廊下にいた兄様とブルーノ君に駆け寄っていくと、ブルーノ君にすかさず「走るな」と注意されてぎこちなく早歩きに切り替える。兄様は俺のそんな姿を見て首を傾げた。

「何かあったの?」

「クラスメイトと話をしていただけです。あの、そういえば、その内クラスメイトがうちに来るかもしれません」

そう言うと、兄様が意外そうに目を見開く。

「そうなんだ。友達？」

「友達……ではないんじゃないかな」

「これから友達になりたいの？」

「いえ、特には」

「じゃあ、どうして家に呼んだの？」

「謝罪を要求しました」

「謝罪……ええと、アルバ？」

俺の言葉が足りず、兄様が眉根を寄せる。俺は慌てて彼が何をしたのかを語り始めた。

義父と兄様を悪く言ったことだけは絶対にしっかりと二人に頭を下げるまで許さないつもりだ、と鼻息を荒くすると、ブルーノ君が「落ち着け」と俺の頬を突いた。

ほら深呼吸、と言われてスーハー、と息を吸って吐く。そんな俺を一緒に教室から出て来たリコル先生は心配そうに見ていたけれど、リコル先生にも俺のラオネン病が治ったことはまだ秘密なんだよね。申し訳ない。

あ、でもそれを教えちゃうと、安心したリコル先生が高等学園に戻って通常のゲーム設定に戻っちゃうのかな。

うん、ありそうで怖い。

気を引き締めよう。

そう思った時、教室内からジュール君の声が聞こえてきた。

「アルバ様は、君が素直に陰口を言ったことを謝罪すれば許してくれるって言ってるんだよ」

「でも、こ、公爵家に行って公爵家の悪口言ってごめんなさいって謝るのはさらにハードル上がるんじゃ……」

「泣いたって状況は良くならないよ。……公爵家の方々は、アルバ様をとても大切にしているから、ハードルは下がったんだと僕は思う。早めに行った方がいいよ」

「う、うん。すぐに向かう。親に伝えたいから、今日はもう早退しようかな」

「わかった。僕から先生に伝えておく」

何やらやっぱりジュール君はフォローをしてくれているようだ。申し訳なさとありがたさでちらちらと教室を見る。すると同じくブルーノ君が真顔で教室を見つめているのに気が付いた。

もしかして、ブルーノ君ってジュール君と全然まともに話をしてないんじゃなかろうか。

同じ学校だし、こんなに近くまで来るのに。

でも、それを言い出せるほど、俺もジュール君とはあまり話さないんだ。ジュール君は悪い子じゃないけど、ブルーノ君を否定するところだけはちょっと好きになれないから。

もういっそのこと、ブルーノ君はずっとうちにいればいいのに、なんて思う。

兄様もルーナもブルーノ君と一緒にいるとすごく楽しそうだから。俺も頼りきりで、もう一人のお兄ちゃんのような感じがしているんだ。

そんなブルーノ君の視線に思いを巡らせつつも、何も言えないままでいると、いつの間にか教室内の会話は終わっていた。兄様は俺たちの様子に気が付いていたのか、さりげなく「ランチに行こうね」と言って移動させてくれる。さすが兄様。

　俺は横を歩く兄様の制服をそっと掴んだ。


　その日家に帰ると、義父が俺たちを出迎えてくれた。

「テンダー伯爵から先触れがあって、どうしてもうちに来たいと言っていたんだが、心当たりがあるかい？　私はあまりテンダー家とは懇意ではないんだが」

　その言葉に俺は慌てて手を上げる。

「あ、それ、同じクラスにいる人の家です」

「お友達かい？」

「違います」

「違うのか。では、アルバに取り入ろうとする子かな？」

「それも違います。僕が家に呼びました」

「お友達になりたかったのかい？」

「違います」

　まったく同じような会話を兄様ともしたな、とおかしく思いながら、謝罪を要求しましたと言うと、義父は笑顔のまま頭にクエスチョンマークを乗せた状態になった。義父も兄様にそっくりでこういう時はすごく可愛い。

「謝罪、とは」

「兄様と父様を侮辱したので謝罪に来ないと許さないと言いました」

「侮辱？」

「彼が言うには僕が試験で上位になれたのは、不正をしたんじゃないかと。父様が寄付をたくさんして試験の順位を上げたのではないかと。僕が上位にいたのは兄様にたくさん勉強を教えてもらったからとまぐれであってお金の力じゃないのに。今日謝ってきたけど、うちに来て父様と兄様に頭を下げるまで許さないと突っぱねてしまったんです」

「アルバが不正……ふうん、そうか」

俺の説明を聞いて、義父がすごく迫力のある笑顔を顔に浮かべた。雰囲気がなんていうか魔王のようでとても素晴らしい。ちょっとビビってしまいそうになる雰囲気がほんと、カッコよすぎて見惚れる。

ついつい兄様の凍りつくような笑顔を思い出してときめいていたけれど、俺は慌てて首を振った。

「僕のことはいいんです。もともとそれほど頭はよくないですから。ただ兄様と父様が悪く言われるのだけはどうしても許せなくて」

「アルバ、怒るのはそこじゃないよ」

「父上、僕も同席してよろしいでしょうか」

「もちろん。謝罪に来る伯爵は私とオルシスに謝罪をするだろうからね。でもね、オルシス、本質を見失ってはいけないよ。相手が本当に謝らなければいけないのはどこか、本当にわかっているのかを見極めるんだよ。オルシスがまだ中等学園にいる間に、しっかりと釘を刺さないとね」

「大丈夫、ぬかりありません」

ふふふ、と顔を見合わせて笑う二人は、なぜだかとても禍々しく、まるでここが魔王城のようで、胸が高鳴った。つい癖でブルーノ君の飴を探し出してしまう。あああ、麗《うるわ》しい。

そして迎え入れられたテンダー伯爵とそのご子息は滅茶苦茶青い顔をして応接室の椅子に座っているけれど、仕方ない。俺の両隣にいる二人から、ひしひしと魔王の気配がしているのだから。

震える声で伯爵が謝罪の言葉を述べても、その雰囲気が緩和されることはなかった。

――結局、伯爵たちが帰っていくまで兄様たちは魔王のままだった。

俺としては、兄様と義父への謝罪が聞けて大満足だったけど、二人にとってはそうではなかったらしく、テンダー親子が帰ってから、二人はぴたりと揃った溜息をついた。

「本当に私とオルシスへの謝罪だけとは……嘆かわしい」

「あれほど僕たちはアルバを可愛がっていると伝えていたのに」

「僕はちゃんと二人に誠心誠意謝ってくれたので大満足です！」

ふんす、と鼻息荒く伝えると、両脇からハグされてしまった。役得じゃん！

「アルバは本当に天使だ」

「アルバは本当にいい子」

声をそろえてそんなことを言われて、思わず心でツッコむ。

いい子で天使だったらまず家まで謝罪に来いなんて言わないよ。俺だって腹立ててたんだよ、と。

天使のように全てを許すなんて無理だからね。

とはいえ綺麗な銀髪に挟まれて幸せいっぱいになったので、二人の頭を撫でてさらに幸せに浸る。

次の日、教室に入った瞬間にテンダー家のご子息に土下座されて泣きながら謝罪されることになるとは、この時の俺はまったく知りもしなかったのだった。

◇◆◇

——面白おかしい噂というものは、伝わるのは早いけれども、リークしてくれる友人がいないとまったく本人の耳には入らないものだ。

『公爵家の次男は同級生を泣かせて地面に頭を擦り付けて謝罪させる。奴に手を出せば地面に頭を擦り付けさせられて踏みつけられる』

こんな噂が新入生の間で密かに囁かれていたのを知ったのは、テンダー家のご子息が俺に土下座してきてゆうに一週間を過ぎてからだった。

そっと教えてくれたのは、隣の席の子爵家の次男のアーチー君。何かクラスの雰囲気がおかしいな、と思って話しかけたら、そっと教えてくれた。多分このクラスの子たちは事の真相を知っていると思うんだけど、俺を見る目はどこか恐れているようだ。

初日から居心地悪かったけれど、今はさらに居心地が悪い。

でも、俺が望んで再開させてもらった学園通いだから、甘んじて受ける。だって兄様との昼ランチは、学園に通っていないと出来ないし！　ココダイジ。だから皆が俺を恐ろしいモノを見る眼つきでも全然気にならないのだ。

大事なのは兄様と一緒ということ。朝も一緒に通うからこそ、同じ時間にご飯を一緒に食べられる。それがなかったら時間がズレて、ほぼ一日顔を合わせることなく過ごさないといけなくなる。それすら今年いっぱいだから、今はどんな状態でも兄様との時間を大切にしたい。

……来年からは、一緒に通えなくなるんだろうか。敷地自体は高等学園もお隣なんだけど、何せ学園敷地が広すぎて、中等学園から高等学園に行こうとすると、大分時間がかかるんだ。馬車だったらそこまでかからないんだけど。

噂を聞いてから数分間、そんなことをぐるぐる考えて考えて――

「あ、いっそのこと馬術部に入ればいいんじゃないかな」

俺の頭には名案が浮かんでいた。

そうして部活動の時に馬で高等学園まで行けば時短になる。いい考えだと思ってつい呟いたら、お隣のアーチー君が驚いたような顔でこちらを見ていた。

「どうしたんですか？」

何か言いたげな姿に声を掛けてみると、アーチー君は困ったような顔で声を潜めた。

「アルバ様は、お身体が本調子ではないのでしょう。その状態で乗馬は、危ないのではと気になってしまい……」

なんてこった、アーチー君が優しい。それでも一瞬で兄様と乗馬という夢が消えるのは悲しくて、思わず彼に言い募る。

「最近はすごく体調がいいんですよ。だから、これを機にと思ったのですが」

「体調がいいのは喜ばしいことですね。ですが、あまり無理はしない方がいいかと。聡い馬は体調の良し悪しすら嗅ぎ分けると言いますし……」

そう言ってからアーチー君は何か言いたげにもにもにと唇を動かしてから、俺に向かってちょこんと頭を下げた。

「……乗れることを、お祈りしております」

「……ありがとうございます」

祈られてしまった。望み薄ってことか、と笑顔のまま溜息を呑み込む。

カバンに教科書を詰め込んで帰りの用意を終えた俺は、ではお先に失礼します、と教室内の生徒に頭を下げてから廊下に出た。

背後で空気が緩んだ気がしたけれど、気のせいじゃないよね。ちょっと寂しい。けど顔に出すと兄様たちを心配させちゃうから、にこやかに。

そういえば、と廊下を歩きながら思う。

兄様が馬に乗っているのを見たことがない。うちにも馬はいるけれど、厩《うまや》がどこにあるかもわからないし、馬車に繋がれた馬以外うちでは見たことがない。

兄様に聞いてみようか。

ワクワクしながら馬車まで急ぐと、馬車を停めておく場所には、うちのお抱えの御者さんが待っていた。

「アルバ坊ちゃま、おかえりなさいませ」

「いつもありがとうございます」

笑顔で迎えてくれる御者さんに頭を下げた俺は、すぐには馬車に乗らないで、少しだけ前にいる馬に近付いた。すると御者さんがハッとしたようにこちらを見た。

「アルバ坊ちゃま、いきなり近付くとアマーリエがびっくりしてしまいます。今日はどうなさったんですか？」

「ちょっと馬が気になって。この子はアマーリエというのですね。撫でたらだめですか？」

首を傾げると、御者さんはすぐに優しい笑顔になって馬――アマーリエの手綱を取った。

「いえいえ、ゆっくりと近付くなら大丈夫ですよ。ほら、アマーリエ、坊ちゃまがお前を撫でてくださるそうだぞ」

アマーリエは御者さんの言葉が分かったのか、俺の前にぬっと顔を差し出してくれる。

鼻の上を撫でてくださいと言われたので、そっと撫でる。思ったよりも馬の毛は硬くて、でも温かくて、ドキドキしてしまった。

「この子は大人しくて優しい子なんですよ。でも中には気性の荒い子もいますので、不用意に近付いてはいけません。蹴られたら命が危ないかもしれません」

「分かりました！　ああ、可愛いなあ。撫でさせてくれてありがとう」

俺のお礼に、アマーリエはまるで母様のような母性溢れる視線で俺を見下ろした。そしてその顔を俺にスリ……とくっつけてから顔を起こした。凛とした姿がかっこいい。

そのまま馬車に乗らずに見ていると、兄様たちが近付いてきた。

「アルバ、馬車にも乗らずにどうしたの」

「アマーリエと親交を深めていました。本物の馬ってかわいいですね。兄様は乗馬できるんですか？」

「僕？　馬なら乗れるよ。今度馬に乗ってお出かけしようか。遠出はまだダメだけどね」

「いいんですか……!?　じゃあ僕も早く馬に乗れるようにならないと！」

ぐっと拳を握りしめると、兄様は苦笑しながら首を横に振った。

「違う違う。アルバは僕の前に座るんだよ」

兄様に言われた衝撃の言葉に、俺は心臓が止まるかと思った。

兄様とタンデム。

兄様とタンデム。

……かかか考えつきもしなかったことに、思考が停止する。

「坊ちゃま!?」

「大丈夫、多分、喜んでくれているみたいだから」

「ほ、本当ですか？」

兄様に抱えられて、衝撃から立ち直れないうちに馬車に乗せられた俺は、想像もしていなかった兄様との馬二人乗りピクニックに、心臓をフル稼働させるのだった。

二、最推しとタンデムピクニック

そして兄様と約束した休日が訪れた。

とてもピクニック日和の天気と気温に、上機嫌で兄様と共に厩《うまや》に向かう。

我が家の厩《うまや》には、かなりの数の馬が飼育されていた。流石《さすが》公爵家、と言わざるを得ない。美しい白馬や可愛らしい栗毛、凛々しい黒馬まで、バリエーションに富んでいる。

ついてきたルーナも、義父の腕の中で馬を見て「うわぁぁぁぁ……」と歓声を上げている。目がキラキラしているのがとても可愛い。

「おうまたん！　かわいい！　おっきーい！」

「そうだねルーナ、お馬さん大きいね」

はしゃぐルーナとデレデレの義父。

そして、兄様と俺と、ブルーノ君。

ちょうど義父とブルーノ君で何かを話していたところ、俺たちが乗馬で出かけるのを聞きつけたルーナが大騒ぎし、なんだかんだとブルーノ君まで乗馬に付き合わされることとなった。

研究一筋でインドア派に見えるブルーノ君。しかし彼はなんでもパーフェクトだった。馬ですら乗りこなせるらしい。ブルーノ君に出来ないことはないんじゃなかろうか。思わず呟くと、頭をこつんとされて、「出来ないことの方が多すぎてまた自分を嫌いになりそうだ」と苦笑していた。

こ、向上心が高すぎる……

「ルーナは父様と乗ろうね」

「や！　ブルーノにーたまとのる！」

ブルーノ君を尊敬のまなざしで見つめていると、ルーナが義父の腕の中で暴れ始め、近くにいたブルーノ君の服をがっしと掴んで離さなくなった。

義父がすごい目でブルーノ君を見下ろしていたけれど、ブルーノ君は慣れたものなのか、困ったように笑いながらルーナをたしなめている。

「我が儘はダメだろ、ルーナ。公爵様はルーナのことが大好きだから、一緒に馬に乗りたいんだ。それに、この中で一番上手に乗馬が出来るのは、公爵様だぞ」

「や！　ルーナ、ブルーノにーたまちゅき！　にーたまとのる！」

目をウルウルさせてルーナは必死でブルーノ君に手を伸ばしている。

そんな様子に、義父はギリィと奥歯を噛みながら、「ブルーノ君……」といつもよりも一段も二段も低い声を絞り出した。

「ルーナは君がいいらしい。お、お、落としたら承知しないぞ。末代まで呪うぞ。しっかりとうちの天使を守り切ると、守り切れなかったら責任を負うと約束してくれ……」

「父上……見苦しいです」

冷静な兄様に突っ込まれつつ、義父は娘は嫁にやらんスタイルでブルーノ君にルーナを差し出した。きっと義父は内心血涙を流しているのだろう。

そんな義父に溜息をついたブルーノ君は、兄様を見てちょっとだけ顔をほころばせながらルーナをその腕に抱き寄せた。

「ルーナ、じゃあ、ひとつ約束だ」

「あい！」

「絶対に暴れるなよ。いきなり暴れると、馬だって怖いんだ。一緒に楽しく走りたいだろ」

「あい！」

義父がものすごく恐ろしい笑顔で、ルーナの頭を「いいお返事だな、えらいえらい」と撫でる。

その表情があまりに面白かったので、つい義父に近付いて「父様も我慢出来てえらいです」と撫でたら抱き上げられてしまった。

「アルバ！　私の癒し……！　アルバは父様と一緒に乗るよな？」

「僕は兄様と乗るとすでに約束してます。約束を破るのはよくないことですよ」

「じゃあ、その約束をなかったことにして、父様と」

義父が全てを言い終わる前に、俺の身体は兄様の腕の中に収まった。辺りにはキラキラとダイヤモンドダストが浮いている。

兄様、こんな魔法まで使えるようになっていたのか。滅茶苦茶綺麗。

そんな兄様は、先程の義父もかくやという壮絶な笑みを浮かべていた。神々《こうごう》しいその笑顔に、視線が釘付けになる。眼福だ……拝みたい。

「父上。約束は安易に破るとその後の信用を失うと教えてくださったのは貴方でしょう」

「オルシスが冷たい……」

物理的にね。

義父の周りにはたくさんの氷のつぶてが浮いている。

義父だったらこれくらいすぐに打ち消すことは出来るんだろうけれど、魔法を打ち消してないということは、多分兄様の反応を見て遊んでいるんだと思う。顔が少しだけ楽しそうだ。

この分だといつ馬に乗れるかわからないから俺は兄様にしがみ付いて、義父を見上げた。

「父様、僕は全ての初めてを兄様と共に体験したいと思っているのです。なので、ごめんなさい」

「「アルバ、言い方！」」

兄様とブルーノ君、そして義父に一斉にツッコまれ、俺何か余計なこと言っちゃったかな、と首を捻る。そんな俺を見た三人は、盛大に溜息を吐いたのだった。なんでだ。


兄様の馬は、黒毛の凛々しい牡馬《おうま》だった。胸の筋肉が強そう。そして眼つきが鋭い。でも、気性が荒いわけではないらしい。知性がある目をしていて、なんだか俺を品定めしているようにじろじろ見ていた。兄様にはちゃんと信頼の眼差しを向けているのに。

背中に二人乗り用の鞍《くら》を置いた兄様は軽々と俺をその牡馬《おうま》に乗せて、自分もひらりと背に乗った。

その動きがとても洗練されていて、優雅で、バッチリ上から間近で見てしまった俺は、少しの間「兄様カッコよすぎて辛い……」と悶《もだ》えた。俺を抱え込むように座った兄様は、ちょっと苦笑しているみたいだった。身体が密着して安定感がすごい。

「立ち上がらないようにね。僕が支えるから、楽にしていていいよ」

「はいぃぃい、ううどの角度の兄様も素敵すぎてご褒美頂いちゃいました……！」

「アルバの後頭部も可愛いよ」

ちゅ、と後頭部に唇が落ちてきて、俺はいつもながら声にならない悲鳴を上げた。

え、え、待って。乗馬ってこんなにご褒美満載のものだったの？　最高に天国なんだけど天国。大事なことなので二回言いました。天国です。あ、三回言っちゃった。

あの唇が俺の頭にぶち当たったたんだと思うと、顔に血が上る。天国ってこんなにも暑かったんだね。今夏かな。いや、暦ではもう秋？

アワアワしている間に、やっぱり颯爽と馬に跨《また》がったブルーノ君の腕にルーナが託《たく》された。ルーナはまだ小さいから大変かもな、と思ったら、ブルーノ君がポケットからひとつの小さな種を出した。

「芽吹け」

一言呟いた瞬間、種から蔓《つる》のようなものがシュルシュルと伸び始め、あっという間にブルーノ君とルーナの身体に巻き付いた。そして、薄い紫の小さな花が幾つもルーナの周りに咲き始める。

「これでルーナは落ちないからな」

「にーたま！　おはなきれーい」

「ルーナはこういう可愛らしい花が好きだろ。気に入ったか？」

「あい！」

二歳児の可愛らしい笑い声が響く中、ちょっとだけ寂しそうな顔の義父と執事のスウェンも静かに自分の馬に乗った。

スウェンは俺たちの行動を予測して、皆用にランチを頼んでくれていたようで、ランチボックス片手に先程合流した。主に義父のお目付け役として一緒に行くらしい。スウェンも見た目の割に、ひらりと簡単に馬に乗ってしまった。姿勢がよくてかっこいい。

今日行くのは、サリエンテ公爵領の中にある、とある森だ。森を少し進んだ湖のほとりに乗馬で向かって、皆でピクニックをしようと言うわけだ。

なお、母はたまには自らの手でお菓子を作りたいと言っていたので、今日は厨房に籠《こも》っている。母のお菓子は滅茶苦茶美味しいから、とても楽しみ。男爵家にいた時は母も自分で料理とかしていたから。本当は好きらしいんだよ。料理とかお菓子作り。

でも今は義父が心配性すぎて、ほぼやっていない。義父曰く、厨房は危ないし母の手が傷つくのが見たくないからだそうだ。母も義父を悲しませるくらいなら、と我慢しているようだ。

いつの間にやら母も義父にメロメロなのだ。あの顔じゃ仕方ない。だって兄様にそっくりの美麗なご尊顔だもんね。


ぽくぽくと、ゆっくりと馬が進む。

馬上からの景色はいつもの視点とは違って高く、今まではなんてことない景色だと思っていたものが全て違って見える。

隣では、ブルーノ君が一つ一つ植物の解説をしており、前に座ったルーナは目を輝かせてうんうん聞いていた。そして、その説明全てを覚えたようだ。

説明を受けた木の実を見つけたら、「おなかいたいいたいなおるやちゅ」とか「あのおはなはさわるの、め！」と繰り返している。

うん、本当に全て覚えたみたいだ。うちの子天才か？

後ろからぎりぎりと二人を見つめていた義父も溜息と共に感嘆の声を漏らす。

「流石《さすが》だルーナ、美と才を兼ね備えている……」

「ルーナの天才ぶりはアルバと同じだね」

「ルーナは本当に素晴らしいですね。流石《さすが》は兄様の妹です」

「ルーナお嬢様は類稀《たぐいまれ》なる才能をお持ちでございます……」

それぞれがルーナを褒め称えるのを、ブルーノ君がまたか、という顔で見ていた。だって義父、子煩悩だもん。俺も兄様もルーナを愛してるしね。スウェンに至っては、ブルーノ君含む全員を孫でも見るような目で見ているし。

でも実はブルーノ君がますすごく優しい目でルーナを見て、「そうだ偉いぞ」「当たりだ。ルーナはすごいな」と褒めまくっているんだけどね。もうすっかりうちの一員になっている。

そんなのんびりした時間を経て、俺たちは目的地の湖についた。

水は澄み渡り、ほとりには幻想的な花が咲いている。

周りの木々は葉を赤やオレンジに染め、目を楽しませてくれる。そよそよと風が吹き、時折ふわりと花の仄《ほの》かに甘い香りを運んできた。

「綺麗……」

思わずそんな声が口から出る程に、その光景に見惚れてしまった。

特に、湖畔に立つ兄様の神憑《かみがか》り的に幻想的な光景に。

少し伸びて肩にかかるくらいになった髪を風になびかせ、湖からの光の反射に目を細めて、馬に寄り添う兄様の姿はそれはそれは神々《こうごう》しく……

なんで兄様はあんなにも幻想的な風景が似合うんだろう。どうしてここにカメラがないんだろう。激写して激写して永久保存版にするのに。それでもこの目で実際に兄様を見てしまうと写真の方が霞《かす》んでしまうんだけれども。

ほう、と溜息を吐いていると、兄様が俺の方を振り返った。目を細めて、まるでその視線の先に愛しい者がいるかのような柔らかくも美しい表情で。

「アルバ」

そんな顔で、そんな声で名前を呼ばれたら。

無意識に心臓の部分をギュッと握ってしまう。

兄様がどんどんと俺の知っているアプリの最推しの姿に近づいていく。けれど最推しはそんな表情をすることはない。兄様が今の兄様だからこその、柔らかい表情だ。

もう、俺は何度兄様に心臓を鷲掴まれたら気が済むんだろう。きっと一生このドキドキは続く気がする。だって、見るたびに兄様が最高に見えるから。

「なにうっとりオルシスを眺めてるんだよ。湖を見ろ、湖を」

ブルーノ君に苦笑され、ハッと我に返った俺は、目的を思い出して兄様に駆け寄った。

一緒に景色を堪能するんだった。俺一人で堪能してどうする。切り取って持ち帰りたいくらいの眼福景色だったけれども。兄様にお見せできないのが残念でならない。

「アルバにーたま！　きらきらね！」

ルーナも大はしゃぎで、俺の方に駆けてきた。俺の手をガシッと握って、反対側を兄様に伸ばして、三人で並んで満足そうだ。

「ブルーノにーたまも！」

おてて！　と騒いで、冷静なブルーノ君に「ルーナの手は三本あるのか？」とツッコまれている。膨れたルーナを兄様が抱き上げると、ルーナは嬉しそうにえへへと笑った。

しばらくは、ルーナと共にお花を愛《め》で、湖を覗き、木陰で座って紅葉の景色を愛《め》でた。とても平和な光景だった。

いつも忙しそうな俺とルーナ以外の面々も、なんだかんだでゆったりできているようだった。

木陰にレジャーシート代わりの布を敷いて、スウェンが昼食の用意をしてくれる。

ルーナの手にはすでに果物が握られており、義父がようやく膝の上に来てくれたルーナを甘やかすだけ甘やかしている。

兄様とブルーノ君は腕慣らしと言って腰に下げていた剣でやり合い始め、戯《たわむ》れとは思えない剣技を披露している。

そんな時、湖面が波立った気がしてふと目を凝《こ》らした。

なんとなく胸が騒《ざわ》めいて、俺は立ち上がった。

焦燥感に自然と足を速めて兄様のほうへ向かう。

「兄様！」

そして俺が叫んだ瞬間、凪《な》いでいたはずの湖面が揺れ、大きな魚が何匹もまるで銛《モリ》のように兄様たちの方にすごい勢いで飛び出した。

「アルバ！　こっちに来ちゃだめだ！　父上の後ろに！」

剣で対応する兄様とブルーノ君は、その数の多さに捌ききれず、次々と身体に傷がついていく。

義父が兄様たちの前まで包むように氷のドームを作ったことで、ようやく魚の猛攻が止まった。

そのドームをさらに包むようにブルーノ君が魔法で蔦の網を作っていく。

兄様の横に辿りついた俺は、まだ剣を構える兄様に必死で光の治癒魔法を掛けていく。

「アルバ、これくらいの傷なら平気だから、あまり魔力を使っちゃだめだ」

「嫌です！　僕に出来ることなんてこれくらいしかないから……！」

兄様の服を握り締めて必死に治癒魔法で癒していると、氷のドームにビシッと亀裂が入り、魚が俺めがけて氷を突き破って突っ込んできた。

兄様の腕が咄嗟に俺の身体を引き寄せ事なきを得たけれど、その魚は地面に突き刺さっていて、勢いのすごさがわかる。

「氷床！」

兄様は俺を抱き寄せたまま、地面に手をついて魔法を使った。

兄様の前から氷の道が湖まで一瞬でできあがり、そのまま広い湖を氷で覆っていく。

兄様に触れている俺には、兄様がどれだけの魔力を使って湖を凍らせたのかがわかった。

「兄様、魔力が……！」

「大丈夫……っ」

そう答えた兄様だけれど、湖が凍ったのを見届けると、地面に膝をついた。

「魔力切れだ。少し休んでろ！」

「ブルーノ君ごめんなさい、傷はあとで治します……！」

「俺はいい。オルシスに付いていてやれ！」

ブルーノ君は俺たちにそう叫ぶと、まだもがいている魚に止めを刺すために走り出した。

俺は兄様の横に膝をつき、肩で息をして辛そうな兄様の手を取った。

「アルバ、いい、少し休めば大丈夫だから……」

「全然大丈夫に見えません！　こればっかりは兄様の頼みでもダメです！　僕の魔力なんてすべてあげますから、早く元気になってください！」

兄様のお願いはいつでも聞くつもりだけれど、俺の手を振り払う力もない兄様の言うことは聞けません。

繋いだ手から、いつも兄様にしてもらっているように魔力を送り込む。

「アルバが、倒れるから……」

「兄様が元気なのと僕が元気なのでは、皆が生き残れる率が高いのはどう考えても兄様です」

それでも力ない手で抵抗してくる兄様をそう言って説得すると、兄様は諦めたように俺の手を握り返してくれた。

全ての魔力を兄様に渡して、早く元気になってほしい。

繋がれた手から、魔力が流れていく。

俺の魔力で足りるだろうか。

もっとたくさん魔力を渡したい。

じりじりしながら手を握りしめていると、ルーナを抱いたままの義父が俺たちの前に立った。

「頑張ったね、オルシス」

とても優しい響きの声を掛けてから、義父は凍り付いた湖面に手をかざした。

「氷属性は探索には向かないんだけれども。ブルーノ、君は湖の底の水草で探索出来るかい」

「出来ます」

「私が防衛をしよう。オルシスが全てを止めてくれている今のうちに、大本を探せ」

「はい」

「とーたま、ルーナも」

ルーナが義父を真似して、手をかざす。そしてえいえいと手を動かすと、湖に少しずつ氷の棘《とげ》が出来上がっていった。まるで剣山のようになってしまった湖に、改めてルーナのすごさを知る。

義父も厳しい表情を和《やわ》らげて、ルーナに向かって微笑んだ。

「ルーナ、すごいぞ。ルーナは本当に天才だな」

「ルーナ、てんちゃいない！　にちゃい！　にちゃいでちゅ、とーたま！」

「あはは、うん、二歳だね」

緊迫した雰囲気の中、ルーナの可愛らしい発言のお陰でホッと息を吐く。

兄様も目を開けて、ルーナの言葉に顔をほころばせているから、少しは回復したらしい。

ブルーノ君も、地面に手を付けて目を瞑りながらも、口元は微笑んでいる。

「湖の底に魔核を発見しました。今目印を」

ブルーノ君がそう言うと、義父が少しだけ伸びをして、湖面を見つめた。

「魔核が出来ていたのか。駆除しないといけないな。あー……仕事が増える……ルーナとの憩いの時間が減る……」

「ですが旦那様。旦那様が頑張れば、このようにお子様たちに危険が及ぶことも減りますよ」

項垂れる義父に後ろからスウェンがそっと言うと、義父はよし、と気合を入れた。

「頑張ろう」

「それでこそ旦那様でございます」

にっこりと笑うスウェンに、ドキドキしながら視線を向ける。義父ですらスウェンの手のひらでコロコロと転がされている気がする。俺なんかひとたまりもないの当たり前だよね。

「ときにスウェン。ブルーノの目印はわかったか」

「視認しております」

「魔核を潰せ」

「御意に」

義父の言葉にスウェンが頷くと、湖の一角にドオンと水柱が上がった。

兄様と義父とルーナが張った氷が砕け散り、氷の中に閉じ込められていた魚が宙を舞う。

落ちてきた時の硬質な音で、魚の内部まですっかり凍っていたことがわかる。地面に落ちてきた魚は砕け散っていた。

「終わりました」

「魔核は消滅しました」

スウェン、ブルーノ君の声を聞いて義父が頷く。そして皆を労《ねぎら》った後、義父は兄様の横に膝をついた。兄様の頬に手を置いて、ああ、まだ動けないな、と優しく撫でる。

その姿に、じわりと嫌な汗がにじんだ。

……もしかして、俺は全然兄様に魔力を渡せていないのではなかろうか。

だってずっと手を握っているのに、兄様はまだ立ち上がれるほども回復していない。

皆頑張ってるのに、俺だけ何も出来ていない。

今まではラオネン病があるからそれも仕方ない、と思っていたけれど、今はもう病《やまい》なんて消え去ったはずなのに。

「兄様……」

ルーナですら、湖を凍らせる手伝いをしていたというのに。

悔しくて、鼻の奥がツンとする。

せめて俺の魔力で兄様を元気にさせるくらいなら出来ると思ったのに。

「僕は役立たずだ……」

「そんなことはない」

義父が俺を慰めてくれるのが、さらに辛い。

せめて殿下からもらった回復魔法だけでも使えればと思ったけれど、それもうまくいっていない。

もしかして魔力を出すのが怖くて、兄様に渡す魔力に制御をしちゃってるんじゃなかろうか。

俺はなんて弱い。

ポタリ、と繋いだ手に、涙が一粒落ちる。

泣いている場合じゃないのに、泣いてしまう俺が嫌だ。

「アルバ」

兄様の繋がれていない方の手が、俺の頬を撫でる。

零れる雫が兄様の手をつたって落ちていく。

そして次の兄様の行動に、俺は固まってしまった。

——兄様は、あろうことか、自分の手についた俺の涙を舐めたのだ。

「…………」

兄様が。

俺の涙を。

え、ど、どういうこと。

なんでそんなセクシーに自分の手を舐める。

目を見開いて兄様の行動を見ていると、兄様はよし、と一言つぶやいて、身体を起こした。

今まで倒れていたことを感じさせない、スムーズな動きだった。

「アルバの魔力は、僕と相性抜群なのかも」

そう言うと、俺を抱き込んで、濡れた俺の頬を手で拭った。

そして、それも舐めた。

「ああ……染み込む」

「オルシス……アルバが固まっている。確かに直接吸収の方がはるかに魔力の回復は早いが……」

義父が呆れたように盛大に溜息を吐いているけれど、俺には何が何やらわけがわからなかった。

「本来なら直接舐めたいところですが……」

「今度はアルバが倒れるから、絶対にやめろ」

義父に強く言われ、兄様が「残念」と呟いた。

直接舐めるって、ドコを舐めるんでしょうか教えてください。

そしてなんで兄様が舐めるとか舐めるとか言ってるんでしょうか。誰か教えてください。

散々なピクニックになったけれど、俺たちは無事家に帰ってきた。

今日行った森は王都の真横にある義父の領地に組み込まれている森。

今日発見した魔核というものは、強い魔物を生み出すと言われる魔力の塊だ。

それが発見されたということは、普段よりも空気中に漂う魔力が濃くなっているということらしい。

一つ魔核を見つけると、周りも大々的に探索しないと、より強い魔物が現れてしまうという。これは中等学園に上がる前に家庭教師のホルン先生に習ったことだ。

義父は近隣の領地にも連絡を取り、同時に探索を開始すると言っていた。しばらくはルーナと遊べない、という泣き言と共に。

そもそも、空気中の魔力が濃くなるということは今まできちんと循環していた魔力の流れが滞《とどこお》っているということだ。流れないから、留まる。留まると、濃くなる。聞けばとても単純なことに思えるんだけれど、でも実際にはそこまで単純ではないそうだ。

どうして魔力が流れなくなるのか。それは、この地の力が衰えたからということ、らしい。

ああ、と俺は溜息を吐いた。

確かゲーム内のオープニングで王様は、国を守っている守護宝石の力が衰えているから国を救ってほしいと言う。

そこから影の状態で攻略対象者が並び、メインヒーローの第二王子がまず顔を見せて、二番目にバーンと最推しの麗《うるわ》しいご尊顔がお目見えに……何度思い出しても、指は最推しを選んで……

って今はそういうのじゃなくて。

ゲームの開始時――つまり来年にはもう守護宝石の力が衰えているっていうことだ。でも、王都に程近いサリエンテ公爵領に今既に魔核が出来ているというのは、守護宝石の力の衰えが来年を待たずに始まっている証拠ってことじゃないだろうか。

どうやらゲームと今の状態はほぼ同じなようだ。

魔力を循環させ、王国の地の力を復活させるためには守護宝石に魔力を込めないといけない。

ただ、今は王宮の地下でその宝石は眠っており、その存在は極々一部にしか知られていない。なんせすごく力のある宝石だから、盗まれて悪用なんてされたら一発で国は沈んでしまうのだ。怖いね。

だからこそ、王家は責任をもってその宝石を護っている、という説明をゲーム内では王様がしてくれていた。

そっとうちの図書室を覗いたけれど、そういう文献は見つからなかったし、学園の図書室にもなかったから、きっと王宮の特定の人しか出入りできない場所か、魔法とかで隠された部屋にしかその説明はないんだろう。

だからこそ、そのことを俺が知ってるっていうのは、周りにバレてはいけない。義父には言った方がいいのかな、とちょっと悩むけれど。

でもまあ俺はまったく守護宝石には関係ないからいいとして。

このまま行くと、兄様がまるっと関係してきちゃうはずなんだよ……！

そもそも宝石を復活させるための魔力は普通ではありえない程の膨大な量が必要だ。そもそもゲームの目的がその魔力を補える主人公と選ばれた攻略対象者が力を合わせて復活させるっていう話だしね。

兄様もブルーノ君も、魔力は滅茶苦茶多いし、既に主人公は王家で保護されているらしいし。既に状況は揃ってしまっている。

どうせなら二人とかじゃなくて、攻略対象者全員で力を合わせて復活させたらいいのにと思うんだけど、それは詳しい内容を知らない素人の浅知恵なのかな。意味があるから主人公と選ばれた攻略対象者の二人が力を合わせて魔力を、ってなるんだろうか。

あ、それともそれをよしとするとハーレムエンドが出来上がっちゃうかもしれないってやつか……。

ダメだ。兄様が誰かのその他一人になるなんて許せない。兄様には兄様だけを愛してくれるような一途な人がお似合いなんだよ……！　そういう人じゃないと絶対に託《たく》せないんだよ！　全員に色目を使うような主人公はお呼びじゃないんだよ！

主人公ちゃん、願わくば、兄様に目を付けないで。他の誰かと恋に落ちて。

っていうかそもそもそんな切羽詰まった状態で森デートとか普通しないよ。あのゲームはいつでも主人公からデートの声掛けをして、好感度が高くなったらオッケーをもらえるやつだった。相手からの誘いは鍛錬しようとか魔法の研鑽をしようとかいう色気とは無縁の誘いだった。

ああ、考えれば考える程、主人公ってちょっとアレだよな。天真爛漫とか言われてたけれど、天真爛漫って、すごく使い勝手がいい言葉だよなあ。いい意味に取られるっていうか。うん、主人公のことを考えるのはやめよう。最推しに怪我させたことを思い出してふつふつと怒りが……

全てが憶測でしかなかったけれど、湧き上がる憤りはなかなか鎮火しなかった。

◇◆◇

さて、そんな事件の後、兄様と久し振りに温室に行くと、温室がさらに増えていた。

ブルーノ君はそこであらゆる薬草を大量に育てていた。知らなかった。

「地属性魔法でようやく種を作れるようになったから、新しく温室を作ってもらったんだ。他の草花と育つ条件が異なるものもあるし」

どうも、薬学に手を付けたら、素材を集めるより自分で育てた方が効率がよかったんだって。義父に申請して、欲しい薬草の苗や種を集めてもらって温室で育てはじめたらしい。温室に立つブルーノ君はとても生き生きして見えた。

その姿を見て兄様が呆れたように微笑む。

「ブルーノの要求は留まるところを知らないからな。もしかしたら一番父上に無茶を言っているのはブルーノじゃないか？　アルバもちゃんと欲しい物は教えてね」

「欲しい物なんて」

兄様が横にいるからそれ自体が最高に贅沢です。

ギュッと兄様の袖を握ると、兄様が嬉しそうに笑った。その笑顔、プライスレス。史上最高の贅沢。お金を積んででも見たい笑顔です。

「兄様に貢ぎたい……」

ついつい吐露したら、二人に「言い方……！」とツッコまれた。ヤバい駄々洩れちゃった。最推しのためなら即課金マンなんだよ。最推しのために働いていたんだよ……！　ああ、今からでもいい、兄様に貢ぐために働きたい。働くような体力と知力と魔力がないのが本気で悔やまれる。

「だってあげられるのが愛とかこの身体くらいだから……！」

「だからアルバ、言い方！」

本当のことだもん、と口を尖らすと、兄様が苦笑して俺の頭を撫でた。

「愛ならもうたくさんもらってるよ。それにね、僕もアルバに色々あげたいんだよ。アルバの喜ぶ顔が見たいんだよ。わかる？」

「アルバはオルシスにハグされたらそれだけで喜びそうだけどな」

兄様の言葉にブルーノ君がツッコむ。

正しい。ハグだけで天にも昇る気持ちになります。

うんうん頷くと、兄様は呆れたように「そんなことで……」と言って俺にギュッとハグをした。

ああ……兄様の腕の中、好き……

うっとりと抱き締められていると、後ろから「ほらな」という冷静な声が聞こえてきた。

「うう、アルバは甘やかし甲斐がない……ハグだったらいつでもするからね。他にしてほしいことは？」

「うーん……笑顔でいてほしいです」

「ほら、甘やかし甲斐がない。アルバが隣にいれば僕だっていつでも笑顔だよ」

「だったら……幸せに、なってほしい……？」

「アルバがいれば幸せだって」

っていうことは、今兄様は幸せってことか。じゃあ俺も幸せ。

向き合ってニコニコしていると、ブルーノ君に「そういうのは部屋で二人っきりでやってくれ」と呆れた声を上げられてしまった。

どうして二人きりで部屋でやる必要があるんだ。部屋だけじゃなくてここでも笑っていてほしい。

口を尖らすと、ブルーノ君に「アルバはおこちゃまだから……」と本日一のでっかい溜息を吐かれてしまった。

「オルシス、先は長いぞ」

「それ以上言ったら物理的に黙らせるぞ」

兄様の肩をポンポン叩くブルーノ君に、兄様は本日一の低い声で答えていた。その声もまたかっこいい。

ところでブルーノ君は、魔核を植物でどうにかできないかと思っているらしい。

レガーレが持つ魔力を吸って留める性質を応用できないかって考えたんだって。でもまだまだ構想段階だから、研究はこれから本格的に始めるそうだ。

でも来年から高等学園に行くはずなのに、そんなことをしている余裕はあるんだろうか。

オープニングと今の状況を照らし合わせると、そろそろ攻略対象者は主人公のサポートと王家の秘密である守護宝石のことを頼むと王様直々に申し渡されるはず。

その後の主人公の馴れ初め部分はほとんど覚えていない。記憶にあるのは主人公である市井《しせい》にいた光属性の高魔力の子が高位貴族の養子になったってことだけ。

ライバルとかそういうお邪魔キャラは出てこなかったし、攻略対象者は全部で六人……兄様、ブルーノ君、殿下、アドリアン君、リコル先生。

隠しキャラである最後の一人は、未だに思い出せないけど、前に兄様のスチルを思い出した時みたいにハッと思い出したりするのかな。

それとももうラオネン病の発作は起こらないはずだから、思い出すことはないのか。それすらわからない。きちんと全員の話はクリアしたはずだし、一巡しないと出てこなかったことは記憶しているんだけど……

でも、思い出せないのは仕方ない。きっと最推しがまったく絡まなかったから覚えてないんだよね。隠しキャラが出てきても出てこなくても、クリアしたらとりあえず世界は平和に戻るから、あんまり関係ないのかも。

そう結論付けた俺は、兄様たちがすっかり話を始めてしまったので、一人物思いにふけっていた。

目の前にはレガーレを乾燥させて紅茶葉にブレンドしたフルーツティーが淹《い》れられているけれど、まだ熱いので手を付けていない。

しばらくは魔力を体内に溜めていく方針で行こうってことになったから、レガーレを普段から口にできるようにと飴以外の加工も考えたんだ。発案は俺だけれど、製作したのはほぼブルーノ君。一人で紅茶葉作りなんて無理。頼んだら快く手伝ってくれた。

まだまだ俺の身体は未知数だから、ラオネン病は完治したはずとはいえ経過観察は必要だし、油断出来ないんだそうだ。美味しいレガーレが食べれるから否やはないけれど、すっかりモルモットだよなあ。

ああでも、殿下から光属性を分けてもらえたってことは、鑑定も使えるようになるのかもしれない。それなら、レガーレを口にしない方がいいのかな？　ところで鑑定ってどう使うんだろう。物に魔法をぶっ放すわけじゃないから、鑑定とか探索系ってまずやり方からわからない。

ブルーノ君に聞いたら教えてくれるんだろうか。それとも殿下かな。

俺も鑑定とかバンバン使えるようになって、兄様の役に立ちたいんだけれども……

思い立ったが吉日と、そのあと、俺は殿下に頼み込んで鑑定のやり方を習うことにした。甘いレガーレの味は惜しいけれど、兄様の役に立てるのが優先だ。

殿下直伝の鑑定は攻撃魔法と違ってなんとか出来るようになり、俺はそれからブルーノ君の温室に入り込んでは鑑定を使って必死で熟練度を上げた。

ゲームでは当たり前にあったステータス確認画面も、ここでは見ることも開くこともできない。

辛うじて調べられるのは魔力の属性と大きさだけだ。魔力の大きさ、というか、その人の容量を大雑把に調べられるだけで数値が細かく出てくるわけじゃない。

属性はルーナの時に使ったあの石で調べられるけれど、容量の方は王宮や教会の信頼のおける上層部で取り扱っている外部秘の魔術陣でしか調べられないそうだ。そもそもルーナみたいに小さい頃にあれだけすごい魔法を発動した人以外は、魔力容量をいちいち調べたりはしないらしい。

◇◆◇

そうして少しでも兄様の役に立つべく訓練をするようになったある日、『その時』はやってきた。

夜に珍しく真剣な顔をした義父が、兄様と俺を執務室に呼んだのだ。

「兄様が、王宮に……？」

「ブルーノもだ。来期に高等学園に上がる者たちが全員王宮に呼ばれた」

義父の言葉に、ドキッとした。

とうとうそんな時期が来たんだ、と夜の帳《とばり》が下りた窓の外に目を向けた。

今は、ピクニックからふた月ほどが経ち、もうすぐ雪もチラつこうかという冬だ。兄様が高等学園に入学するまで、あと三カ月半しかない。

魔核は義父の領地だけじゃなく、王都を含むこの国の各地で次々現れるようになったらしい。

あれか。それで国王が地の力の衰えに気が付いて、守護宝石の力を復活させられる程の魔力持ちを調べ始めたのか。

この時期の招集なのは、多分主人公が兄様と同じく来期に学園に入るからだろうし、それだけ主人公の魔力が大きかったということだろう。一緒に学ぶ生徒の中から主人公にサポート役をあてがうつもりで、兄様の学年の人達を王宮に呼び出したに違いない。

思わずソファの隣に座っていた兄様の手を掴むと、ギュッと握り返してくれた。

「大丈夫だよ、アルバ」

俺を安心させるためか、優しく微笑んだ兄様を見上げる。

大丈夫じゃないんだよ、兄様。兄様は陛下に合法的に主人公のお見合い相手として選ばれちゃうんだから。

そしてもし主人公が仲良くなったら、ラブラブになっちゃうんだから。

無理。兄様が誰かに愛を囁くのとか想像できない。

前は「うわ――――！　告白！　最推しの告白とかヤバい興奮する……！」とか思っていたけれども、でも、ここにいる最推しとは違う道を歩いている兄様には、どうしても誰かに愛を囁いてほしくない。本当だったら、滅茶苦茶興奮して喜んでるはずなのに。ただただ胸がモヤモヤする。

なんだかものすごく我儘になった気分だった。

そもそも兄様の恋路を邪魔する血のつながらない義弟とか、ない。ドン引き案件だよ。

そうは思うのに、何故かとても胸がモヤモヤする。発作の苦しさとは全然違う苦しさが、胸の奥にわだかまっている気がする。

でもなんで俺がそんな気分になるんだろう。

兄様の義理の弟として、ちゃんと家族として愛されているのに。

『光デス』は、当て馬とかそういうキャラも出てこない、とことんまで自分たちをレベルアップさせていくゲームだから、だらける以外に相手の好感度を下げる要素がない。

たとえデートが別の予定とバッティングしても、「鍛錬頑張っていたんだな。俺も頑張る」と言って、約束した人が応援して帰っていくほどだ。

アクションパートはかなり作り込まれているけれど、乙女ゲームパートは本気でヌルゲーだった。

基本無料ゲーム内課金ありアプリだから仕方ないのかもしれないけど。ああ、兄様に課金したい……って違う、そうじゃない。

つまりそのシステムがこの世界でも採用されていたとしたら、主人公が兄様を選んでルートに入った場合、怠け者でない限り好感度は下がらないんだ。

それは嫌だな、って思うのはやっぱり俺の我儘だろうか。

ここまで無事生きてきて、兄様が大きくなっていく所を見ることができるだけでも幸せなはずなのに。

そんなこんなで、兄様と義父とブルーノ君が王宮に向かう日、俺はハラハラしながら玄関で馬車を見送った。

義父が付いているから、変なことにはならないよね。不利な条件で何か契約を持ちかけられるとか、そんなことないよね。

落ち着きなくうろうろする俺の後ろには、楽しそうに笑顔で俺の格好を真似して歩くルーナがいて、館中に癒しを振りまいていたらしいけれど、俺はルーナがついてきていることにしばらくの間気付いていなかった。鈍いにも程があるよ、俺。

夜になり、三人で食事をとり、ルーナの寝る時間になっても兄様たちは帰ってこなかった。

昨日は色々考えすぎてよく眠れなかったからか瞼が落ちてきてしまう。

「今日はもうお休みして明日頭のスッキリした状態で詳細をお聞きしたらいかがですか」

そうスウェンに言われてしまったけれど、起きて待っていようと思っていたから、俺は首を横に振って談話室のソファに陣取った。部屋に戻ったら即寝ちゃいそうだったし。

でも、そうやって頑張っていたのに、気付いたら夢の世界にいた。

夢の中で、兄様は黒いシルエットの状態で、王様から言葉をもらっていた。

……オープニングのシーンだこれ。

『選ばれた若者たちよ。この国は今、危機に陥っている。学園に入ったら今の能力をさらに伸ばし、この国の力になってほしい。この、光の神子《みこ》と共に』

皆が一斉にハッとキレッキレの返事をして頭を下げる。

主人公もシルエットだけで、顔は見えなかった。けれど、本来スカートの制服を身に着けているはずの主人公は、何故かズボンを穿《は》いていた。

目が覚めると、いつもとは違う風景だった。

俺の部屋よりもシンプルな家具の置かれた部屋は、まさか。

カッと目を開けて、起き上がると、隣には……

「もうーー！　朝からなんてご褒美……！　兄様の寝顔とか、レア中のレアすぎて無理……！　好き……！」

広いふかふかのベッドの隣では、麗《うるわ》しの兄様が、あどけない寝顔を晒《さら》していた。

は、鼻血出そうです。ティッシュをください。ってこの世界には便利グッズたるティッシュはなかった。

ななな、なんで俺、兄様のベッドで寝てるの？

これは夢の続き？

いや、どう考えても夢だろ。

じりじりとあとずさりしていた俺は、いつの間にやらベッドの縁に来ていたことに気付かずに、お尻から床に落下した。

「いた……っ、夢じゃない、お尻痛い……」

痛むお尻をさすりながら立ち上がり、俺はもう一度ベッドに身を乗り出す。

「夢じゃない……」

するとそこにはやっぱり兄様の麗《うるわ》しい寝顔があった。普段きりっとしている目元は穏やかに緩んでいて、どこか幼く見える。

兄様の！　寝顔が！

なんなんだよこれ！　もう、もう耐えられない。

一緒のベッド、一緒に寝ていた。なんで！

「なんでこんなことになってるの……！　萌え殺す気……っ!?」

思わず叫んでしまうと、兄様がハッと目を開けた。

そして、顔を覗き込んでいた俺に向かって、手を伸ばしてきた。

「どうしたの、そんなに叫んで。おはようアルバ。昨日は待っていてくれたんだね。朝からアルバの顔を見ることが出来て、嬉しいよ」

「兄様は本日も朝から大変麗《うるわ》しく、寝起き顔は女神の如く神々《こうごう》しく輝き、あどけなき寝顔は神かと崇《あが》めるほどにお可愛らしい……朝起きた瞬間に目に入った夢のような光景に、お隣で眠る兄様の寝顔を拝めるという素晴らしいご褒美に、もう僕の心臓は瀕死です……お尻も痛いし」

兄様の部屋の絨毯は毛足が短いので、思いっきり落ちた俺のお尻は致命傷です。

いたた、とお尻をさすっていると、俺の顔に伸びかけた兄様の腕がベッドにぱたりと落ちた。

「……お尻が痛いって……？　っえ、と、アルバは起こしに来てくれたわけじゃなく……僕の寝顔……？」

同時に何やら兄様の混乱した声が聞こえてくる。

寝ぼけてるのかなんなのか。いつもキリッとカッコいい兄様の新たなる一面が垣間見られたことに、朝から幸福を噛み締める。

しかし兄様は枕に突っ伏したままぶつぶつと呟き続けている。

「ああでも、昨日はとても疲れていて……アルバが僕を待っていてくれたっていう話を聞いたあと、談話室で寝ているアルバが可愛すぎて、せめてベッドに寝てもらおうと運んで……ああ、もしかして寝ぼけてアルバを自分の部屋に運んでしまったのか……？　え、待って……っ、お尻が、痛い……？」

何事かを言い終えて、兄様はガバリと一気に起き上がった。そして、自分の身体を見下ろして、そして俺の方を見て、うろたえる。

「兄様、何かあったんですか？　怪我されたなら、僕が微量ながら治癒させてもらいますが」

「微量って……治癒に微量ってつくんだっけ……？　そんなことを言ったら、アルバの、お、お尻に治癒を……ま、待て。僕が、確認したほうが。何も、何もしてないよな、僕……」

兄様が赤面して動揺しながら、なおもブツブツ呟く。

お尻に治癒。なるほど。こんな打ち身にも効くのかな。むしろ打ち身程度の傷にしか効かないっていう説もある。

お尻に手を当てて、魔力を身体の中で感じる。治癒、と口にすると、フワッと魔力が減った気がして、お尻の痛いのは消えた。

さすが兄様。朝から冴えてる。

「治りました！　さすが兄様です。でもこんな、ベッドから落ちた程度の打ち身で治癒魔法なんて使っていいんでしょうか」

「ベッドから落ちた!?　……そっか。そっかあ……よかった」

兄様はようやく顔をほころばせると、ベッドから降りてきて俺を抱き上げた。寝間着用の薄いシャツの下から兄様の引き締まった身体つきが感じられて身もだえる。

俺こそ待って、待ってだよ。

こんな薄着で抱き上げたらダメ、絶対。俺の心臓が過剰作動で死ぬ……。発作が起きないのが不思議なくらいだ。

心臓をバクバクさせながら兄様の顔を間近で見つめると、兄様は抱き上げたまま俺のお尻をそっと労《いた》わってくれた。

「よかった、アルバのお尻が無事で。改めて、おはようアルバ。ごめんね。昨日は疲れていて、余裕がなかったんだ」

「お疲れ様です。よく寝れましたか？　お尻、心配してくれてありがとうございます。僕がドジ過ぎて朝から兄様に心配をかけてしまいました」

「うん……ちょっと違う心配をしちゃったかな。もし僕の懸念が事実だったら、僕は自分を許せないところだったよ」

「ええと？」

「アルバはわからなくていいよ。部屋まで送っていくから、僕が着替え終えるまで待っていてくれる？」

そっと床に降ろされて、兄様がクローゼットの部屋に消えていくと、俺はそのまま床に突っ伏した。

着替え、兄様の着替え……今日はボーナスステージですかそうですか。

……もう、死にそう。

……あれ、そういえば昨日の話は？

なんだか聞くべき話を聞けなかった気がしたのだけれど、結局王宮での話は、朝ご飯時も一切出てこなかった。

それは、学園に向かう馬車の中でもだ。兄様も義父もいつもと同じように振舞っているから、俺も突っ込んで聞くことはできなかった。それはブルーノ君も同じ。

モヤモヤしながらも何事もなく時は過ぎ、外に積もった雪が解け始め――

ついに兄様が、中等学園を卒業した。

三、最推しが高等学園生になりました

「……新入生代表、オルシス・ソル・サリエンテ」

講堂の壇上で、ピシッと制服を着た兄様が、落ち着いた声で素晴らしい挨拶をする。

俺はそれを保護者席で見て、感動の涙を流していた。

ううう、兄様が代表挨拶。生きててよかった。

隣では義父がとても穏やかに微笑んでいる。

今日は兄様の入学式。

本当であれば俺も中等学園の始業式があるんだけれど、義父に「兄様の入学式に出席したい！兄様の晴れ姿を見たい！」と必死でお伝えしたんだ。ダメだったら地面に転がって泣き喚く気満々だったんだけれど、義父はすんなりとＯＫを出してくれた。よかった。

だって、進級試験でとうとう兄様がブルーノ君を抜いて首位に立ったっていうから……進級試験ってあれだよ。首位だと新入生代表になるやつだよ。絶対に兄様の素晴らしい挨拶を聞かないとダメだよね。

それにしても、ゲームで見ていたとはいえ、本物の高等学園の制服の破壊力半端ない。兄様は挨拶の関係で俺たちより大分早く家を出たので、実際に俺が兄様の制服姿を見たのは会場でだ。

見た瞬間義父に縋《すが》りついて「素晴らしいが過ぎる!!」と叫ぶのを我慢した。でも涙は出た。

本物を見ることができたこの感動、どう言い表せばいいかわからない。

俺、生きててよかった。それにこれで、「ゲーム開始時に義弟が死んでいる」ことがなくなったわけだから、完璧に死亡フラグはなくなった、と思う。

義父の膝にはルーナもちょこんと座っていて、俺の反対隣には母もいる。

高位貴族が、高等学園の入学式を家族皆で見に来るのは当たり前らしく、保護者席は貴賓席と名付けられ、大分広く場所がとられている。並んでいる椅子も立派な物だ。そして、義父は公爵家なので一番前だ。

なんなら、すぐ近くには王族の人もいる。王様と王妃様は貴賓席にいないけれど王弟殿下は義父の三つ隣に座っていた。初めて見たけれど、すごく立派な身体つきをしている。近衛騎士団長として兄王を護っているらしい。

さてお待ちかねの新入生挨拶、兄様は最初とても無表情で壇上に上がったけれど、俺たちを見た瞬間フワッと表情を和ませた。緊張していたのかな。それか俺の滂沱《ぼうだ》のヤバい顔を見て和んだんだと思う。汚い顔しててごめんなさい。晴れ舞台なのに。でも涙は止まらない。

ゲームの流れでは第二王子殿下が新入生挨拶をするはずだった。ブルーノ君も殿下に遠慮して手抜きをしていたし、最推しも多分同じようなことをしていたみたいだから。

でも、実際には中等学園生の時はブルーノ君と兄様がトップでしのぎを削っており、その下に、殿下、アドリアン君が並んでいる。この順位は、中等学園内ではついぞ変わることがなかった。

兄様は進級試験の結果を聞いたとき、本気でブルーノ君が挨拶したくなくて手抜きをしたと疑っていたぐらいだ。実は俺もそう思う。

そのせいで、兄様が勝ったのに「この借りはいつか返してやるからな！」とブルーノ君に負け惜しみみたいなことを言っていて、すごく面白かった。ブルーノ君も面白がっていたし、ルーナは意味も分からず兄様の真似をしていてとても可愛かった。

「あああ、兄様の素晴らしいお姿が拝見出来て、僕は幸せすぎます……」

「アルバ、そろそろ落ち着こうか。その気持ちは痛い程わかるけれど」

「わかってもらえますか父様……！　生きていて、本当によかった……！」

まだハンカチを手放せない俺の背中を、母がポンポンしてくれている。

新入生は皆クラスに移動してしまったけれど、まだまだ貴賓席には保護者達がわんさかいる。

そんな中で感極まる俺は、かなり注目を浴びていたと思う。

色んな意味で。

どうして中等学生の子がここにいるのか、とか、公爵家の次男はまだ生きていたのか、とか色々。

そんなことを気にもせずに俺を大事にしてくれる義父はホント素晴らしいと思う。流石《さすが》兄様の父親。

「僕は父様の息子になれて、本当に幸せ者です」

「私もアルバがいてくれて本当に嬉しいよ。ほらそろそろ泣き止んで。ルーナも心配しているよ」

「うう、はい……」

ぐじぐじと鼻を鳴らしながら、俺は顔を上げた。とんでもなく情けない顔をしていると思うけれど仕方ない。

夜は兄様のお祝いをするから、それまでには顔をなんとかしよう。もしかしたら治癒で治るかもしれないから、後でそっと魔法を使ってみよう。

そんなことを考えながら椅子を立つと、ブルーノ父が挨拶に来てくれた。

この国の宰相という立場なのに、義父には腰が低い。

「この度はご入学おめでとうございます」

「同じ言葉を返しますよ」

「本当にいつもブルーノがお世話になっております。ところで、後ほど、邸宅のほうにお伺いしてもよろしいですか」

「おや。今日は家でブルーノ君のお祝いをするのではないですか？」

思わぬブルーノ父の言葉に俺は目を瞬かせる。義父もそうみたいで、いつも冷静な顔つきが少しだけ崩れる。それを見たブルーノ父はわずかに苦笑を頬に刻んで首を振った。

「その予定ではおりますが、ブルーノはきっと喜びますまい」

「……今日はうちもオルシスのことを祝います。全力で祝わないとアルバとルーナに嫌われてしまうので、手短になってしまいますがそれでもよろしければ」

「ありがとうございます」

義父は迷いながらも頼みを受け入れたようだ。するとサッと頭を下げて、ブルーノ父は行ってしまった。

どうせだったらブルーノ父も一緒に家でブルーノ君の分もお祝いしたらいいのに。気合いを入れてルーナと一緒に花を飾る予定だから。すっごく素敵な花を飾るんだから。

でも、やっぱりブルーノ君はヴァルト侯爵家の子息だから仕方ないのかもしれない。

ちょっぴりおろおろしながら義父を見上げると、大丈夫だというように頭を撫でられた。

「フローロ、アルバ、ルーナ。出ようか。オルシスとは馬車で落ち合う予定だから、サロンでお茶をいただいてから馬車まで行こう」

義父はルーナを抱っこすると、俺たちを促した。

サロンと言えば、ゲームでは自主学習をするとき図書室とサロンと選べたんだよなあ。どっちを選ぶかによって出てくるキャラが違って、その時の好感度で一緒に勉強できるか変わってくるんだ。

でもサロンって本来お茶を飲んでお喋りする場所でしょ。情報交換とか交流を深めるために。そこで教科書とか開いていたら悪目立ちするんじゃないかな。今でこそわかるサロン事情。ゲームをプレイしている時はなんとも思わなかったけれど。

ゲーム内で主人公の顔は描かれていなかったし、名前は自分の好きに付けることができたから、この世界でどの生徒が主人公なのかは俺にはわからない。

見つかるわけはないけれど、ただなんとなく、退場する際に周囲を見回してしまった。


実際に王宮に呼ばれたのは、兄様たちの学年全員らしい。その中でも魔力の大きな人たち、つまり攻略対象者たちが主人公のサポートに選ばれるはず。

もしストーリーの通りであれば、高等学園に入る前には、主人公が陛下経由で攻略対象者に顔見せをすることになっている。主人公が養子に入るのは高位貴族の誰かの家だから、そこに縁ある攻略対象者と既に顔見知りでもおかしくないのに、ちゃんと皆と学園での出会いイベントがあるんだ。

まあ、オープニングでは、皆の姿は影だけではっきりと顔が見られないから、もしかしたら主人公自体はそこにいなくて学園で出会う必要があるのかも。推測の域を出ないけれど。

ちなみに前世のネット上では、主人公がマナーとか色々覚えるのが大変で、世に出せなかったのでは、という考察がよく飛び交っていたけれど、もしかしたらそれが正解に近いのかもしれない。

確かに主人公は天真爛漫って言われていたし、今考えると確かにマナーはなっていないと言わざるを得ない。

そんな風に考えだすと、いろいろとゲームの中と現実との齟齬が気になって仕方ない。

一つは、ゲームではリコル先生が養護教諭だったのに、今年も中等学園の保健医をやってくれていること。だから、たとえリコル先生イベントのあれこれが発生するとしても、先生自身はその場にいないことになる。

実は進級を機に義父を説得して、リコル先生にはラオネン病が治ったことを伝えたんだ。

高等学園に戻りがてら兄様に魔の手が伸びるのを少しでも阻止してほしい、という下心がなかったとは言えない。一人でも攻略対象者を増やして兄様が選ばれる確率を低くしたかったっていうのもある。

けれど、本来高等学園の先生として給料とか待遇とかが段違いのはずなのに、俺のためだけに中等学園にいてくれるのが心苦しかったというのが一番だ。

俺は、この一年ずっと学園内で俺のことを見守ってくれていたリコル先生をすごく頼りにしていた。兄様とブルーノ君が同じ学園にいたのはとても心強かったけれど、それでも授業中なんかは呼ぶわけにいかない時もあった。けれど、そこを埋めるようにリコル先生が付いていてくれたので、心配事もなく学園に通うことが出来た。だからこそ、秘密を話して、そのうえで納得ずくで高等学園に戻ってほしかった。

そんな気持ちで俺の病《やまい》が完治したことを義父と共にうちの執務室で報告したら、最初リコル先生は目玉が落ちるかというくらい目を見開いて驚いていた。

次いで、「失礼します」と顔をハンカチで覆って、泣いた。

先生にとっては、『ラオネン病』の完治という事柄は、泣くほど嬉しいことだったんだって。その場で、病《やまい》が完治する薬を作りだしたサリエンテ公爵家に忠誠を誓ったくらいだ。義父は気持ちだけもらうと言って慈愛の微笑みを浮かべていた。

でも、そこまでして高等学園に戻るように説得しても、リコル先生は結局中等学園にいる。

俺が魔法を使えるようになったことは、殿下が一人立ちするまでは公表しないことになっているから、今離れるのはむしろ怪しまれるのではないか、と言って。

それに、まだこれから俺の身体がどうなるのか見当もつかないから、近くで出来る限りサポートしたい、と言ってくれた。

だから結局魔法の授業の時はリコル先生の所に行って、こっそり魔法の基礎を教えてもらうことになった。俺が魔法を使えることがバレないように、ちゃんと魔法結界を張って、周りを気にしつつ、魔法を教えてくれるそうだ。先生が一人味方に付くのは、利点がいっぱいだったけど、大きくゲームの設定は変わってしまったと言えるだろう。

そしてもう一つ気になるのは、ゲーム開始時の攻略対象者たちの魔法熟練度と、今の兄様たちの魔法熟練度のレベルの違いだ。

ゲーム開始時の攻略対象者のレベルはもちろん低かったし、まだまだだって感じの攻撃しかできなかった。けれど、今の兄様たちは、ゲーム内で言うところのレベルカンストでもいいんじゃないかっていうくらいにはすごい。特にブルーノ君と兄様はもう上級魔法を難なく使いこなしている。

それにゲーム内では、高等学園の一年の夏に魔法を披露するシーンで、攻略対象者の誰かが魔法を暴走させるというシナリオイベントがどのルートでもあるんだけれど、今の兄様たちの状態でこれはありえない。断言できる。

兄様とブルーノ君は言わずもがな、殿下だって魔法の腕は素晴らしく、暴走なんてありえない。アドリアン君の魔法は見たことがないし、もう一人の攻略対象者は誰かすらわからないからその二人に関しては何も言えないけれど。

そして、ゲームで描かれていた闇が、少なくとも兄様とブルーノ君に関しては既にない。

何より俺がまだ思い出となっていないから、兄様の闇となりえない。

これらの違いがこれからどう関係してくるのかはわからない。けれど、陛下に兄様たちが呼ばれたということは、大まかな国の状態――守護宝石の力が減衰して、国に危機が訪れるのはゲームと同じだということ。

だとすれば、今回サポートに選ばれたであろう兄様たちの誰かが、高等学園で切磋琢磨して、主人公と手に手を取って国を救って告白をキメるのだろうか。それとも友人ルートみたいなエンドもあるんだろうか。

兄様は無表情なんかじゃないし、主人公に告白するということがまったくイメージできない。あれだけ周回して、最推しに萌えていたのにもかかわらず。イメージしたいとすら思わない。

どうしたらいいんだろう。

兄様たちのお陰で俺はまんまと生き延びることが出来たけれど、どうやら兄様と主人公の恋路は応援出来ないみたいだ。あああ、自分が狭量で嫌になる。

この狭量をどうにかして修正できないかな……はい無理。俺は兄様の横で、兄様の花がほころんだような素晴らしい笑顔をずっと見ていたい。それだけは誰にも譲れない。

……兄様が義父の後を継いで可愛い令嬢と結婚して跡継ぎを作らないといけないのは俺だってちゃんとわかっているから、それまでの期間限定なんだろうけれど。せめてそれまでの間だけは、その笑顔を俺に向けていてほしい……なんて、我儘だろうか。

兄様の一番近くの温かい場所は、たとえ将来の奥さんにでも、誰にも譲りたくないなんて。


サロンで時間を潰し、兄様を外で待ちたいからと義父たちに先に乗って貰って馬車付近で待つこと少し。

学園玄関から制服を着た生徒がちらほらと現れた。

男子生徒は装飾過多なブレザーという感じだけれど、女子生徒の制服は、裾の長いワンピースに、丈の短い上着を着て、首元をリボンで飾っているという可愛らしいものだ。色も深いワインレッドで、上着の裾には黒いレースがあしらわれていて、中等学園の時とはまた違った大人っぽさが醸し出されている。

その中でも見覚えのある数人が、俺のところに足を運んでくれた。

「あら、アルバ君。やっぱり貴方もオルシス様の雄姿をご覧になっていたのですね」

「はい！　見逃せません！　メイリアお姉様のお姿とても素敵です。とてもよくお似合いですね。

そのアップにされた髪型も制服によく似合っていて、大人の女性の雰囲気を纏っていてなんだかどぎまぎします」

「まあ。アルバ君たら、口がうまいこと。見ましたわよ、オルシス様のお姿を見て、涙したところを」

「恥ずかしいところを見られてしまいましたか」

「ほとんどの方が拝見したと思いますよ。私も、あのお姿を見て涙をもらってしまいそうになりましたもの。感動しました」

そうですか。皆、俺が泣いたのを知ってたのですか。

なんてこった。

少しだけショックを受けていたら、次々と生徒たちが俺の周りに集まり始めた。

「アルバ君、どうだった？　オルシス様の姿を見て」

「見られるとは思っていなかったので、とても感動しました」

「俺たちもさ、正直アルバ君がここまで大きくなるとは思ってなかったから違う意味で感動したよな、ヨシュア」

「ああ。本当に。よかったな、大好きなオルシス様のあんな立派な姿を見られて」

「はい。いつもお心を砕いていただき、ありがとうございます」

「なんつうか、アルバ君は俺たち皆の弟みたいな感覚があったからな」

「そうですわね。私も、アルバ君がオルシス様の制服姿を見られるように毎晩祈っていましたわ」

「私も。昨年大きな発作が起きた時は、他人事だとは思えませんでした。無事アルバ君とお話しできて、とても嬉しく思います」

周りに集まってきたお姉様方が目もとをハンカチで拭い、お兄様方がまるで本当の弟を見るような目で俺を見る。

俺、兄様の学年の方たちにこれだけ可愛がられていたんだな。

そういえば殿下も、俺が発作から目覚めた後、殿下を呼ぶために兄様が学園に顔を出した時、皆にもみくちゃにされたって言っていた。

素直に嬉しいと胸を温めていると、ふと目の前の男子生徒が顔を曇《くも》らせた。

「ああ。でもオルシス様がいなくなった中等学園は、雰囲気が悪くなりそうでちょっと心配」

「あの噂の……。私もそれは思っておりました。幸い妹が三学年におります。もし何かあれば、妹の所にお知らせくださいませね。なんでも力になりますわ」

「俺も。弟が最上級にいるからもし何かあったらなんとかしてもらえよ。声は掛けておくから」

「あらでも確かブルーノ様の弟様もアルバ君と同じ学年では」

「あそこが仲悪いのはかなり有名だから……」

周りが中等学園での俺の心配をし始めてしまった。

うーん、やっぱり兄様たちの所まで俺のわけのわからない噂は流れていたのか。皆全否定してくれてほっとするけど。

何やら大量にお兄さんお姉さんがいる気分になってしまう。そして、皆、絶対俺が中等学園を休んでこっちに来て、兄様を見て号泣することになると予期していたようだ。

中には、兄様の姿を見て俺が発作を起こすんじゃないかとハラハラしていた人もいたらしい。

うん、治ってなかったら多分危なかったと思う。それくらい兄様の姿は素敵だったから。

そんな素敵な兄様は、ブルーノ君と共にようやく登場した。

目ざとく人混みの間から兄様の輝くような美しい銀髪を見つけた俺は、破顔して「兄様！」と叫んでしまった。

すると、目の前の生徒がザッと避けて兄様と俺の間に道を作る。一瞬の出来事だった。とても洗練された動きだった。すごい。さすが高等学園生。

その洗練された動きに、兄様の少し後ろでブルーノ君は笑いを堪えていたけれど、俺は兄様の驚いた顔がとても尊くて思わず胸を押さえて変な声を出していた。兄様の可愛らしいびっくり顔、いただきました……

その後、ブルーノ君とは乗る馬車だけ分かれて、一緒にうちに向かうことになった。さっき義父が話していたように、ブルーノ君の馬車にはブルーノ父も乗っている。

改めて馬車の席に腰を落ち着けて制服姿の兄様を見ると、くらくらするほどにかっこいい。

ゲームでは肩まで伸ばして垂らしていただけの髪を細いリボンでひとまとめにした姿は、えもいわれぬ色気を醸し出している。そして、極めつけに、高等学園の制服と笑顔のコラボレーションが心を貫く。

あまりの神々《こうごう》しさとその距離感に俺は兄様を直視できなかった。

「アルバ、どうして僕を見ないの」

顔を覗き込まれて頬が熱くなって、目を逸らす。

心臓の動きが激しすぎて、口から飛び出していきそうだ。

「アルバ」

優しい呼びかけに、俺の頭が沸騰しそうになり、口をはくはくとさせてしまう。

だって！　制服姿の兄様が！　とても近い！　無理！　尊すぎて無理！

「アルバがこっちを見てくれないと、僕は悲しい」

「ごめんなさいあまりにもカッコよすぎて直視できなかったのです兄様今日はとんでもなくかっこいいから僕もうどうしていいかわからなくて」

兄様を悲しませてしまったという焦りに、俺は謝罪を口にしながら兄様に顔を向けた。

そして目に入る嬉しそうな兄様の顔。

尊い……！

思わず顔を覆って馬車の座席に突っ伏すと、義父が「オルシス、とりあえずやめなさい」と兄様を窘《たしな》める声が聞こえた。

「ああほら、アルバが丸まってしまったじゃないか。懐かしいな、最近では丸くなることはなかったのに。よほどオルシスの制服姿が気に入ったんだろうな……」

「気に入ってもらえたなら嬉しいですが、やはりこっちを見てもらえないのは少し悲しかったので。

申し訳ありません、父上」

「仲がいいのはいいことだけれども……本当にアルバは病《やまい》を克服したんだな……」

義父がしみじみと呟く。

ホントにね。まだ治ってなかったら、多分制服兄様を見た瞬間発作を起こしていたと思う。

それほどに兄様のかっこよさと神々《こうごう》しさは規格外だった。

三次元より二次元よね、なんていう推し仲間がいたけれど、今ならはっきりと言える。違う。歩いて笑って目の前で生きている最推しこそ至高だ。

あの頃は俺もそう思う、なんて同意していた気がするけれど、それはまだ兄様に会ってなかったからだ。皆目の前に最推しが出てきたら二次元より三次元って絶対に言うと思う。アニメ化実写化と本物は全然違う。

でも本当に、兄様の制服姿を生で見れるとは思わなかった。

実際俺は今まで生きるのがとても大変で、たった十一年と数か月生きるのにも命がけで。

正直何もしなくてすくすくと育っていく人たちを見ると、羨ましいと思わないこともなかったけれど、でも、隣にはいつも兄様がいてくれた。そんな兄様を苦しめるのが自分だと思うと、さっさと死んだ方がいいんじゃないかと思ったこともなくはない。

でも、生きててよかった。

俺はきっとこの姿を見るために生き永らえたんだ。

そして兄様が義理の弟を失うことなく学園に入れたってことは、完全に俺はもう無敵ということで。

ってことはこんなところで目を逸らしていたら勿体ない気がしてきた。兄様が制服を着るのはたった三年。今までは長いと思っていた三年が、兄様換算するとてつもなく一瞬に思えてくるから不思議だ。

そう、うつぶせてる時間が勿体ない。兄様を愛《め》でよう。何せ俺は無敵だから。

意気込んで顔をあげると目に入る、最推しの制服姿の破壊力。あああああ、やっぱり俺は無敵じゃなかった。心臓破裂しそうです。


ルーナは馬車から降りると早速ブルーノ君に突撃しに行っていた。

そして、可愛らしく我が家のパーティーへのお誘いをしていた。

ブルーノ君に「流石《さすが》に今日は家に帰らないといけない」と言われてしまって、口を尖らせながら、隣のブルーノ父を見上げた。

「ブルーノにいたまをつれていっちゃうの？」

お目目うるうるで、ズボンを小さな手で一生懸命掴んで見上げるその顔に、ブルーノ父はやられているようだ。

あの顔にお願いされてきっぱりとダメ出し出来るのはきっとブルーノ君と母くらいだよね。スウェンも出来る限りルーナのいいようにしてあげているみたいだから余計にルーナが強く感じる。

しかしさすがにブルーノ父も負けなかった。そっとルーナの目線に屈《かが》みつつ、丁寧な口調で言う。

「すまないね、ルーナ嬢。ブルーノはうちの嫡子なんだ。ずっとここに居させてもらって今更だが、そろそろ私も返してほしいと思っているんだよ」

「ルーナおいで」

その言葉を聞いたブルーノ君は、肩を落としたルーナに手を差し出した。ルーナはすぐにその手に自分の手を伸ばし、抱き上げてもらう。そのままブルーノ君に抱かれて家に入ったルーナは、本来だったら俺と一緒にパーティーの準備をするはずだったのにずっとブルーノ君にくっついていた。

義父とブルーノ父はそのまま義父の執務室に消えてしまったので、俺は一人で兄様の入学お祝いパーティーの準備を始めることにした。

兄様は制服を着替えに行っている。着替え、と考えると頭が沸騰しそうになるので、必死で思考を逸らしながらテーブルの上に花を生けていく。

本当はメイドさんの仕事なんだけど、今日だけ、とやらせてもらう約束をしている。

今日の俺は臨時メイドなのだ。

色々と手伝いに動いていると、義父の部屋から出てきたブルーノ父がブルーノ君と共に帰っていくのが見えたので、お見送りのため急いで玄関に向かう。

息を切らして「またのお越しをお待ちしています。ブルーノ君はいってらっしゃい」と頭を下げると、ブルーノ君はくくと肩を揺らしながら俺にデコピンした。

次いで、ブルーノ父はなんとも複雑な顔で俺を見る。

「今日、私は今までブルーノをありがとう、と言いに来たんだ。アルバ君」

「ブルーノ君を連れて行っちゃうんですか」

思わぬ言葉に俺は先程のルーナと同じことを繰り返してしまった。

ブルーノ父も、ルーナに向けた顔とまったく同じ顔を俺に向けてくる。物わかりの悪い子供を諭すような無言の肯定。でも、そんなのはいやだ、と思うより先に俺の口は勝手に動いていた。

「ブルーノ君がいなかったら、僕はもうとっくにここにはいなかったと思います。ブルーノ君は僕の命の恩人です。もう一人の兄です。宰相様、もし、ブルーノ君が家に帰ったことで辛い思いをするようでしたら、僕はきっとブルーノ君の家族を許すことはできません。あと、これは僕の我儘なんですが、ブルーノ君にはいつもうちの研究所で研究していてほしいです。ブルーノ君が一番楽しそうなのが、兄様といる時と、研究をしている時なのです。それだけは覚えていてほしいです」

ブルーノ君が母親に歓迎されていないのはもう知っている。属性が地属性だから、なんていうくだらない理由だ。そしてそれを放置するブルーノ父も、俺はあまり好きじゃないんだ。

息を切らし言い募ると、ブルーノ君が静かな声で俺を窘《たしな》めた。

「アルバ」

そして、俺の頭を撫でると、フッと笑った。

ブルーノ君が屈《かが》んで俺の耳元に顔を近づけて、そっと囁く。

「ちゃんと戻ってくるから大丈夫。俺はやらないといけないことがあるから、一度家に行ってくるだけだ」

「ブルーノ君」

「これ以上アルバにくっついているとオルシスに怒られそうだからもう行く。明日はちゃんと中等学園に行けよ。何かあればちゃんと公爵様とオルシスに言えよ。我慢はするな。わかったな」

はい、と返事すると、ブルーノ君はもう一度俺の頭を撫でた。それから俺から身を離して、ブルーノ父と頷きあう。

その姿にこのままだとブルーノ君も一緒にお祝いできるかと思って用意していた入学祝いのプレゼントが渡せなそうだと直感し、俺はもう少しだけ待っていてと二人を引き留めて部屋へ走った。

息を切らして部屋に駆けこんで、綺麗に包まれた箱を机の引き出しから取り出す。

この日に合わせて用意した兄様と色違いの万年筆。ブルーノ君は果たして気に入ってくれるだろうか。

緑色のリボンが掛けられている箱を手にして、俺はもう一度廊下を走った。

本当は走るのはいけないことなんだけど、待たせてるから仕方ない。

「あの、これ、入学お祝いです。高等学園入学、おめでとうございます」

ずっとここにいてほしいと思っていたけど、そうだよね。ブルーノ君は侯爵家の嫡男なんだよね。

ルーナにとってもそうだったように、俺にとっても、ブルーノ君は支えだったみたいだ。

しばらくは研究所の方にもいないんだと思うと、寂しくなってくる。

せめて一緒に入学を祝いたかった。

そんな思いを込めてプレゼントを渡すと、ブルーノ君は少しだけ目を細めて、まるで宝物を手にしたようにギュッとそれを胸に抱きしめた。

微かに聞こえた「大事にする、ありがとう」の言葉は、少しだけ震えていた気がした。

それから少しだけしんみりする気持ちを振り切るように、俺は兄様の入学をこれでもかとお祝いした。

兄様に用意していた入学お祝いの襟用ブローチを渡すと、兄様はそれを手に取るどころか、俺まで抱き上げてくるりと回った。

その後すぐつけてくれたけれど、俺グッジョブ。その襟元が兄様の笑顔を引き立て、より高貴な雰囲気になっている。最高にクール。絶対に兄様に似合う物を、と必死でデザインを描いて商人さんに頼み込んだ甲斐があった。ぐうの音も出ない素晴らしさに悶《もだ》え崩れそうになった俺だった。

ルーナも自分で描いた絵をプレゼントし、俺にしたみたいにクルリとしてほしいとおねだりしていた。それからリクエストのお礼にとルーナからお花を髪に挿してもらって苦笑していた。

ルーナグッジョブ。滅茶苦茶いい仕事をする。花を髪に挿した兄様はなんていうか、可憐の一言に尽きた。それを見て嬉しそうに「にーたまかわいい」と言うルーナも天使だった。

ついでにとーたまにもあげると巻き添えのように髪に花を挿してもらい感激する義父も、非の打ちどころなく可憐だった。頭に花を飾り微笑む義父が美少女に見える。もう三十代のおっさんのはずなのに可憐ってどういうこと。若々しいにもほどがある。

調子に乗ったルーナは俺と母にも花を挿しまくり、特に母の髪を花塗れにしていた。

それを見てさらに悶《もだ》える義父の姿は本当に三十代のおっさんとは思えなかった。

「アルバ可愛いよ」と俺に笑いかける、頭に花を挿した兄様の姿に、俺はもう萌えの天元突破で虫の息だった。

美味しい料理をたくさん食べて、たくさんお祝いして、お腹がいっぱいになると場所を移動して今度は大人たちが酒をたしなみ、俺たちはゆったりとお茶を楽しんだ。

でも今日が終わると、明日が始まるわけで。

明日からはもう兄様と一緒に学園に行くことは出来ないんだ、と俺の顔はだんだんと下を向いていく。

楽しみだった学園が一瞬にして色を失った気がした。

「アルバ、どうしたの。顔色悪いよ。調子悪い？」

兄様に指摘されて首を横に振る。違うんだよ。明日からの登園を考えてブルーになっていただけ。

「もう寝ようか。明日からはもう少し早く起きないといけないからね」

「そうなんですね。兄様は朝が早いんですね」

高等学園だからそういうものなのかな、と顔を上げると、兄様はキョトンとした顔をしていた。

何その顔可愛いが過ぎる。

じっと見つめると、兄様に手を握られる。

「アルバも早起きしてくれるんだよね？」

「僕も？　明日何かありましたか……？」

うーん、と考えていると、兄様はあからさまにがっかりした顔になった。

「アルバ、明日からは一緒に学園に通ってくれないの？　僕はすっかりアルバと一緒に行く気満々だったのに」

「え!?」

兄様の言葉に、俺はがばっと顔を上げた。

だって、敷地は同じだと言っても、中等学園と高等学園はかなり距離があるし、始まりの時間も異なる。

だから一緒には行けないと思っていたのに。

「そっかあ。僕が兄様に時間を合わせれば何の問題もなかったんだ……！」

兄様と朝だけは一緒に登園できるという福音に、現金な俺は一気にテンションを上げたのだった。

幕間　ヴァルト家執務室にて（Side ブルーノ）

久し振りに足を踏み入れた自分の家は、まるで他人の家のような感じだった。

毎日のように目にしている温かい空気はここにはなく、どこか殺伐とした雰囲気が漂っている。

俺は、この家の雰囲気が昔から好きじゃなかった。サリエンテ公爵家に身を寄せるようになってからは、はっきりと苦手になった。

オルシスの家の空気はいつでも明るい。

温かい空気に包まれ、皆が笑顔だった。あの光景に慣れてしまうと、どうしてもこの家と比較してしまう。

俺がサリエンテ公爵家の人間ではなく、この家の子供だというのは自覚しているけれど、やっぱりここに来るのは好きじゃなかった。

今日俺は王立ソレイユ高等学園に入学した。

入学式には父が顔を出し、俺の入学を寿《ことほ》いでくれた。

その後サリエンテ公爵家に寄り、久しぶりに帰ってきた自宅で、俺はそのまま父に連れられ、普段は足を踏み入れることのない執務室に通されている。

重厚な机の上には、書類一つ残っていない。仕事は全て片付けて、俺の入学式に駆けつけてくれたらしい。仕事だけは出来る父だから。

父は奥の応接ソファに俺を案内すると、座るよう促した。

「君と二人でこうして顔を合わせるのはずいぶん久し振りだね」

「そうですね。アルバの九歳の祝いでサリエンテ家に温室を増やしてもらった時に来て以来ですから、三年振り程でしょうか」

父の言葉に返事をすると、それが盛大な皮肉になったのか、父が困ったように眉を下げた。

「悔しいが、君の居場所はここよりもサリエンテ公爵家にあるからな。あの二人のくりくりした目に見上げられると、ただ息子を家に連れて帰るだけなのに罪悪感が芽生えるよ」

「そのとおりですね」

ここには居場所はないということを暗にほのめかすと、父はさらに眉を下げた。

父の愛情はちゃんと感じている。けれど、どれだけ辣腕な父でも家庭ではその限りではなく、俺の居場所をこの家に作ることは出来なかった。父に出来たのは俺を外に出すことだけ。その場所が俺にとって、とても楽に呼吸の出来る素晴らしくも温かい場所だったのはただ運が良かっただけだ。

――オルシスの家から声がかかったのは、俺が九歳の時だった。

その時には既に自分の記憶力のことは自覚していたし、母が俺を見る目も理解していた。けれど感情面ではまだまだ子供だった。

どうして自分は母に愛してもらえないのか、弟だけが愛されている目の前の現実に、かなり投げやりになっていた。

九歳になり、周囲から盛大に祝ってもらった時も、母の言葉はとても息子にかけるそれではなく、それをずっと見ていた小さな弟も母に倣《なら》っていたので、楽しい気分とは言い難かった。

そんな折、父に執務室に呼び出され、言われた言葉に、俺はとうとう父からも捨てられるのかと絶望したんだ。

『サリエンテ公爵家で、新しい事業を立ち上げるらしい。地属性の者を探しているそうだ。君はまだ幼いけれど、とても素晴らしい魔力量と魔法技術を持っている。それに、君はとても優秀だ。是非君に手伝ってほしいと言われたんだが、行ってみてはどうだい？』

返事は是しかなかった。ここで嫌だと言っても、今までと何一つ変わらないから。

目を伏せてあきらめにも似た返事をすると、父はそっと俺の頭をその大きな手の平で撫でた。普段はそんなことをしない父に撫でられたことに、俺はさらに戸惑っていた。

『サリエンテ公爵家にはね、君と同じ歳のご子息がいるんだよ。とても利発だという噂だ。きっと、君と切磋琢磨《せっさたくま》できるいい関係を築けると思う』

そんな関係はきっと築けない。頑《かたく》なにそう思っていた俺を宥めるように父は笑みを向けた。

『どうやら新しい事業は、サリエンテ家の血の繋がらない小さな次男君のためのものらしい。詳しい話は、君の了承を得てからになるけれど、あの家で、その子の命の手助けをしないかい？　君は、植物を育てるのが好きだろう』

父の言葉にハッと目を瞠《みは》る。どうして知っているのか。俺は、国を回すような宰相の仕事よりも、自分の属性を使って植物を育てたり調べたりする方がずっと好きだった。

『僕の好きなことを、知っているのですか』

俺がそう訊くと、父は目を細めて、肩を竦めた。

『もちろん。私は君の父親だよ』

その言葉は、なぜかわからなかったけれど、胸の奥に重くのしかかった。

あれから俺はオルシスとアルバによって、愛情とはどんなものなのかを、身をもって知った。そして外に出たからこそ、この家の歪《いびつ》な形も客観的に理解することが出来た。

同時に、母の愛情すらいらないものとなった。

父と母は水属性を持ち、弟のジュールも水属性。

ヴァルト侯爵家では代々水属性の者がよく生まれ、後を継いできた。しかし、俺は地属性を持って生まれてきた。

それが、俺が虐《しいた》げられた理由だった。

母も先王の弟君の娘として生まれたのに望まれた光属性を持たなかったが故に、周りから散々虐《しいた》げられてきた。そして王宮の片隅で泣いていた母を、祖父に付いて王宮に出入りしていた父に見初められたのが、両親の馴れ初めだというのは、父から聞いていた。

だからこそ俺への母の態度は、王宮での母に対する周りの態度と同じだと、何度か父とぶつかっていたことも知っている。けれど父は基本的に母には弱い。惚れた弱みなのか血筋の問題なのか。

それは俺にはわからないけれど。

俺は一度覚えたことは絶対に忘れることが出来ない。

それは自我が芽生えたころからのことで、だからこそ、何も考えずに庭の木を魔法で育ててしまった時の母のまるで氷のような言葉が今も胸に冷たく刺さっている。

『どうしてこの子は水属性じゃないの』

近くにいた父がその言葉を聞いて母以上に表情をなくしていた姿も、今も鮮明に脳裏に浮かぶ。

それから間もなく、まだたったの二歳だった俺に、母が幸せな顔をしていたのは自分と婚姻したことよりもヴァルト家が水属性の家系だったことの方が大きいようだよ、と父が一度だけ零したのを、俺は未だに忘れていない。幼いのに言葉が理解できてしまった弊害としか言いようがない。

その後無事ジュールが生まれ、しかも水属性だったことで、母はようやく前のように微笑むことができるようになった。俺の前以外限定ではあったけれど。

ジュールもそんな母に育てられたせいか、俺を見る目は兄に対するものではなかった。

表情一つ、言葉一つで、その人の持つ愛情がわかる。

この家には、俺に向けられる愛情は父のそれ以外にない。

愛情なんて、オルシスたちには当たり前のように溢れているのに。

そう思ってから少しだけ視線を下げて、オルシスとアルバの顔を思い浮かべる。

俺がアルバに構うたびにオルシスから向けられる視線も、ともすれば発作を起こしてしまう程にオルシスに全ての感情を向けているアルバの愛情も、家族愛だと言われても首を傾げるくらいに深い。

いや、あれはもう家族の愛じゃないかもしれない。

思い出し笑いをしてしまって、父に怪訝な顔をされてしまい、空咳で居住まいを正す。

「——失礼しました」

そう言うと、父は少しだけ目を見開いてからわずかに頭《こうべ》を垂れた。

「改めて、高等学園入学おめでとう」

「ありがとうございます。ここまで育ててもらった恩は忘れません」

まるでここにいるつもりがないと分からせるための痛烈な皮肉を、父は苦笑と共に受け止めた。

「アルバ君の症状も落ち着き、研究もひと段落ついたのではないかい？　高等学園くらいはここから通おうとは思わないのかい？」

父の言葉に、俺は口角を上げたまま首を横に振った。

「アルバの症状が落ち着いたとは言っても、まだまだ予断を許しません。今、公爵家の薬草事業の中心は俺です。そのためだけに魔法の勉強も力を入れてきました」

家に帰ってくるという選択肢はないということを、父に知ってほしかった。

「詳細は言えませんが、現在俺が任されているのはアルバ一人の症状が落ち着いたからもういいというものではなく、これから生まれてくるラオネン病患者の子たちの命を繋ぐ画期的な事業です。やりがいもあります。抜ける気はありません」

父が俺をこの家の後継にしたいと思っているのは知っている。

けれど、今俺がやりたいのは、アルバの命を未来に繋ぐこと。

まだ小さいアルバが大人になった俺とオルシスを描いて「大きくなった二人を見たい」と呟いた言葉は、俺とオルシスの胸に炎を灯らせた。あの時から、絶対にアルバにオルシスのあの姿を見せてやろうと心に誓ったんだ。

「俺が手掛けているものに、俺の替えはいないと自負しています。けれど、ヴァルト家には幸いにもジュールがいる。ジュールもとても優秀ですよ。それに、さりげなくアルバを手助けしてくれる優しい子です」

自分の弟が一体どちらなのか忘れそうだな、と思いながら口を開く。

実際ジュールのことは嫌いじゃない。俺に対する態度は母の影響を受けているだけというのもわかっている。

何より、一年重なった中等学園の中でのジュールを見ていると、俺の成績と自分の成績を比べているというのがよくわかる。学年で三位。それは普通であれば誇るようなことだ。けれど、俺がずっと首位を取っていたせいか、三位では納得がいかない顔しかしていなかった。

それに比べてアルバの素直なこと。

自分の成績そっちのけでオルシスの成績を見て大歓喜していた。それこそレガーレの飴がないと発作を起こしてしまう程に。ついでに俺のことも喜んでくれたのは少しだけ嬉しかった。

そんなジュールだから、きっと俺から声を掛けても素直に応じないと思い、学園内ではほぼ会話をしないで終わった。

きっと、母に乞われて俺の代わりに侯爵家を継ぐための勉強もしているのだろう。

だったら、俺が後継として出しゃばったとしてもいいことなどひとつもない。

そのことを父はわかっているのか。

静かに父を見つめると、彼も静かに嘆息した。

「でも、君が私の一番目の息子であり、優秀な嫡男なんだよ」

「ジュールもあなたの息子で、優秀です。それに、母はジュールを後継にしたいのでしょう。俺も公爵家に身を置きたいですし、ジュールを後継として育てるのが一番円滑に事が済むではないですか」

しかし、と表情を曇《くも》らせる父に、溜息が出そうになり慌てて呑み込む。

そんな俺を見て、父は小さくつぶやいた。

「彼女を実家に帰すことも算段に入れているんだ。前王弟殿下にもそれとなく打診しているから、彼女のことは考えなくていい」

「それでは父上の立場が悪くなるのでは」

「私のことも考えなくていい」

父の言葉に、呑み込んだはずの溜息が盛大に出てしまった。

この国の辣腕宰相とも思えない言葉に、感謝なんぞというものはひとかけらも浮かばなかった。

「父上。俺の言葉を聞いてくださいませんか。俺に父上の後を継ぐ意思はありません。母上を実家に帰していいことなど何一つないのは父上もおわかりでしょう。父上が満足するだけではないですか」

俺の言葉に、父は口を開きかけ、言葉を発することなく閉じた。俺はさらに言葉を続ける。

「それに、今この状態で研究を抜けるなど、公爵家にしていただいた恩をあだで返すようなものです。俺はここを継ぎません。少しはジュールを見てやってください、父上。俺なんかより余程いい跡継ぎになりますよ」

物わかりの悪い子供に諭す気分で言い切ると、父は両手で顔を覆って溜息を吐いた。

「……こうして手が離れてしまってなお惜しいと思ってしまうのは、父親なんだから仕方ないと思ってくれないか」

「父上には感謝してますよ。俺に居場所をくれたので」

「……いつの間にか、ブルーノも大人になっていたんだなあ。小さなころから大人顔負けだったけれども」

もう一度小さく溜息を吐いた父は手の平から顔を上げると、今度こそいつもの笑みを浮かべた。

「実はその君の居場所から、打診があるんだが……無論断ることもできるし、もしかすると君を縛ってしまうかもしれない」

「なんでしょうか」

父の言葉に耳を傾けると、父は俺が飛びつきたくなるような内容を口にした。

「ルーナ嬢の名目上の婚約者として、サリエンテ公爵が君を指名してきた」

「受けましょう」

間を置かずに返事したことで、父の顔がまたしても情けなく歪んだ。

「そんな簡単に……単に虫除けのようなものだよ」

「望むところです。俺にとっては最高の申し出です。オルシスと共にアルバとルーナを見守ることができるし、下手な男に彼女を奪われることもない。懸念があるとすれば、歳の差でしょうか。ルーナが美しく成長した時に、おじさんはやだと言われたら俺にはどうすることもできない」

ニヤリと笑ってそう言うと、父は諦めたように肩を竦めた。

「わかった。打診をお受けする方向で話を進めよう。それよりも……」

父はソファから立ち上がると、俺の方に手を差し出した。

「今日はブルーノの入学祝の晩餐会を用意していたんだ。たくさん美味しいものを食べてほしい」

「ありがとうございます」

父の執務室を辞して自室に戻ると、晩餐用の礼服に着替えた。サイズはピッタリで、その都度父が揃えてくれていたことが窺える。

それでも、俺にとってこの家に未練というものはまったくなかった。

母とジュールも揃った晩餐会は、俺の好物ばかりが用意されており、複雑な顔をする母とジュールを尻目に、美味しい料理に舌鼓を打った。

意外だったのは、母もジュールも俺への祝いの言葉を口にしたこと。

特に複雑そうな顔で祝いを述べたジュールには思わず笑いそうになってしまった。

思ったよりも悪くないと思いながらも、俺は早速明日には研究所に帰ろうと心に決めたのだった。

四、最推しがアダルトでセクシーすぎて困る

ブルーノ君が攻略対象者から降りました。

ブルーノ父と家に帰っていった次の日にちゃっかり帰ってきたブルーノ君は、いつの間にやらルーナの旦那様（仮）に収まっていました。

ブルーノ君はもうすぐ十六歳。ルーナはもうすぐ三歳。歳の差十三歳。……俺的には、セーフ……なんだけど。

ルーナが大きくなるころにはブルーノ君、渋ダンディになっているということじゃないですか。

思わずその歳の兄様を想像してしまって、胸がキュンキュンする。きっと兄様は父様そっくりになるから、想像がしやすくて素晴らしい。しばらくはこれで萌えていられそうな予感。

俺はそんな報告を引っ提げてきたブルーノ君に向き直って、大きく両手を叩いた。

「――おめでとうございます！　嬉しいです！」

「セリフの前にあった間が気になるけどサンキュ。これでアルバの体調管理も身近で出来るってことだ」

「優しい！　ブルーノ君優しい！　兄様に次ぐ最高の兄様が出来ました！　でも、お家の方は大丈夫だったんですか？」

「ああ。家督を継ぐのを放棄するとハッキリ言ったら母がご機嫌だったな。ジュールはいまいち喜ばなかったが」

苦笑するブルーノ君の言葉に、成績順位表の前に立ったちょっとだけ悔しそうなジュール君の顔を思い出し、そうかも、と頷く。

「家督を継いでルーナをお嫁さんにするわけじゃないんですね」

「そんなこと、公爵様が許さないだろ。俺は研究室をまとめつつ、この家の婿。この家を継ぐのはオルシスだから、気楽なもんだよ。これからよろしくな、義兄上《あにうえ》」

「あああ義兄上《あにうえ》って、ブルーノ君……！」

「ルーナと婚姻したらアルバが俺の義理の兄だろ」

ブルーノ君になんてことないようにそう言われて、動きを止めた。

そうだけど！　そうなんだけど！　ブルーノ君がお兄さんならともかく、俺がお兄さん……。違和感しかない。

チラリと母を見ると、すごくご機嫌な顔をしていた。なんか、ブルーノ君を婿にもらえばルーナが家にいるとかなんとか義父を唆《そそのか》した人を見つけた気がした……き、気のせいかな。母の膝の上のルーナはちゃんと意味が分かっているのかわからないし。

なんていうか。嬉しいんだけど。嬉しいんだけどね。たった五人、あ、もう一人隠しキャラはいるけれど、そんな人数の候補者。主に俺のせいで既に二人が脱落してしまった。

つまり兄様が選ばれてしまう確率がぐっと上がってしまった……

ブルーノ君がうちに婿に来るのは素直に喜ばしいんだけどね！　こうなったら全力で喜ぶしかない！　もう後には退《ひ》けないから！

それにブルーノ君がうちにいると兄様もすごく楽しそうだし、肩の力を抜いているから、二人でいるのを見るのはすごく好きなんだ。

母は早速ブルーノ君の部屋を屋敷内に作って、一緒にご飯の席もちゃっかりルーナの横にセッティングしていた。もうすっかりうちの一員だ。義父はものすごく複雑な顔をしていたけれど、ルーナに一言「とーたま、ありがと」とほっぺチュをされたら陥落した。あれももしかして母の入れ知恵かな……

ということで、これから朝は三人で学校に通うようになった。

今まではブルーノ君は単独で学校に通っていたんだけど、同じ館ってことで、馬車に兄様が無理やり便乗させてきた。本人は朝からお前らの掛け合いに付き合うのはごめんだ、と断ってきたんだけどね。普通の会話しかしてないのに。何か誤解してないかな。

ニコニコと新学年の新しい教室に足を踏み入れると、数人が挨拶をしてくれた。

その中の一人にジュール君がいて、また同じクラスだったことを初めて知った。

ちょっとだけジュール君を気にしながらの、授業開始。

最初はちょっとした自己紹介と、クラス長決めが行われた。

今年もジュール君でいいんじゃないかな、なんて思っていたら、去年の学年一位さんが同じクラスにいたようだ。うちとは別の公爵家の嫡男さんが一位らしい。

金髪に濃い青の瞳がちょっと殿下に似てる、と思って見ていたら、目が合った。

すんなりとクラス長に推薦された彼が立ち上がって、綺麗なお辞儀をする。

「セドリック・ソル・セネットと申します。去年一年間も務めましたのでその経験が役に立つと思います。副クラス長にはヴァルト侯爵家ジュール君を推薦します」

「推薦ありがとうございます。一年間責任もって務めさせてもらいます」

こうしてすんなりクラス長と副クラス長が決まった。二人は既に顔見知りらしく、やり取りはスムーズそうだ。

そんなこんなで中等学園二年目の初日、皆にとっては二日目だけど、は、恙《つつが》なく終わりを迎えようとしていた。

放課後カバンに教科書を詰め込んでいると、先程目が合ったクラス長——セネット公爵令息が近寄ってきた。

「はじめまして。去年は違うクラスだったね。よろしくね」

「あ、はい。よろしくお願いします」

いきなり声を掛けられて、驚いたまま返すと、セネット公爵令息がニコッと微笑んだ。

「君の噂は兄上から聞いてるよ。無事進級出来て本当によかった。体調はもういいのかい？」

「あ、はい……？　あにうえ？」

他の公爵家に知り合いなんていたっけ？　と首をかしげると、セネット公爵令息が俺の態度を見て、ああ、と顔の前で手を打った。

「兄上とはツヴァイト第二王子殿下のことだ。僕はツヴァイト殿下の姉の子供でね。歳が近いから兄上と呼ばせていただいているんだ」

知らなかった。殿下のお姉さん、こんなに大きな子供がいるんだ。っていうか、殿下の甥ってことは王家に連なる公爵家だ。ええと、なんか前に貴族相関図を見た気がするけど、全然覚えてない。ごめんなさいホルン先生、あの先生の努力は無駄に終わっているようです……。あれを覚えないといつかすっごくマズい不敬を犯しそうでヤバいな。気合い入れよう。

ええと、爵位は同じだけれど、どう考えても立場はこっちが下なんだよな。そういう場合、どう呼んだらいいんだろう。流石《さすが》にセドリック君なんて呼んだら不敬になりそうで怖い。

そう思いながら慌てて頭を下げる。

「申し訳ありません、世間知らずの勉強不足でして。アルバ・ソル・サリエンテと申します。よろしくお願いいたします。体調は大丈夫です」

「それはよかった。学年初日の昨日に学園を休んでいたから、体調がよくないのかと心配していたんだ」

「それは、ご心配をおかけしました、セネット公爵令息……」

心配してくれたのはありがたいけれど昨日の欠席は体調不良じゃない。ちょっとだけ申し訳なく思いながら視線を向けると、公爵令息は口を尖らせて、だめだめと言うように肩を竦めた。

「僕のことはセドリックと呼んでほしい、今日から同じ教室で学ぶ同志だ。僕も君を名前で呼ばせてくれないかい？」

「あ、はい。お好きなようにどうぞ。あの、セドリック様……？」

「様なんて無粋な呼び方しないで。セドリック。僕も君も公爵家の子供。立場は一緒だよ」

ニコッと笑うと、彼は身を屈《かが》めて顔を近づけてきた。

「この学年、公爵家って僕と君しかいないだろ。いくら同じ学《まな》び舎《や》だと言っても、あまりにも爵位を無視するのはよくないから、君と会えるのを楽しみにしていたんだ。それに、ツヴァイト兄上から、君はとても楽しい人だと聞いていてね。是非友達になってもらおうと思ってたんだ」

楽しいって。殿下は俺の何をもって楽しいと言っていたんだろう。

ちょっとだけ半眼になりながらも、こんな風に友達になろうなんて言われたのが初めてだったので、心が少しだけ浮き立った。

全然立場は一緒じゃないけどね。

「あの、セドリックさ……」

様、と呼ぼうとした瞬間、口に指を押し付けられた。

「セドリック」

「セドリック……君」

呼び捨て無理。

首をフルフル横に振りながらなんとか妥協案を出すと、セドリック君は仕方ない、とでも言うように肩を竦めた。なんていうか、動きが殿下に似ている。言動も。

「仕方ないから、それで妥協しよう、アルバ」

「はい」

「明日から昼は一緒に取らないか？　実はランチ時間がいつもちょっとした戦争で、ゆっくり食べられたためしがないんだよ。クラスが変わったら少しはましになるかと思ったら昨日も前と同じでさ。でも、横に君がいればきっと皆、遠慮してくれると思うから」

「ランチ、ですか？」

いきなり言い出したことに戸惑っていると、セドリック君はここだけの話、と神妙な顔をして続けた。

「どうやら僕と友達になると何か特典があると思っている子息たちがたくさんいるようなんだ。昼は静かに取りたい質《たち》なのに皆が押しかけて、うちのランチを、うちのデザートを、とありがたくも山にしていくのにちょっとだけ辟易していてね。君がご兄弟とサロンで仲良くランチを取っているのを、とても羨ましく思っていたんだ。だから、もしよければ僕を助けると思って」

頼む、と手を合わせられて、俺は慌てて頭を縦に振った。

もうお昼を一緒に食べてくれる兄様たちはこの学園にいない。持たされた一人分のお昼に、ちょっとだけ、いや、かなり寂しく思っていたから、セドリック君の申し出はかなり嬉しい気がする。まだどんな人かいまいちわからないから今後どうなるかわからないけれど。

俺が了承すると、セドリック君は顔を輝かせた。

「ありがとう！　恩に着る！　本当にありがとう！　これで僕は太ることを回避できる……！」

手を握られて、ぶんぶん振られて振り回されそうになる。

本当に辟易していたんだね。雰囲気で滅茶苦茶喜んでいるのがわかる。

しかしこうやって並ぶと、身長差に愕然とする。俺の視線の先には、セドリック君の顎《あご》がある。あれ、こんなに身長差ってこの年ででるんだっけ。俺がなかなか大きくならないのは分かっているけれど、体格差が。同じ歳、だよね……？

ちらりとジュール君を見ると、去年までと変わらない感じでクラスの子と話をしていた。ジュール君はそんなに大きくないよね。ちょっと安心……ああでも、ブルーノ君の血筋か。ブルーノ君、将来は兄様より大きくなる予定だからジュール君もきっと後からめきめきと……

よし、考えるのはよそう。俺だってきっとめきめきと大きくなるから！

元気よく「また明日！」と教室を出て行くセドリック君を見送りながら、その身長差を努めて忘れようと頭の片隅に追いやった俺なのだった。

◇◆◇

そんな夜にふと温室に行くと、兄様とブルーノ君と殿下がいた。

殿下はこんな時間にここにいて大丈夫なんだろうか。

ブルーノ君はもう屋敷の方に部屋があるから大丈夫だけれども。

三人が真剣な顔で他の研究員たちと話し合いをしていたので、邪魔にならないようにとUターンしようとしたら兄様に捕獲された。

「アルバ、朝ぶりだね。今日は学園はどうだった？」

フワッと身体が浮いたと思ったら、兄様の麗《うるわ》しい声が耳のすぐそばから聞こえてきて、思わず変な声が出そうになったのを慌てて抑える。

気付くと俺は兄様に横抱きにされていた。この少女漫画定番の抱き上げ方を一瞬で出来る兄様って、やっぱり攻略対象者なんだな、なんて変な感心をしていると、顔を覗き込まれた。

三人とも私服に着替えていたので事なきを得たけれども、これが制服だったら俺、自分が主人公にでもなってしまったのかと勘違いしそうだ。そんなの痛すぎる。

「兄様、重いでしょう。下ろしてください」

「だってアルバがせっかく顔を出したのに声も掛けずに帰ろうとするから」

「僕、お邪魔でしょう？」

「全然。むしろちょうどいいところに来た。ちょっと手伝ってほしいんだけど」

被検体ですねわかりました。

メロンが食べられるならどんとこいです。

頷くと、殿下が声を上げて笑った。ああ、笑い顔がセドリック君と似てる。性格も絶対似てるよね。

手伝いとは、殿下の魔法の余波で性能の変わったレガーレを飴状に加工したものを食べて状態を見せること。

どうやら前のブルーノ君飴と同じような作り方をしてみたはいいけれど、レガーレを摂取して魔法が使えなくなったらそれ以降の研究が出来なくなるのに困っていたらしい。

「飴を舐めたら光属性がつくんじゃないですか？」

つい思ったことを口にすると、兄様は俺を抱っこしたまま器用に肩を竦めた。

「そう思ったんだけど、飴が口にある間だけほんの少し光属性がつくけれど、結局は魔法を使えないから問題にはならないんだ」

「もう試したんですね」

「色々試行錯誤してるからね。アルバ、あーん」

兄様に言われて口を開けると、そこにすかさずブルーノ君が飴を放り込んできた。

コロリと舌の上で転がすと、いつも舐めていた飴よりさらに濃厚な甘さが口に広がった。

美味しい。

「まるで本物を凝縮したような味で美味しいです」

味を堪能していると、兄様が笑いながら「アルバ可愛い」と呟いた。だから耳元で囁くの反則だから。あまりの美声にゾクゾクしちゃうから！

飴よりも兄様の魅力がすごすぎる……！

「オルシス、アルバを堪能するのもいいけど、その状態じゃ調べられないんだが」

「下ろすのが惜しい」

「慎め」

殿下に不満を漏らす兄様は、ブルーノ君に窘《たしな》められて、渋々俺を床に降ろした。拗ねた兄様可愛いがすぎる。もう高等学園生なのに拗ねるって、兄様可愛いがすぎる！

思わず抱き着いて、兄様を見上げた。

「僕、兄様に抱き上げられるのすごく好きです……。兄様の腕の中は、とても素晴らしくて気持ちいいです」

「オルシス……」

「誤解だ！」

今度は焦ったような顔の兄様が目に飛び込んできて、はぁ、と手を胸の前でまるで祈るように組みながら感嘆の息を吐く。表情豊かな兄様尊い。

ブルーノ君は俺を見下ろすと、頭をポン、として「アルバ、言い方ちょっと考えろ」と俺にも窘《たしな》めてきた。

「思ったことをそのまま言っただけなのに」

「お前の脳はオルシスに関してのみピンク色か？」

「ピンク色……兄様がピンク色の服を着るのは見たことないですけど、似合うと思います。多分きっとピンクのシャツはその麗《うるわ》しい銀髪にとても映えるのではないでしょうか。素敵です」

「ピンクだな」

ピンク色のシャツを着た兄様を想像してうっとりしていると、今度はブルーノ君にこつんと頭を叩かれた。

俺たちのやり取りにも慣れたのか、殿下がふむ、と頷いて俺の頭からつま先まで視線を動かした。

「アルバの状態は、魔力停滞中。結構な魔力量だけれど、これが外に出ないと逆に辛くないかい？ああ、でも、その作用のお陰でだんだんと光属性が定着しているね。やっぱり採りたてで生の果実が一番なのかなあ……輸出は難しいねこれ。アルバ、そのままオルシスの手を取って」

言われるままドキドキしながらそっと兄様の手を取ると、殿下に魔力譲渡してみてと指示される。

譲渡下手くそなんだよな、と思いながら魔力を渡そうとするけれど、魔力はチラッとも兄様の方に流れなかった。

「出来ません」

「まあ、出来ないよな」

「知っててやらせたんですか」

殿下の言葉に口を尖らせると、殿下はニヤリと笑った。

「何事も一度やってみないとだめだろう」

「そうですけど」

でも俺は失敗するのが分かっていてやるのは好きじゃないんだ。

そのまま口を尖らせていると、繋がれた手から優しい魔力が少しだけ流れ込んできた。兄様の魔力だった。

兄様の魔力は、とても清涼な感じで、身体に入ってくるとすごくホッとする。拗ねていた気分はすぐに上向いた。

「本当だったら体液も試してみたいところだけれど……アルバ、泣いてみないか？」

「そんなこと言われてもすぐには泣けませんよ」

「残念だな。涙でも魔力が漏れないか確認したかったんだが」

なんだか殿下までブルーノ君のようになっている。

すごく生き生きした表情は、きっとここにいて色々やるのが楽しいんだということがうかがえる。

そうなると殿下も放課後は研究所にばかり来て、主人公と一緒に勉強とかしないことになるんだろうか。兄様もまっすぐブルーノ君と家に帰ってきてここに詰めるみたいだから、放課後の勉強とかはしないだろうし。

ってことは、主人公が攻略できるのは実質アドリアン君だけってことか。よしよし。

無理やり兄様を対象者的立ち位置から排除してホッとする。

でも、そもそも、主人公は本当に恋愛をするのかな。

国の一大事にそれを救うために選ばれた若者に近付いて恋愛するって、ある意味図太……いやいや、気のせい気のせい。

「流石《さすが》に唾液っていうのはな」

色々と考えていると、殿下がううむと腕を組み、兄様がそっと俺の口に指で触れた。

「アルバ、ちょっとごめんね」

兄様が謝るや否や、くいっと少しだけ指先が口の中に入る。

指が！

最推しの綺麗な指が！

俺の口に！

声をあげずにパニックを起こしていると、兄様は何事もなかったように指を取り出して、それを今度はペロッと舐めた。

「濃いな……」

「オルシス、君は……」

「お前もう自重する気ないだろ」

「他の誰にもこの立場を譲る気はない」

二人の同級生に呆れた目で見られていた兄様は、そんな視線を気にもせずに「体液が出る場合は魔力も外に出る」と報告していた。

でも俺はそれどころじゃなかった。

目の前にアダルトな兄様がいる。

俺の口に突っ込んだ指を舐めるって……間接キスじゃないですかやだあ！

ななななんてことをするんだ兄様！

顔が熱くなってクラリとすると、兄様が俺の身体を支えてくれた。

その力強い腕の安心感が、いつもとは一味違ってなんだかとてもえっちに感じるんだけど……！

「じゃあ、魔力枯渇しそうな状態をこれで食い止めたとしても、出血している場合はやっぱりダメってことか」

「そもそも、魔力枯渇状態で怪我している場合、既に手遅れという状況がほとんどでしょう」

「何か作業をしていて魔力枯渇しそうな時にこれを使うなら、殿下の手を通さない通常の物の方が安全だろうな」

一人グルグル、アダルト兄様にパニックを起こしている俺の横で、研究熱心な兄様たちはまたも論議を始めてしまった。

あんまりにも破廉恥なことがあり過ぎて口の中の飴は飲み込んじゃったよ！

パニックだった俺も落ち着き、皆で休憩とテーブルを囲んだところで、俺は兄様に学校であったことを報告した。

「学園でお友達が出来ました」

「友達？　どんな子？」

「セドリック君という、殿下の甥っ子さんです」

セドリック君のことを伝えた瞬間、三人はなんとも言えない顔でお互い目を見合わせた。

え、何か問題ある子なんですか？

三人の反応が微妙過ぎてドキドキしていると、殿下が笑顔で「そうか」と頷いた。

「同じクラスになったのか。セドリックはいい子だよ。すごく僕と馬が合うんだ。小さい頃はよく一緒に庭を走り回ったもんだ」

「セドリック君、殿下そっくりでした。主に行動とか発言が」

思ったままを伝えると、殿下が声を出して確かに、と笑った。

「一応同じクラスになった場合は気にかけてあげてとは言ってたけどさ。何か無茶は言われてないかい？　もし我儘を言い出したら僕に教えて。ちゃんと注意してあげるから」

「我儘は全然。でもお昼を一緒に食べることになりました。毎日皆に差し入れされて、太ってしまうって悩んでいたようで。僕と一緒に食べればそういう子たちは遠慮してくれるからって」

「うちのアルバを防波堤……」

「アルバを使う気か」

兄様とブルーノ君が、スン、と真顔になった。

あれ、兄様たち、おかしな解釈になっちゃってる？

あんな理由を付けているけれど、セドリック君は殿下に俺のことを頼まれたからって善意で声を掛けてくれたんだ。

慌てて首を振る。

「違うんです。多分、僕が今日一人でご飯を食べていたのが寂しそうに見えて気を遣ってくれたのだと思います。公爵家の子息は僕たちの学年は二人しかいないからって」

だってすごく沈んだ雰囲気が出ていただろうから。去年まで皆でワイワイお昼を食べていたのに、いきなり一人になった俺の顔に寂しさが出ない訳はないんだ。

多分それを読みとったんだと思う。セドリック君にそっくりな殿下も雰囲気を読むのは上手そうだし。

そう言うと、兄様とブルーノ君がちらっと視線を見かわして頷いた。

「昼か……高等学園の建物から往復すると……」

「転移の魔術陣を大量に購入するとか」

「それもアリだな」

ブルーノ君と兄様の言葉に、殿下が律儀にツッコむ。

「お前ら！　そんなのないから！　公爵家を傾けるつもりか！」

「父上はきっとアルバのためなら何枚だって用意してくれる」

「まあ、絶対にダメとは言わないだろうな」

「ダメです!!」

うんうん頷く二人に、殿下の代わりに今度は俺が止めた。

だって転移の魔術陣って実はかなりお高いんだよ。ブルーノ君はいざという時のために義父から数枚支給されているみたいだけれど、今まで使いどころを間違えたことはないからこそだ。

アレが数枚あれば、母の実家の男爵家は立て直せるくらいのお高さ。そんな毎日ランチのためだけに使うの禁止！

「僕のせいで公爵家を傾けるなんて、絶対に嫌です……！　兄様も父様もルーナも母様もブルーノ君も、ずっと笑っていてほしいんです……！」

俺の我儘ランチのせいでサリエンテ家の家計が苦しくなるなんて、考えただけで泣けてくる。

俺、我儘言わない。絶対もう言わない。そうでなくても我儘なのに。昨日も我儘通したばかりなのに。

そう思うとだんだん落ち込んできて俺は項垂れた。

「こんな僕が弟でごめんなさい……」

ああ、やっぱり俺は病《やまい》で死んでた方がよかったんじゃなかろうか。家を傾けるとか、最悪だ。

泣きそうになって顔を手で覆うと、兄様がギュッと抱きしめてくれた。

「ごめん、僕が馬鹿なことを言ったばかりに。使わないよ、転移の魔術陣。もっと他のことを考えるから泣かないで」

「兄様は悪くないです。僕が、我儘なばっかりに」

抱き締めてもらえることにホッとして兄様に腕を回すと、他の二人からも小突かれた。

「アルバが我儘だったらオルシスなんてヤバいよな」

「ブルーノもだろ」

「ん？」

笑いながらけんか腰になった兄様とブルーノ君に、殿下が追い打ちをかける。

「二人ともヤバいと僕は思うな」

「殿下が言うなよ」

「殿下に言われたくはありません」

三人の掛け合いを聞いて、なんだか兄がまた増えたような不思議な気分になりながらも、もう我儘は言わない、と心に誓いを立てた俺だった。

◇◆◇

そんなこんなで次の日。

本当にセドリック君は俺のもとにランチを持ってやってきた。

「アルバ、ここでは落ち着かないし食べるものも持ち込んでいるから一緒にサロンに行かないか？」

「サロン？」

「ああ。今朝のうちに部屋は押さえているんだ」

「ありがとうございます」

何やら視線を背中に感じつつ、俺はセドリック君と共に教室を後にした。

そしてサロンでランチ。

会話はセドリック君が主に話をしてくれて、中々に楽しい時間を過ごした。

そんな昼時は一度で終わることはなく、毎日の日課となった。

セドリック君の周りにいた子達は俺が一緒にいると近付いてこないけれど、だからと言って突っかかってくることもない。ここに来て一年の時に流れた噂がいい効果を発揮しているらしい。あの、俺の悪い噂を立てると土下座させられるというやつ。

セドリック君も「アルバといると本当に楽」とカラカラ笑っている。

でもいいのかな。俺と一緒にいると人が離れていく感じなのに。

クラス長をしているセドリック君の周りは俺がいることで遠巻きにされているのに反して、副クラス長のジュール君の周りには相変わらず楽しそうに人が集まっている。

前は多分セドリック君もあんな感じだったんだと思うけれど、本当にいいのかなあ。

まったく周りを気にしていなそうな、楽しそうに鼻歌を歌うセドリック君の横顔を見ながら、俺はちょっとだけ溜息を呑み込んだ。

なんか、俺の立ち位置が定まっていないような感じとちょっとだけわけのわからない違和感が纏わりついている。でもそれをどう説明していいかもわからなくてもやもやした。

◇◆◇

二学年第一回目の試験開始。

今回も俺は魔法学実技を免除されている。座学には出ているから筆記試験は受けるし、勉強もかなり楽しいけれど、周りの視線がとても痛い気がするのは気のせいか。なんで魔法使えないやつがここにいるんだよ的な視線を感じる気がする。

去年の最初の方は同じような視線をバリバリ感じていたけれど、流石《さすが》に一年同じ教室にいれば慣れるのか、最後は普通に過ごせていた。でもクラス替えは毎年あるからね。リセットされたような感じがする。

殿下も交ざって家族会議をした結果、俺が魔法を解禁される、というか病《やまい》が治ったと大々的に発表するのは、高等学園に通うようになってから、ということに落ち着いた。

なので本当はまだ授業も受けなくていいんだけどね。

少しでも授業で知識を付けたいということで、学園側から了承を得て授業及び試験を受けている。早く解禁にならないかな。堂々と魔法を使えるのが待ち遠しい。

その頃には殿下も王族から離れ、王家で所持しているうちの領の隣の領地に向かうそうだ。

その前に卒業してから一年間、公爵家としての領地経営のノウハウを義父から教わるという名目でうちに居候して兄様たちと遊ぶ気満々らしいけれど。

確かに十八歳とか十九歳って遊びたい盛りだよね。

でも、兄様たちの誰かは、主人公と共に宝石に魔力を込めるというお仕事をこなさないといけないから、もしかしたらうちに居候は取り下げられちゃうかもしれない。

殿下が主人公の相手に選ばれた場合、そのまま王宮のなかで幸せになる的なエンディングだったはずだから。ちなみに第二王子殿下が王になるとは書かれてなかった気がする。覚えている限りは。皆それぞれの家で幸せに暮らすんじゃなかったっけ。

だってエンディングでは、守護宝石の力が神殿内に満たされて光り輝き、攻略対象者からの告白。その後二人は幸せに暮らしたみたいなナレーションがほんの少しだけ入って、日常の一コマスチルがバーンと出て『ＥＮＤ』だったはずだから。

——いやいや、今はそんなことを考えている場合じゃなかった。試験中だった。

一通り書き終わって時間が余ったからと油断してた。

まだ見直ししてないじゃん。兄様がいなくなったら成績がガタ落ちしたなんてなったら目も当てられない。それに去年はやっぱりカンニングでもしたから成績がよかったんじゃないかなんて噂も出そうで怖いから、試験は必死で頑張らないと。

慌てて視線を魔法学の答案に落とし、見直しを開始する。

それから解答欄を確認して、大丈夫そうなことにホッとする。魔法学が楽しすぎてめっちゃノリノリで勉強したから大丈夫だとは思うけれど。授業中なんて気になる場所は手を挙げて先生に質問しまくってしまった。先生は苦笑しながら丁寧に教えてくれたけど、クラス中から「なんでお前が質問するんだよ魔法使えないくせに」の視線が集まったのはあえてスルーしている。

誰かが質問してくれたら俺だって大人しくその解説を聞くのに、誰も手を挙げないんだよ。先生が「何かわからない場所はあるか」って聞いたときがチャンスじゃん。なんで訊かないのかな。とペンを置きながら溜息をのみこみ、ハッとする。

もしかして、俺が質問したことは皆すでに知ってることだったのかな。俺だけが理解してなかったことだから誰も質問してなかったのかな。

俺は授業中にすでに自分のダメさを露呈してしまっていたってことだね。なるほど納得。いいんだよ。魔法使えないから。

心の中で開き直って、俺は姿勢を正した。先生のテーブルの上に置いてある砂時計の砂がもうすぐ下に落ち切る。あれが全て落ち切ったら、試験終了だ。チラリと周りに視線を向けると、皆まだ何かを書いているみたいだった。あれ、そんなにたくさん書く場所あった？　もしかして、もっと深く追求した方が良かったのかな。

……よし、今回の目標は『目指せ上位五十位以内』。あの紙に自分の名前が載っていたらセーフ、としよう。最近だんだんと授業内容が難しくなってきてるからポンコツ頭には辛いんだよ。

「そこまで。ペンを置きなさい」

先生の声が聞こえてきて、皆が一斉に手を止める。中には溜息とか聞こえてきたりもして、ちょっとドキドキする。

先生が手にしたペンを振ると、皆の目の前にあった解答用紙がふわりと宙に舞って、一斉に先生の前に集まった。いつ見てもあの集め方はすごいな、なんて感心していると、皆一斉に席を立って動き始めた。

休憩を挟んで、次は魔法学の実技試験だ。こちらは免除なので保健室に向かう。

昨年、皆が試験を受けている間に勉強をするのはずるいと指摘されたので、リコル先生と雑談とお茶をするのだ。教室を移動する途中で、知っている背中を見かけて、ついつい話しかけてしまう。

「セドリック君、実技頑張ってください」

「任せとけ。アルバは保健室か。次の勉強でもするのか？」

「しませんよ。体調を見てもらって、雑談して終わりです」

「そうか。アルバは勉強しなくても大丈夫なんだな？」

俺の返答にセドリック君は面白そうに笑うと、揶揄《からか》うように俺の顔を覗き込んできた。身を屈《かが》める仕草が地味に心を抉る。

「僕、ポンコツですよ？　毎回歴史学勉強すると泣きたくなりますもん」

「そうかアルバは歴史学が苦手なのか」

「複雑すぎますから。特にどの家が興《おこ》ってどの家がつぶれて、その損害がどうのとか、あれもう歴史じゃないってツッコみたくなりますもん。他家のことを勉強とか。うちのことだけでもいっぱいいっぱいなのに」

「その他家が盛り上がると産業が興《おこ》り、衰退すると違う産業が興るから、歴史は面白いんだよ。そこから学べることも多いしね」

「はー……流石《さすが》セドリック君……そんな考えもあるんですね……」

先人に学べ、って言われるもんね。流石《さすが》学年一位の考えは違う。

感心していると、セドリック君におでこを突かれた。

「はーじゃないよ。君だって公爵家だ。産業を興《おこ》すことの先陣を切る家柄なんだからな」

「でも僕次男ですし兄様超優秀過ぎて僕が出る幕ないですし、しかもブルーノ君がうちに来たからさらに優秀な人が増えましたし、ルーナも今から超優秀な片鱗が見えますし」

「僕にしてみればアルバも十分優秀だけれども」

「お世辞をありがとうございます」

深々と頭を下げると、セドリック君はこれ見よがしに大きな溜息を吐いて、何やらすごい顔をした。なんていうか、いちゃもんをつける不良みたいな。こんな顔をする人この世界にもいたんだ、なんて感心して観察していると、セドリック君がその顔のまま、口を開いた。

「アルバの周りが優秀だからって僕の褒め言葉を世辞として取るとは……失礼にもほどがある」

「えええ……」

確かに俺の周りの人たちは滅茶苦茶優秀だけど。自慢の兄様だけど！　どうしろというんだ。

戸惑っていると、セドリック君はフッと視線を下に向けた。

「……アルバは大丈夫。口調は丁寧だし、ちゃんとしっかり自分の考えを持っているし、公爵家にいてもしっかりと自分を律することが出来ている。権力に溺れない、それだけで、僕は優秀だと思う。ガサツじゃないし、お礼と謝罪が出来るから少なくともポンコツではないよ」

セドリック君の声には、疲れが滲み出ている気がした。ちらりと見えた瞳は、ハイライトが消えている。

――まさか。

思わぬセドリック君の反応に、ちょっとだけまた発作が起きるんじゃないかと思ってしまった。

無意識にポケットに手を突っ込んでしまう。もう飴は必要ないのに。俺は顔を引きつらせないように必死になりながら言葉を探す。

「なんていうか、すごく基本的なことをおっしゃいますね。流石《さすが》に生まれは男爵家だとしても、僕も一応貴族の端くれですから。父様もしっかりと僕に教育を施してくださいましたし」

「……基本、そうだよな、そうあるべきだよな……。ほんとにどうしてあの人はあんな……」

「あの人？」

セドリック君の呟いた独り言に思わず反応すると、セドリック君は「ごめん、忘れて」と力なく笑った。

「ああ、そういえば移動だった。すまない。引き留めてしまったな」

「い、いえ！」

お辞儀をすると、まだハイライトの入っていない目でセドリック君が微笑んだ。

これ、多分、主人公が保護されたのはセドリック君の家だ。わかってしまった。

セドリック君が例に挙げたポンコツ、もしかしなくても主人公なんじゃなかろうか。

え、ってことは、権力に溺れてるの？

自分を律してないの？　基本的なことが出来てないの？

最悪な性格の主人公ってこと？

必死で普通の顔を保っていたけれど、背中は汗だくだった。

確かにゲームでもその片鱗は見えていたけれど。だからこそ主人公に感情移入することが出来なかったけれど。

さらに憂《うれ》いを帯《お》びたその表情で、セドリック君は主人公があまり好きではないということが読めてしまった。しかも尊敬できる人格じゃないということも、貴族としての教育が出来ていないまま高等学園に入ったということも。

……兄様、付き纏われないといいけれど。

眩暈《めまい》を感じながら、俺は必死で口角を上げて、セドリック君に頑張ってとエールを送った。試験のエールなのか、主人公の傍にいることに対してのエールなのかは、俺自身もわからなかった。


保健室に行くと、リコル先生が笑顔で出迎えてくれた。

「アルバ君、どうも顔色が悪いですね。昨日、ちゃんと寝ましたか？」

「はい。兄様に勉強を教わった後は、早めに寝ました。寝不足は頭の回転が遅くなりますから。実力も出せなくなりますし」

「そうですね。いい子ですね」

俺の頭をひとつ撫でて、先生は奥の方の応接テーブルに俺を案内してくれた。俺も自分の定位置と化した一人用ソファに腰掛ける。

目の前に温かいお茶と手でつまめるお菓子が出てきて、ようやくホッと息を吐いた。

それにしても、主人公の具体的な話がちょっと出てきただけでここまで動揺するなんて。

今もまだ、指先が冷たい気がする。

そして一番おかしいのが、なんでここまで主人公の話を聞いて動揺している自分がいるのか、さっぱりわからないってことだ。

ああ、主人公やっぱりいたのか、なんてさらっと流そうと思っても、全然できなかった。兄様を盗られるからとか、そんな次元じゃない気がするけれど、自分でもなんでこんな風になっているのか全然わからない。ティーカップに触れる指が震えて、もう片方の手で押さえると、リコル先生が目を見開いた。

「本当に顔色が悪いですよ、アルバ君。今日はもう家に帰った方がよくないですか？」

「いえ……魔法学実技が終わったらまだ計算術試験がありますから。受けます」

「無理はするなと公爵様からも言われているでしょう？」

「無理はしてません。ただちょっと、さっきの試験の出来が気になって」

なんとか笑みを作って言い訳をしたけれど、リコル先生はいまいち納得していないようだった。

もうね、発作で倒れるとかはないからそこまで過保護にすることもないと思うんだけれど。先生にとって俺は庇護対象なんだろうなあ。

温かいカップを握っていると、ようやく身体に血の気が通ってきた気がして、安堵の息を吐いた。

「……お茶が、美味しい」

「たくさん飲んでくださいね」

リコル先生は、一度立ち上がって、ベッドの方からブランケットを持ってくると、俺の肩にかけてくれた。

そんなに青い顔をしてたのかと自分で驚きながらも、その毛布がとても暖かかったので、そのまま包まれることにした。

五、最推しにお誘いされました

ブルーノ君が着飾ったルーナの手を引いて、会場に入ってくる。

今日の主役はルーナだ。

三歳になったので、近隣、同派閥、仕事関係の仲間の貴族たちを呼んで、盛大にお祝いをするのだ。

ピンク色の可愛らしいドレスを着たルーナは、ブルーノ君から贈られた本物の花で作られた髪留めをして、お澄まししている。そして、しっかりとブルーノ君の手を握りしめている。

今日は義父から正式に二人が婚約したことを発表するらしい。

ちなみに殿下も堂々と会場に顔を出している。うちが後ろ盾になることをこの場でハッキリさせるためなんだって。そこらへんの大人貴族の事情は複雑すぎてさっぱりわからないけれど。

俺と兄様はルーナの引き立て役として、横で待機中。

お客様たちはルーナの一挙手一投足に注目している。

初めに義父と母が挨拶をした後、前に出るように言われたルーナが照れたような顔をして、ちょっとだけブルーノ君の足の陰に隠れる。

そしてそこからちょこんと顔を出すと、ブルーノ君を見上げてニコッと笑った。

ブルーノ君にほら、と背中を押されて、ルーナは大きな紫色の瞳をお客様の方に向けた。

「ルーナ・ソル・サリエンテ、です。きょうはおこしいただき、ありがとうございました。お祝いありがとうございます」

舌っ足らずが抜けたルーナはとてもしっかりした口調で皆に挨拶をし、最後に止《とど》めの笑みを浮かべた。

うん、うちの子可愛い。ブルーノ君に「偉かったぞ」と褒められて満面の笑みを浮かべている。

そこで二人が婚約したことを義父が皆に伝え、宴が始まった。

ルーナは早速ブルーノ君に抱っこされて、ご機嫌だ。

「ルーナ、とてもしっかり挨拶出来て偉かったですね。きっとルーナは兄様と同じくらい優秀なのではないでしょうか。流石《さすが》僕たちのお姫様」

俺がルーナを手放しで褒めると、隣で兄様がクスクスと笑った。

「アルバ。アルバはうちに来た時四歳だったよね。その時のアルバは四歳とは思えない口調と考えで、僕と父上を言い負かしていたからね。語彙力と表現力は多分アルバが一番だからね」

兄様が鋭いツッコミを入れてくるけれど、それは仕方ない。だって俺には最推し兄様を愛《め》でていた前世の記憶があるんだから。何歳だったかとか、どこに住んでいたとかはさっぱり覚えていないけれど、最推し愛だけはいついつまでも新鮮で鮮やかなまま残っていたから、兄様を語る語彙だけは溢れるほどに出てくるんだ。

言わば、チート。チートってずるみたいで本当は嫌いだけど、兄様の笑顔を守りぬけているから、今回ばかりはよかったと言わざるを得ない。

だからね兄様。俺は別に褒められるようなところはひとつもないんだよ。ずるだから。

何も言わずに微笑んでいると、ルーナがちょんちょんと俺と兄様の手に触れた。

「にいさまたちも、お祝いありがとう」

「喜んでもらえて嬉しいよ」

ブルーノ君に抱き上げられたままのルーナの頬に、兄様が親愛のキスを贈る。

俺も真似したいけれどちょっとだけ俺には足りない物があるので、ルーナの手を取りそこにキスをする。

可愛いうちの自慢の妹をこんな風に大々的にお披露目できるの、嬉しい。

「ブルーノにいさまは？」

最後、ルーナはブルーノ君にキスをせがみ、仲のいいところを周りに見せつけていた。これじゃあ誰も横やりなんて入れられないよね。義父がブルーノ君にルーナを預けた意図がわかった気がした。ちょっと青筋立ってるのが気になるけど。

さて、流石《さすが》に三歳のお祝いは、主役がまだ小さいので夜遅くまで続くということはなく、比較的良心的な時間にお開きとなった。

兄様と色違いおそろいであつらえてもらった正装を脱いだ俺は少しだけ楽な格好に着替えて、皆が寛ぐリビングルームに向かった。

既に兄様とブルーノ君はそこで寛いでおり、スウェンがお茶を淹《い》れている。

義父と母とルーナはまだいないようだ。

キョロキョロしていると、兄様が自分の隣をポンポンと手で叩いて、「おいで」と俺を呼んだ。

即座にそこに座った俺を、ブルーノ君が密かに笑う。呼ばれた瞬間の俺の顔が傑作だったらしい。

どんな顔をしているのか、自分では見えないんだけど。

困ったように兄様を見上げると、兄様こそ傑作な素晴らしい笑顔を俺に向けて、「可愛い顔」と
わけのわからないことを言った。

兄様の方が可愛いのですが。その甘いマスクでその笑顔。最高オブ最高なんですが。目の保養あ
りがとうございます今日は絶対いい夢見れます。

兄様を心の中で拝んでいると、義父たちがやってきた。

スウェンにお茶を淹《い》れてもらって、皆で夜のゆったりタイム開始。

そんな中で話題に上ったのは、ブルーノ君とルーナのことだった。

本当に書類を提出したから、名実ともに二人は婚約者となったらしい。ついでに本物の婿になる
と同時に義父名義の研究所をブルーノ君名義に変えることもその場でサラリと伝えられる。

兄様とブルーノ君はなんだそんなことか、みたいな顔をしているけれど、俺初耳だから！

「婚約がなくなったとしても、次期所長はブルーノのままだ。好きに育てなさい。責任は取ろう。

その代わり、しっかりと成果を出すように」

「もちろんです。ありがとうございます」

「あらあら、うちのお婿さんはとても頼りになるわね、旦那様。これなら少しくらい私たちとゆっくり過ごしても大丈夫そうですわね」

ブルーノ君が躊躇《ためら》いなく頷くと、母が援護射撃をする。義父よ、母のその言葉につられたね。めんどくさいことを子供たちに引き継いだら、母と一緒にのんびり暮らす気満々だね。

もっと下の兄弟が増えそうな予感に、思わず笑みが零れてしまう。

するとと義父もつられたように笑顔になった。

「アルバはなんだか楽しそうだね」

だって、義父がなかなかに可愛いから。母の手の平の上で転がされることを喜んでいるのがすごくよくわかる。

「父様が好きだなって改めて思ってました」

簡潔に述べると、義父は感極まったように口もとを手で隠して、スウェンの腕をバンバン叩いた。

「ルーナもとうさま好きー」

「僕も、父上を尊敬してます」

「公爵様のこと、誰よりも敬愛してます」

俺に続いて次々皆が言うと、義父は隣に座っている母にギュッと抱き着いた。母がちょっとだけ呆れた顔をして、義父の腕をポンポン叩いて宥めている。

「よかったですわね、子供たちに慕われて」

母に縋《すが》りつきながらうんうん頷く義父は、やっぱり可愛かった。

可愛い義父を堪能した後は、兄様たちが高等学園のことを話題に出した。

「アルバ、一月後、三日間高等学園に遊びに来ない？」

「行きます」

一月後と言えば、ちょうど学校が三日間休みになるのだ。その間、三日も学園に行けるなんてどんなご褒美ですか。

鼻息荒く即座に返事をすると、ブルーノ君が義父に学園祭があることを説明していた。

「この日は中等学園も休みになるから、堂々とアルバを誘えるんだ」

「お休み……ああ！　どうして何もない日に三日も連休があるのかと思ったら！　皆学園祭に行くからなんですね……！」

「兄弟がいる中等生たちは来るだろうね」

「うわあああうわあ！　絶対行きたいです！　兄様の雄姿見たい！　絶対兄様は剣術大会とか優勝出来ちゃいそうですし！　魔術大会も絶対優勝間違いなしです！　見逃せない……！　あ、でももしかして、兄様運営委員会なんかやってます？　そしたら一緒に歩けない……」

頭の中に、学園祭のスチルが飛び交う。もちろん全て最推しスチルだ。最推しは髪を無造作に流していたけれど、今の兄様は義父のようにキュッと一つにしばっているのがまたいい。どっちも好き。新しいスチルが頭の中に思い出として残るの最高。

しかし、浮かれる俺の横でちょっとだけ兄様とブルーノ君が困った顔をしている。

「ブルーノ、学園祭の詳しい話、アルバにしていたか？」

「いいや、してない」

「それじゃあ……」

ああ、はしゃぎ過ぎました。落ち着け、俺。

ちょっとだけ深呼吸すると、俺は兄様の手を取り、キリッと見上げた。

「応援します、力の限り」

「ああ、うん。ありがとう。でもアルバ、学園祭に剣術大会と魔術大会があることを知っていたんだね」

それはメインイベントだからですね。とは言えない。

しまった、まだ兄様は学園祭の内容を何も言ってなかった。

内心汗をダラダラ掻きながら言い訳を探していると、義父がにこやかに「二人とも頑張りなさい」と口を挟んでくれた。

ホッとしつつ、冷めかけた紅茶を口に運ぶ。

ええと、そう言えば一年目の学園祭、どんなイベントがあったんだっけ。

主人公も出場しているけど、それまで伸ばしたステータスで順位が決まるから一年目はほぼ初戦敗退なんだよね。で、観客席からその時狙っている人物を応援する状態になって、応援ゲージを溜めるんだったような。

応援はミニゲームだった。応援ゲージが高ければその分応援してる攻略対象者のステータスが伸びて、決勝で力を発揮する。ミニゲームに失敗すると、応援空《むな》しくお相手が負けて準優勝になっちゃうんだ。準優勝でも全然嬉しいんだけど、優勝すると特別スチルがもらえるから、ミニゲームを頑張った記憶がある。

でも最推し以外の応援ミニゲームはあんまり頑張らなかった。優勝しようが準優勝だろうがどっちでもよかったから。どっちにしろすげえじゃん、で終わってた。

魔術大会も同じだけれど、どっちに出るかは選択制だったはずだ。お相手は自分が選んだ方に一緒に出ることになるので、どっちも結局楽しめるイベントだった。

アレが生で見れるのか……

「あああ、兄様カッコいいんだろうなあ……」

顔を覆ってしみじみ呟く俺に皆から向けられる視線はとても生ぬるかったようだけれど、顔を覆っていた俺には気付くことはできなかった。

◇◆◇

試験結果の発表が済んだ後の連休は、高等学園の学園祭がある。

ということなので、正直試験の結果なんてどうでもよくなっている俺がいる。上位五十位とかもうほんとどうでもいい。そんなことより兄様の雄姿……もとい学園祭！

試験自体はね。必死こいて頑張って、答案を提出した瞬間からもう既に試験内容は忘れたよ。詰め込み勉強は気を抜いた瞬間脳みそが初期化されるよね！　だから答え合わせすらまともに出来る気がしない。

試験が終わってすぐにセドリック君がやってきて「答え合わせしよう」と言ったときは、何事かわからなかった。質問された内容も、既に自分がどう書いたかなんて覚えているわけもなく。

いや、答案には確かに書いたんだよ。ちゃんと答えを解答欄に。当たってるかどうかはわからないけれど。だけど、覚えているのはそれだけ。書けたことしか覚えてない。

そんな曖昧な状態だからこそ、「この答えはどうだった？」なんて聞かれても、答えられるわけないじゃん！　むしろそんな問題あったっけのレベルだよ。

セドリック君の呆れた視線が痛い。

目を逸らしていると、そんな俺が見ていられなかったのか、ジュール君もそばにやってきて、「僕はこう書きました」的なことを答え始めた。二人で答え合わせを始めたのを、俺はただぼーっと見ていた。皆、記憶力すごすぎない？

そんなポンコツな俺に、二人ともどうして俺が一年の時あれだけ上位にいたのかわからなくなったらしい。それは俺が一番思う。なんでだろうね。

そして今日が試験結果発表の日。この後の数日間は通常授業が続き、その後にやってきます学園祭連休！　早くその日になってほしい切実に！

末だに一年の学園祭イベントはどんなだったのか細かくは思い出せないんだけど、最推しの場合は、確か人混みで押されて生徒立ち入り禁止の場所に行ってしまったら「ここに入ってはだめだ」

的なお叱りを受けるんだったはず。キリッとした最推しの顔はそれはもう素敵で、単なる立ち絵だっていうのに「ここで会えたのは運命です‼」と素で叫んだのはいい思い出。

ってことは、一年目の学園祭中は、兄様があまり表を歩いていないってことなのかな。

一応軽食を食べられる場所もあるし、休憩所のような所も複数設定されているからそこらへんで兄様と合流して学園兄様を堪能しようと思っていたのに。忙しそうだったら諦めよう。

そんなことを考えていたら、「ほら、アルバ。早く結果を見に行こう」とセドリック君に手を掴まれてしまった。速足で発表の場所に行くと、ちょうど向こうから歩いてきたジュール君にばったり鉢合わせた。

途端セドリック君の目が輝き、ジュール君に声を掛ける。

三人で並んで見上げると、やっぱりというか、セドリック君は不動の一番だった。

そして、ジュール君が二番に並んでいた。

ジュール君の手がちょっとだけぐっと握られたのを見てしまった俺は、彼が無表情ながらも順位が三位から上がったことに喜んでいると気付いてしまった。

「お二人ともすごいです！　ジュール君、二位ですね！　おめでとうございます！」

「そうですね。頑張った甲斐がありました。ありがとうございます。セドリック様もおめでとうございます」

「ありがとう。ジュールに抜かれないようにって結構必死だけどね」

ジュール君はちょっとだけ誇らしげに、セドリック君は全然必死そうに見えない顔で答えてくれた。

「それよりもアルバの順位の方が興味あるんだけど」

なんとはなしにセドリック君に急かされて視線を落としていくと、すぐに俺の名前は見つかった。

俺の名前は、上から九番目に載っていた。ということは、学年九位。待って。一桁。待って。おかしい。

「アルバ前より大分順位上がったな」

「何かの間違いじゃないですか？」

セドリック君の言葉に思わずそう返すと、ジュール君が「貼りだされた順位に間違いがあるはずないでしょう」とぼそりとツッコんできた。ああ。そのツッコミ具合、ちょっとブルーノ君に似てる気がする。

「アルバさては答え合わせ、出し惜しみしたな？」

「いや、アルバ様はそんなこと出来るわけないと思いますが」

「じゃあ、あれも素……？　じゃあ、この順位は？　頭真っ白の状態でこの順位が取れるなんて、奇跡だろう……？」

セドリック君が混乱しているけれど、本当なんだよ。終わったらすっぱり記憶を消す派なんだよ。っていうか勝手にスッキリしちゃうんだよ、この容量の小さい脳みそは。脳みその八割は兄様のことで占められているので、勉強に割ける脳みそは二割だけなんだ。まさに奇跡。セドリック君言い得て妙だね。

「アルバ様、ダメを承知で訊きますが、明日、答案が返ってきたらちょっと見せてもらってもいいですか？　何点なのか滅茶苦茶気になります……」

珍しいジュール君のお願いに、珍解答してませんようにと祈りながらいいよと返事をする。

それからまさかの順位に整合性を見出したくてうーんと唸った。

「あ、もしかして、魔法実技は免除だからそれを差っ引いた平均で出してもらったとか……でも剣技がヘッポコだしなあ。あれも実技点数かなり平均低くしてるはずだし……他の点数高かった……？　って、僕何点取ったんだろう」

ハッと顔を上げると、突っ込みたくないという様子の二人がこちらを見て首を横に振った。

「いやいや、試験が終わった後、そこら辺を把握しておくために答え合わせしてるんだからな僕たちは」

「そうですね。僕の総合得点は予想では８８７点でした」

「僕は自分の予想では８８６点だったんだけれど、ジュールがその点数だったなら、どこか一問間違えたと思った場所が当たっていたか、ジュールの予想が外れているか……」

「僕の予想が外れているんだと思いますので、お気になさらず」

高度な会話に、俺は口を挟むことが出来なかった。実際、自分が何点だったのかなんてほぼ把握してない。俺が一番気になってたのは兄様の順位だったし。

まぐれだな、と呟いていると、二人に盛大に溜息を吐かれた。

それにしても、実技を除いた全九教科満点で９００点。二人は本当に一問か二問しか間違えていないってことか……うん。次元が違うね。でもそこに実技が加わってなお一位と二位を取ってるってことは、二人は本当にオールマイティなんだね。羨ましい。

あーだこーだと会話をしながら教室に戻っていく二人の後ろを歩きながら、どうして一桁台になったのかを疑問に思う俺なのだった。

あまりにも不可解すぎて逆に全然喜べないよね。

次の日、次々返ってきた答案を見ると、ありえない点数が並んでいた。

九枚のうち七枚に「100」と書かれている。残りの二枚は「98」と「97」。間違えたのは一問ずつ。

つまり合計点は、８９５点。一年の時ですらこんなに素晴らしい点数を取ったことはない。

でも、俺の字で書かれている答えを見ても、どんな問題だったのかすら覚えていない。

まさにこれは奇跡だ。

「……」

「……」

ジュール君に便乗して俺の答案を覗き込んでいたセドリック君は黙り込んだのち、とてつもなく複雑な顔つきになった。セドリック君って表情豊かだよね。

「僕もジュールもアルバに負けてる……」

予想点数で言えば、セドリック君が正しくて、８８６点、ジュール君が８８５点だった。

「兄上がアルバ様は優秀だと言っていた意味が、初めて理解出来ました……」

何気に失礼な気がしないでもないけれど、しみじみ言うジュール君がおかしくて思わず笑ってしまう。

それよりもブルーノ君とジュール君が話をしていたということが気になる。

少しは歩み寄った、のかな。

少なくとも、ブルーノ父はルーナの誕生会で挨拶した時、未練がましくブルーノ君に「いつでも帰ってきていいんだからな」とか言ってたけれど。ジュール君もお兄さんを取られたとか思ってないといいな。なんとなく聞けないけれど。

だってジュール君はブルーノ君に対してツンデレっぽいから、聞いてもツンな答えしか返してくれなそうなんだもん。いつも何か言いたげな視線を向けてたのに、それを一度も口に出したことはないから、筋金入りなんだろうなあ。

質問したさを堪えつつ、真顔で首を横に振る。

「まぐれですから」

「まぐれでこんな点数は取れないからな!?　ってことは……やっぱり剣の実技が……」

セドリック君はそこで言葉を止めて、憐れむような視線で見つめて、俺の頭を撫でた。

そういうのいいから！

六、最推しと高等学園の学園祭

やってきました、高等学園。

兄様と義父と母とルーナと共に、入学式の時とは違う場所で馬車を降りると、どこか見たことのある学《まな》び舎《や》が遠くに見えた。

ああ、入学の時にはここで攻略対象者にエンカウントするのか。角度が一緒。

ってことは、と後ろを振り向くと、大きな学園の門が遠くに見えた。馬車が並ぶ場所を取らないといけないから、門からすぐ校舎って訳にはいかないんだ。それは中等学園も同じなんだけど、敷地は同じでも入り口が違うと、こうも雰囲気が違ってくるものなんだ。

「ほら、アルバ。転ぶよ」

ゲーム内でソレイユの塔と呼ばれる時計塔を見上げていると、後ろから頭を抱えられた。

そのままもう少しだけ視線を後ろに向けると、兄様の顔が飛び込んできた。

学園の制服の、兄様の笑顔が。

ああ、俺はもう。

これだけで尊死出来る……

脳内を『校舎を無表情で案内する最推し』の立ち絵が駆け巡る。だがしかし。今目の前にいるのは、『校舎を全開の笑顔で案内する最推し』だ。

こっちだよ、おいで、という優しい声と、俺の手を引く温かい最推しの手。

これは夢かな。夢かも。全てが尊い。

兄様に手を引かれながら、不覚にも感激のあまり鼻水が垂れてきた。

「アルバ……!?」

足を止めた兄様が焦ったように俺を抱き上げる。

剣だこのある、少し固めだけれどとても綺麗な兄様の手が俺の頬を撫でていく。

「僕、夢が叶いました」

今になっても、兄様は笑顔を失ってない。

主人公がどうとか、宝石がどうとか、そんなのはもう関係ない。ただただ見たかったのは、この学舎を背にした最推しの笑顔だったんだ。

あの、ほんの少し笑顔……かな？　みたいなささやかな微笑じゃなくて、温かい笑顔。

入学式でも学園を背にした兄様を見たけれど、あの時はこんな正門の方ではなかったし、馬車付近でしか見れなかったし、兄様の同級生の方々に囲まれていたから、そこまで意識していなかったけれど、今日は違う。

一番見たかった姿が、ここに全て揃っていた。

兄様の肩に顔を伏せ、肩を震わせる。

アルバ、と優しく呼ばれて、しゃくりあげた。

するとなんて困ったような声で兄様が俺を呼ぶ。

「こんなことを夢にしないで。もっとやりたいこととか、色々あるはずだから、ね、アルバ」

こんなことなんて言われても。絶対に叶わなかったはずの夢なんだ。

俺が肩口に顔をグリグリするように首を横に振ると、小さく兄様が溜息を吐いたのが聞こえた。

「父上。来たばかりで少し早いですが、休憩してもよろしいでしょうか」

「もちろん。ルーナはどうする？　父様と一緒に色々見て回ろうか？」

「にいさまたちといる。ルーナがにいさまによしよしするのよ」

義父に抱っこされたルーナが、必死で手を伸ばして俺の頭をなでなでしてくれる。情けないのはわかるけれど、どうしても顔を上げることが出来なかった。

兄様に抱っこされたまま、校舎内の個別休憩スペースに向かう。皆まだ来たばかりなので、休憩スペースを使う家族はいないのが救いだった。すれ違う人もほぼいない。

そして、個室のソファに腰を落ち着けた瞬間、それは来た。

頭の中に、一枚のスチルが浮かぶ。

兄様のスチルじゃない。顔は見えないけれど、一人の制服の男が、叫びながら魔術大会会場内を火の海にしている。

こんなスチル、覚えていない。こんな、こんな場面。前後の流れは全然わからない。けれど、そのシルエットは、どの攻略対象者とも違っていた。普通、炎って言ったらアドリアン君が当て嵌まるんだろうけれど、絶対に違う。だってアドリアン君の炎は赤いから。でも、スチルの炎はとても青くて、とても冷たい炎に見えて――


スッと血の気が引いて、ハッと頭を上げる。

この状態はわかる。発作の時とすごく似ている。

でも、咳は全然出ていないのがいっそ不思議だった。

「に、さま……」

我ながら弱々しい声が出てしまった。

脳内でまた違う青い炎のスチルが浮き上がってくるたびに、魔力がなくなっていく気がする。

兄様も俺の魔力が減り始めたのが分かったのか、焦ったような声で俺の名前を呼び、俺の手をギュッと握った。

「父上！　アルバの魔力が減ってます！」

「病《やまい》はもう完治したんじゃないのか……!?」

「していると、殿下が」

「アルバ……！」

手から兄様の温かい魔力が流し込まれて、その心地よさに少しだけ怖さが減る。けれど、身体の力が抜けるのは止めることが出来なかった。

そうだ、ブルーノ君の飴……

力の入らない手で、ポケットを探る。

つい間違えて魔法を使っちゃわないようにと持ち歩いている飴を探し出す。

そうだ、今日はおめかししたからってポケットに入れていないんだった。

「あ、飴……」

舐めればきっと、魔力が抜けるのが止まる。

兄様の手をギュッと握ると、兄様が慌てて自分のポケットからブルーノ君飴を取り出して、すぐに俺の口に放り込んだ。

コロリ、と慣れた味が口に広がって、脳裏に広がっていた絵が消えていく。

ホッと息を吐くと同時に、兄様もホッと安堵の息を吐いていた。

流れ込む兄様の魔力が温かい。

顔を上げると、家族たちが心配そうに俺を覗き込んでいた。

ああ、せっかくもう大丈夫だと思ったのに。また、心配させちゃった。

「もう、大丈夫です」

思ったよりもしっかりとした声が出たことに安堵していると、ズボンのポケット辺りがゴソゴソしたので下を向く。

すると、ルーナが自分のポシェットから何かを取り出し、一生懸命俺のポケットに詰め込んでいた。

コロリ、とそれが床に落ちる。見ると、ブルーノ君の飴だった。

「にいさま、これたくさんもつの！」

ぐいぐいと次々詰め込まれて、ポケットが不格好に膨らむ。

溢れるほどに詰め込まれた飴に満足したのか、ルーナは口を尖らせて、俺に抱き着いた。

「にいさま、めっよ」

「はい。ごめんなさい」

素直に謝ると、ルーナはよし、とまるでブルーノ君のような口調で頷いた。

「あ！　兄様、時間は大丈夫なんですか？」

学校についてすぐで兄様の時間を潰してしまったことに恐縮していると、兄様は微笑んで「大丈夫」と頷いた。

「僕が出るのは明日の魔術大会の方だから、今日一日は何もないよ。思う存分アルバの案内をしようと思っていたから、大丈夫」

「魔術大会……」

兄様の言葉に、サッと血の気が引く。

さっき脳裏に浮かんだスチルはどんなのだった？

一枚目はちゃんと覚えてる。誰だかわからない人が青い炎の真ん中に立っているスチル。制服を着ていたから、十中八九魔術大会に出ている生徒だ。

二枚目は、遠目で見た横顔。相手が炎に呑まれたのを見て叫んでいるような。

そして、三枚目。三枚目は途中で飴をもらったらスッと消えていったからあまり覚えていないけれど、見えた瞳が、凍てついたような青い光を湛えていた気がする。

まるで周りの炎がそのまま瞳になってしまったような……でも、あんなキャラ知らない。

もしあの青い炎を纏う人の対戦相手が兄様だったら——

「……青い炎に、気を付けてください」

繋がれた手をギュッと握って呟くと、兄様は目を見開いてから、義父に視線を向けた。

「個室に移動していてよかった」

「本当に」

義父と兄様と母が顔を見合わせて頷いている。

減ってしまった魔力にくらくらしていると、少しずつ兄様が魔力を注ぎ込んでくれて、安堵の息が漏れた。せわしなく、義父と兄様の会話が続く。

「ブルーノは今日が出番か」

「はい。ですが、午後からの出場になりますから、呼べば来てくれるはずです」

兄様の返答に頷くと、義父は氷の鳥を展開した。

鳥は羽ばたくと、フッとその場で消えた。

次の瞬間、部屋の入り口にブルーノ君が現れた。相変わらず転移の魔術陣を所持しているらしい。

走り寄るルーナを自然な手つきで抱き上げて、そのまま義父の近くに来て、挨拶を交わす。義父は挨拶もそこそこにブルーノ君を見つめた。

「いきなり呼んですまない。少し問題が起きてな」

「朝から休憩用個室《こ》にいる時点で覚悟はしております。何が起きたのでしょうか」

「少し待て。皆、少しだけ気温が下がるが、我慢できるかい」

義父が周りを見回すと、皆すぐに頷いた。

俺は兄様に抱っこされていて温かいから大丈夫。ルーナも多分ブルーノ君にくっついているから大丈夫。母はショールをしっかりと羽織り、準備万端。

皆の様子を見た義父は満足そうに頷くと、魔法を展開した。音を遮断する特殊な氷属性の防御魔法らしい。目では見えないほどに薄く張られた氷の幕に時折光が反射して、中々に綺麗だった。音だけでなくある程度の魔法ならこれで防げるらしい。

義父はまた周囲を見回してから、俺に視線を落とす。

「アルバ、調子はどうだい？」

「もう、大丈夫です」

「魔力は？」

「兄様にもらっているので、落ち着きました」

俺の言葉に微笑んで頷くと、義父はおもむろに口を開いた。

「さて、今これから話す内容は『ここに居る者以外には他言を禁止する』。いいね？　アルバとルーナも他の人に言ってはいけないよ」

「はい」

義父の声が、耳から脳の中に響くように聞こえた。いつもとは違うその響きを不思議に思いながら頷くと、兄様もブルーノ君も、すごく真面目な顔をしていた。

「多分だが、アルバの属性は『刻属性《ときぞくせい》』だろう。実際に今の世の中に刻属性《ときぞくせい》の者は一人もいないからハッキリとは言えないが、先程の状態でなんとなくわかった。今までは病《やまい》の発作と共に魔法が展開されていたのではないかと思う」

「『刻属性《とき》』って」

そんな属性あったかな、と首をかしげると、兄様が「とても稀有な属性なんだよ」とそっと教えてくれた。

なんでも、『刻属性《とき》』というものは、未来視、過去視、その他時間軸に関する事柄を見ることが出来る属性なんだそうだ。この国が建国されてから、『刻属性《とき》』が報告されたのはほんの数例のみで、その属性を所持する者は皆、王家に囲われていたとのことだった。

しかし、その中でも数時間先をフッと見ることが出来た者、物品の記憶を読み取ることが出来た者、過去数時間だけを見ることが出来た者など様々で、能力の詳細はあまりはっきりわかっていないらしい。『刻属性《とき》』の魔法がどのような時に発動するのかも、ほぼ文献には残っていないんだそうだ。

義父はそう言いながら、深く長い息を吐いた。

「アルバは思えば四歳でオルシスの高等学園時代のことを見たりしていた。能力としては今までに例のない強力なものだろう。今までは病《やまい》が隠れ蓑となっていたが、これから先、またこのようなことが起きた場合、もしアルバの属性が露見することがあったら大事だ」

皆神妙に頷いているけれど、ごめんなさい、その記憶は魔法の発動じゃなくて、前世の記憶なんです。とは言えない。だって前世って何、って話だもん。

実はアルバには成人済みの男の記憶があるなんて知ったら、今まで可愛がってもらってたのが全部壊れてしまいそうだ。

しかもその成人済みの男はこんな可憐な兄様にぞっこん夢中で、本人だった俺にしても改めて考えるとかなり気持ち悪い。嫌われる道まっしぐら待ったなし。

言えない。そんなこと言えない。

青くなっていると、義父は目を細めて俺の背中をそっと撫でた。

「大丈夫、父様がアルバを護るからね」

ううう、ありがたいけどそうじゃない。

苦悩していると、兄様が話題を変えてくれた。

「アルバ、青い炎ってどういうことだい？」

兄様に訊かれて、ホッとしたのもつかの間、俺はどう説明すればいいか悩みながら口を開いた。

「さっき、青い炎に包まれた魔術大会の会場が見えました。真ん中にいた人は誰だかわからないけれど、兄様と同じ制服を着ていました。相手が炎に巻かれているのを見て何事か叫んでいて」

ぞっとしたんだ。あんなに狂気に呑まれたような顔が出来るなんてと。

まるで心底相手を憎んでいるようなそんな顔。

そんなキャラ、あのゲームには出ていなかったはずなのに。あんなキャラを忘れているなんて、ありえない。

「しかしアルバはどうしてそこが魔術大会の会場だとわかったんだ？」

ブルーノ君に鋭いところを突かれて、返答に困る。ゲームでの魔術大会の背景と同じ場所だったから分かっただけで、どうしてと訊かれるとどう答えていいかわからない。

「……ええと、なんででしょう……」

首をかしげて誤魔化すと、ブルーノ君が小さく溜息を吐いて、「まあ、だろうな」とわけのわからないまま納得してくれてホッとした。

とにかく、と義父は、特に俺に注意を促した。

ブルーノ君の飴を出来る限り舐めていること。これはいきなり魔法が発動しないための措置らしい。そう考えると便利だよね、ブルーノ君飴。

そして、今まで以上に光魔法の練習をしておくこと。これは、いざ公《おおやけ》に魔法を使えるようになった時に、光属性に擬態するためだそうだ。そうしないと、属性を調べられて、『刻《とき》属性』だということがバレてしまうかもしれないからって。

「ただ未来視させるためだけにアルバを王家に渡す気はないよ」

義父がそう締めくくってくれて、ちょっとだけ泣けた。

普通だったら、ここで恩を売ろうとか王家に打診しないとなんていう人の方が多い気がするんだ。

多分母方の祖父さん祖母さんは、考えた末俺を王家に売ると思う。生活苦しかったからね。

しかもその貧乏暮らしの半分は俺の病《やまい》のせいだったから。そして、義父の親たちもきっと本当に俺が『刻属性《ときぞくせい》』だったら平気で王家に売る。絶対売る。

それなのに、義父たちは絶対にそんなことはしない、と行動で示してくれている。これほど嬉しいことはない。実際には俺が『刻属性《ときぞくせい》』なのかどうかはわからないけれど。何せ前世の記憶だから。

でももし、俺が本当に『刻属性《ときぞくせい》』というものを持っていたら。

もしこの最推しへの愛も『刻属性《ときぞくせい》』の魔法の発動によるものだったら。

「魔法使ってでも兄様の過去未来を見たかった『俺』がいるってことか……」

思わず思考が口から洩れた瞬間、兄様とブルーノ君が噴いた。

「やっぱりアルバはアルバだな」

「うん。どんなアルバでも可愛い」

――俺って言っちゃった。

兄様の揺れる肩を眺めながら、俺は慌てて口を押さえた。

結局は俺のせいであまり出歩くこともなく、そのまま休憩室でお昼を食べて、午後はブルーノ君の剣術大会を見る運びとなった。

ルーナがつまらないいんじゃないかと心配したけれど、ブルーノ君に魔法でお花を出してもらったり、義父に氷の鳥を出してもらったりしては始終ご機嫌だった。

俺はというと、先程のことでかなり魔力を持っていかれたので、ずっと兄様の膝の上で魔力をもらっている。兄様が大変じゃないかと思ったけれど、俺が発作で倒れた時にはもっと強引にたくさん魔力を渡していたらしいので、今ぐらいだったら全然問題ないんだって。流石《さすが》魔力最上級の兄様。

欠点がひとつもない。

「それにしてもアルバが自分のことを俺なんて言うの、違和感しかないな」

ルーナの髪に花を飾りながら、ブルーノ君が真顔で言う。

脳内ではいつでも俺って言ってるんだけど、表向きはちゃんと教育を受けたので品行方正な感じで毎日頑張ってるんだよ。こんな優しい義父と兄様の家族なのに家名に泥を塗るのは本意じゃない。

つい、としか言いようがなく唇をもにもにと動かしていると、ブルーノ君が顎《あご》に手を当てて何やら納得した様子を見せる。

「あれか、オルシスが『俺』なんて言ってるから、アルバも真似したいのかもな」

「え！」

今何やらブルーノ君の口から有力情報が飛び出した気がしたが！

ブルーノ君の言葉の内容に俺が反応すると、兄様はちょっとだけ決まりの悪そうな顔をして俺から目を逸らした。

え、待って。兄様が中等学生の時に一度だけ聞いた『俺』っていうの、今も学園では使ってるってこと……？

「に、兄様……？　学園では、俺、って……？」

「……ブルーノ」

俺の質問には答えずに、兄様は凍るような視線をブルーノ君に向けた。それでも、ブルーノ君はまったくひるむ様子もなく、笑っている。

こ、この態度は！

本当に兄様は学園で俺って言ってるんだ！　えええええ何それ聞きたい！　兄様が自分のことを俺呼びするのって本当にカッコよくて心臓止まりそうになるから！　最高なんだよ！

「あー……そのうち、僕も口調を改めないといけないからね、父上のように。だから……忘れて、アルバ」

「無理、無理です。兄様がワイルドなの本当にカッコよくて無理いいいぃぃぃ」

顔を押さえて天を仰ぐと、皆の生暖かい視線が背中に突き刺さった気がした。

なにはともあれ、ブルーノ君の応援である。

そして第二王子殿下は剣術大会にも魔術大会にも出るらしく、準備やら何やらで忙しいらしい。

俺の知っているゲーム知識ではどっちかを選ぶはずだけど、両方出るとか殿下はさすがだなと思っていたら、希望すれば両方出ることは可能なんだそうだ。

「ブルーノにいさま、がんばってね」

「ああ。ルーナのために頑張るよ」

ルーナがブルーノ君の頬にチュっと可愛らしいキスを贈る。

ちなみにこれは、剣術大会の会場に着いてからの出来事である。

事あるごとに二人は仲良しアピールをすることになったんだけれど。

にこやかな顔の義父の周りは、確実に気温が五度くらい下がっていた。母が腕を絡めて「旦那様」と窘《たしな》めているから、必死で笑顔を取り繕っている。

ああ、今からうちの娘は嫁にやらん状態になってる……義父も大変だね。ルーナが結婚できるのってあと十三年も先なのに。

控室に向かうブルーノ君を見送ると、義父はルーナを膝に乗せて観客席に座った。うちは公爵家なので、特等席に程近い場所があてがわれている。

爵位ごとに場所が決まっていて、ちゃんと案内の人もいる。徹底してるね。

見回すと会場内はかなりの人でごった返している。たまに喧騒が聞こえるのは、お家同士の言い合いらしい。どっちが上座とかそういう喧嘩がよくあるらしい。乙女ゲーム的世界だから序列とかそういうのはふんわりなのかと思ったけれど、実際のところこの世界にはしっかりがっつり上下関係があって恐ろしい。

義父が公爵様でよかった。とはいえ俺は男爵家の血しか引いてないから立場は微妙だけど。しかもあのゲーム内では俺、既にこの世に存在していなかったからなあ。やっぱり将来手に職をつけてそっと密かに暮らすしかない。

そんなことを思いつつ顔を上げると、王族の席には、入学式に見た王弟殿下と王妃様らしき人が日除けに隠れるようにして座っていた。顔は見えないけれど、多分王妃様だと思う。

周りは数人の近衛騎士たちが護っていて、学園行事一つに神経を配らないといけない王族たちにちょっとだけ同情した。とはいえ、うちの席の周りにも多めに騎士の人たちが立っている。

よくよく見れば、王族が座る席を挟んだ向こう側にセドリック君がちょこんと座っていた。

いつもは表情豊かなのに、まっすぐ前を向いて座るその顔は真顔で違和感しかない。微笑みを浮かべているか変な顔をしているセドリック君しか見たことなかったから、ちょっとだけ気になった。

思わずじっと見つめてしまうが、それと同時に歓声が上がり、視線を奪われる。

ようやく剣術大会が始まったようだった。

広いコロシアムのような会場が四分割され、一度に四組の対戦が行われる。

剣がぶつかり合う金属音が会場に響き、音だけでも臨場感を味わえる。

けれど、動きはいまいちの生徒たちが多いな、と首を傾げた。

いつも兄様とブルーノ君が戯《たわむ》れでする手合わせの方がよほど迫力がある。

成程。兄様が有能すぎるから、他の人の剣技ではいまいち楽しめないのか。贅沢になってしまった。

納得して頷いていると、隣に座っていた義父が俺の頭を撫でた。

「どうだいアルバ。楽しいかい？」

「はい。今改めて兄様の素晴らしさを実感しているところです。兄様とブルーノ君って滅茶苦茶強いんですね。動きが全然違います。流石《さすが》兄様です」

真剣に答えると、義父がたまらずといった風に肩を揺らした。笑いを堪えたらしい。

「アルバのいい所は、あの生徒たちを下に見るわけじゃなくてオルシスを褒める方に行くところだね」

「僕の動きはちょっと見せられないくらい酷いので、それに比べたらあの方たちも素晴らしい動きだと思います。下に見るなら、僕があの人たちより上に行ってからです」

「自分のことを棚に上げて相手を下げる輩《やから》が多い中、アルバは本当にいい子だな」

「いい子じゃありませんよ」

兄様を攻撃する人には容赦なく倍返しも辞さない所存です。

心の中でぐっと拳を握っていると、反対横に座っている兄様にも頭を撫でられた。

「アルバは最高だよ」

ほわあああ、兄様に最高って言われてしまった。

俺、俺、兄様のために最高にいい子になります！　兄様限定で！

顔面を崩れさせていると、いつの間にやら次の面子が戦っていた。


サクサクと大会は進み、一年最後の組でようやくブルーノ君が出てきた。

剣を腰に差し、制服をきっちりと着て立つ姿は中々にかっこいい。隣の会場にはアドリアン君がいて、もう一つの会場には殿下もいる。もしかしなくても剣技の成績順に組み合わせが行われたのだろう。

兄様も出ていたら、あそこの誰かと戦っていたのかもしれない。見たかったような、でも兄様とブルーノ君が戦うところは見たくないような複雑な気分で、「はじめ」の声掛けを聴いた。

流石《さすが》に最終組の動きは最初の組とは段違いだった。

俺が高等学園で剣技を選んだら絶対に一番初めに出されるな、と遠くを見つつ、ブルーノ君の応援に勤《いそ》しむ。

隣では、義父の膝に座ったルーナが大興奮で「にいさま！　にいさま！」と応援していた。目が輝いていて可愛い。

未だに眼鏡じゃないブルーノ君は、素晴らしい立ち回りで危なげなく勝ちを収めていた。そして攻略対象者たちも。

それから少しの休憩を挟み、二年の部が始まるころ、ブルーノ君が俺たちの席に挨拶に来た。義父に座りなさいと指示され、ルーナの隣に座る。

ブルーノ父は忙しいのか顔を出してないらしい。ジュール君も来てないのかな、とちらりと侯爵家の場所を見ても、見つけることが出来なかった。

「ブルーノにいさまカッコよかった！　ブルーノにいさまつよいねえ」

早速ブルーノ君に飛びついたルーナがブルーノ君を労《ねぎら》っている。

汗を掻いたから、と眉根を寄せても、ルーナは気にもせずにブルーノ君の頭をよしよししている。

呆れた顔を浮かべ、その後おかしくなったのかフッと顔をほころばせたブルーノ君は、小さなルーナの手を取って、キスを贈る真似をした。

「ルーナを護るために、俺は強くならないといけないからな」

その言葉に、近くで観戦していた人たちがこっちに注目し始めた。

義父が血涙を流しながら立てた仲良しアピール牽制作戦は今の所順調のようだ。近くで観戦しているどこぞの侯爵がちょっと悔しそうな顔でこっちを見ていた。その横には、ルーナよりも少し大きな男の子が座っていたから、ルーナのことを狙っていたのかもしれない。

こういう学園の催し物でも色々社交的何かが行われてるなんて貴族も大変だな、と思いながら、俺は剣術大会に視線を戻した。

「――ツヴァイト様、とても強かったですね！」

二年もそろそろ強豪がそろう、というところで、そんな声が響いてきた。

ハッとして声のした方に顔を向けると、一人の女生徒が公爵家の場所から王族席の方に身を乗り出すようにして、第二王子殿下に話しかけていた。

「まだ終わっていませんよ。私に話しかけるよりも応援をしてあげてください」

「えー、だってツヴァイト様たちの出番は終わったじゃないですか」

「ミラ義姉《ねえ》様、こんなところでそんな大声を出すのは恥ずかしいですから……」

殿下とセドリック君にあしらわれて、またしても「えー」と口を尖らす彼女は、長い髪を後ろで結っていて、うちの制服を着ている。

……一瞬でわかった。アレが主人公だ。

確かにマナーは身についていないみたいだ。チラリと視線を移せば、王弟殿下の眉間に皺が寄って、険しい顔をしている。そうだよね。わざわざ座席を爵位ごとに分けているのに、それを気にせず話しかけるとか、普通はありえない。

「でもご挨拶と応援は大事よ」

「でしたら、今戦っている二年生を応援してください」

表面上は無表情のセドリック君の声は、少々うんざりしたような響きが混じっていた。

殿下もいつもとは違う顔つきをしている。

兄様は頑《かたく》なにそっちを見ようとしないし、ブルーノ君は我関せずでルーナを抱っこしている。

しかしセドリック君の言葉を無視して、女生徒が言った。

「ツヴァイト様の出番はまだ先なんですから、時間までサロンでお休みしませんか？」

「私は剣術大会の行方が気になるので、ここで最後まで見ることにします。疲れたのなら一人で休んでくるといいですよ」

ここまで声が聞こえるんだから、結構な範囲で周りに聞こえていると思われるそのお誘いに、殿下が真顔で答える。

ああ、と溜息を呑み込んだ。

あのテンションは、確かに主人公テンションだ。

どんな時も明るく元気でへこたれない愛らしい主人公。でも貴族、それも公爵家の一員になったからには、明るく元気でへこたれない性格というのはいかがなものか。

前世のあの世界の場合は貴族なんて想像でしかなかったから、何も考えずにゲームをしていられたけれど、実際に貴族の一員になって、しっかりと教育を受けた身としては、どう考えてもアウトだと感じてしまう。

あのゲームの人たちは、どうして主人公と恋を出来たんだろう。

兄様のような落ち着いた言動が大好きな俺としては、あんまり近寄りたくない。

でも兄様も絶対にそっちに視線を向けないから、どうやら関係が進展しているということはなさそうだ。

ホッとしたところで、「あ、オルシス様！」と彼女が兄様を呼ぶ声が聞こえてきた。

その瞬間、兄様の目がスン、と細められる。不機嫌な時の目つきだった。

「ミラ義姉《ねえ》様、大声ははしたないです」

セドリック君が再度注意するけれど、「じゃあどうすれば向こう側のオルシス様に気付いてもらえるのよ」と女生徒に詰め寄られていて、とても可哀そうに見える。

……学校に行ったら労《いた》わってあげよう。

ちなみに兄様は気付かなかった風を装って、俺に「疲れないかい？」とか話しかけてきていた。

普通はそんなチベットスナギツネのような顔で俺に声を掛けてくることはないので、中々に貴重な体験をしてしまった。そんな顔の兄様も最高に可愛いと思います。

そもそも、王家の方を挟んでうちに声を掛けるとか、失礼以外の何物でもない。そんなのは俺でもわかる。

王弟殿下も不機嫌そうな顔を隠しもせずに、王妃と何やら小さな声で話をしている。

そう。小声で話せば、そうそう周りに聞こえることはないくらいにスペースを取っているはずなんだ。なのに、向こうからこっちに大声で話しかけるなんて、普通のご令嬢はしない。

出来れば関わりたくない。素直にそう思ってしまった。

セドリック君、頑張れ。

心の中でそう応援すると、それが聞こえたのか何なのか、セドリック君とバッチリ目が合ってしまった。セドリック君は一瞬だけ顔をくしゃっとすると、すぐに真顔に戻って、「ほら、皆様にご迷惑ですから」と強引に女生徒を椅子に座らせていた。

わかるよ。市井《しせい》に住んでいれば、あのテンションは普通なんだよね。仲のいい友人がいれば、遠くからでも呼びかけるし、気軽に話し掛けたりもする。前世では俺もそうだったし。

でも市井《しせい》であれば何もおかしくない行動も、身分が伴うと途端に顔を顰めるものになる。

俺はそっと兄様を見上げて、周りに聞こえない程度に小さな声を出した。

「兄様、呼ばれてませんでした？」

「気のせいだよ。ほら、二学年で一番強いと言われているトマス先輩の剣技が始まるよ。彼の剣技はとても豪快で見ものだから、アルバもよく見るといいよ」

話を逸らされた。それくらい話題にも出したくないのかな。

まるで中等学園に入った当初のような顔つきで会場を指さす兄様を見て、その心情はいかばかりか、とちょっと心配になった。

っていうか、兄様、あの人のサポートについていたんじゃなかったの？

途中休憩時間を挟みながら、剣術大会が終わりを迎えたのは夕日が学園を照らす頃。

最後まで客席にはたくさんの人がいた。

ブルーノ君はアドリアン君に負けて一学年の二位となった。二位の証である勲章を手に戻ってきたブルーノ君は、兄様が出ていればもう少し面白かったのに、と溜息を吐いていた。

学年一位の頭脳の持ち主が剣術も強いとか。そして魔力も高くて顔もいいなんて、兄様といいブルーノ君といい、天は二物も三物も与えるよね。でもまあ俺には兄様という他には代えられない素晴らしい人物が近くにいるから、他は何もいらないけれど。他に頭脳とか顔とかもらっちゃってたらもらいすぎてあとでどんでん返しが来そうだ。

……もしかして、兄様の弟になった時点で人生の幸運を使い果たしてしまったから、ゲーム内の俺は早々に鬼籍に入ったのだろうか。そうかもしれない。いや、そうとしか考えられない。何せ兄様はどこをとっても尊いから。

思わず手を合わせて神にこの幸運を感謝していると、王弟殿下の威厳ある声が聞こえてきた。

「学生諸君、本日は素晴らしい剣技だった。これからも精進し、さらにその腕を磨け。明日の魔術大会も期待している」

とても短い言葉だったけれど、その声で会場の雰囲気はぴしりと締まった気がした。

王妃様と王弟殿下が第二王子殿下と共に会場から姿を消すと、義父が立ち上がり、「では帰ろうか」と俺たちを促した。

帰りの馬車の中、寝てしまったルーナを抱っこした義父は、ブルーノ君に労《ねぎら》いの声を掛けて、それにしても、と溜息を吐いた。

「難儀なものだな……」

義父がポツリと呟いた言葉に、兄様とブルーノ君が揃って憂《うれ》い顔になった。

うん。誰のことが頭に浮かんでるのか一発で想像がつく。ホント、難儀だね。

◇◆◇

さて、やってきました学園祭二日目の魔術大会！

今日は兄様が出番なので、張り切っていきたいと思います！

魔術大会は剣術大会よりも出場者が多いので、開場と共に予選が始まるそうだ。

そんなわけで今日は兄様が先に学園に行き、ブルーノ君が俺たちと共に行動をしている。ブルーノ君は剣術大会だけ出たので、今日はお休み。どっちかに出ればルール的にはセーフなんだとか。

ブルーノ君がいると大抵ルーナはブルーノ君にべったりだから、ちょっとだけ義父の機嫌が悪いけれど、ブルーノ君はまったく気にしていないみたい。ルーナのいいように、ってことだった。

実はブルーノ君が一番ルーナを甘やかしているんじゃないかと思う。

「兄様、カッコいいかな。カッコいいんだろうな。はー、楽しみすぎる」

そして俺は、そんな独り言を呟いてしまうほどにテンションマックスだった。

備えあれば憂《うれ》いなし、ということで、朝からちゃんとブルーノ君飴を舐めているので、昨日みたいにいきなり魔法が発動してしまうということもない。

でもこれ、まだ病《やまい》が治ってなかったら絶対発作が起きているレベルだ。そんな自覚する程には楽しみすぎる。

さて、ゲーム内の魔術大会は、魔法を使って相手のHPを0にしたら勝ちというものだった。

三度勝てば優勝。でも二度目、三度目はかなり強い相手が出てくるので、しっかりとステータスを伸ばしていないと優勝できないという代物だ。

でも一回戦敗退でも応援ミニゲームで楽しめる二段仕様が楽しかった。優勝すると全員からの好感度がアップして、優勝の勲章がもらえる。その勲章をつけているとステータスアップだったはずだ。

でも最推しルートの時は絶対に応援をしたかったので、ほぼ全て初戦敗退にしていた。

全員の好感度なんて上げなくてよかったし、応援を頑張れば特定の人とは優勝した時と同じくらいには好感度が上がるのだ。ステータスアップなんて、放課後森に行ったり図書室に行ったりで、最推しと二人で伸ばせるし。

でも、流石《さすが》に現実では命の危険があるので、何やら特別仕様の魔術陣が出場者に配られるらしい。魔法防御の一種で、ある一定量以上の攻撃を受けると破裂音と共に千切れて勝ち負けが決まるんだとか。

一定量よりも多いダメージは、魔術陣が破裂して周りに魔法を散らすから怪我しないんだって。すごい魔術陣があるんだな。一度拝見してみたい。

話を聞いていると色々とゲームとは違うのがよくわかる。

確かに、ゲームの設定をそのまま現実に持ってくると無理があるというかなんというか。応援にしたって実際には大声で応援する人たちもいないし、ミニゲームのように何かをする人もいない。周りが貴族の人たちだから当たり前と言えば当たり前なんだけど。

しかも王族の人たちまで来ている公式行事だから、下手なことをすれば不敬ととられかねない。

朝一で魔術大会会場に向かうと、向こうからセドリック君が歩いてくるのが見えた。隣には、身体の大きな男性が歩いている。

義父は足を止めると、その人に挨拶をした。

ブルーノ君がそっと教えてくれたけれど、セドリック君のお父さんらしい。セネット公爵様か。

優しげな表情で俺とルーナにまで挨拶してくれたので、いい人だということが窺えた。

「初めまして。セドリック君にはいつもお世話になっています」

「アルバ君の話はよくセドリックから聞いているよ。兄弟仲が良いんだってな」

「はい！　兄様は最高の兄様です！　ね、ルーナ」

「あい！　にいさまはみんなとてもやさしいです！」

俺とルーナの答えに、セドリック君のお父さんは相好を崩してうんうん頷いた。

そこから少し父親同士で立ち話を始めてしまったので、俺はセドリック君に近付いた。

「昨日はお疲れさまでした。大変でしたね」

「うん、まあね……今日は純粋に応援だけだから、気が楽だよ」

「そうなんですか」

「アルバの所は楽しそうだね。昨日は父も来れなくて僕一人だったから中々に骨が折れたよ」

フッと陰を背負った表情になったセドリック君は、しかし一瞬にしていつもの顔に戻って、俺の肩をポンポン叩いた。

「今日は君の楽しそうな顔を見放題ってことだね」

「何ですかそれは」

「大好きなお兄さんが出るんだろう？　楽しみすぎて昨日眠れなかったんじゃないか？」

「どうしてそれを……！」

テンション上がり過ぎて全然寝られなくて、仕方ないからずっと魔術陣の本を読みふけっていたなんて、誰にもバレないと思っていたのに。

そう呟くと、公爵子息にあるまじき噴きだす音が聞こえた。

「こら、セドリック。公共の場ではしたないぞ」

「だっ……て、父上……っ、アルバが、アルバが笑わすんですよ……！　犯人はアルバです……！」

肩をゆすりながら必死で笑いを堪えるセドリック君は、あろうことか俺を犯人に仕立て上げた。

そんな笑わせるようなことは言ってない。

そう口を尖らせると、さらにセドリック君の笑いが深まった。

途端にセドリック君父の拳骨がセドリック君の頭に落ちて、とてもいい音がした。

目に浮かぶ涙は笑いの涙ではないと思いたい。

和やかにその場を別れた俺たちには、昨日と同じように王族を挟んだ向こうとこっちに席が用意されていた。

今日は王妃様がいないみたいだけれど、王弟殿下は今日もどっしりと構えて座っている。

俺はかねてから気になっていたことを、こっそり義父に聞くことにした。

隣に座る義父の袖を引いて、そっと耳元に顔を近づける。

「父様、あの、王弟殿下ってお子さんが学園にいるんですか？」

「ああ。オルシスと同じ歳で、今年ご入学されたよ。王弟殿下そっくりの御顔だから、出てきたらすぐわかるよ」

「そうなんですか。ありがとうございます」

「どういたしまして」

義父の笑顔に笑顔を返すと、俺はそっと義父の横から王弟殿下を盗み見た。

あの人にそっくりってことは、威厳あるイケメンってことか。身体つきもしっかりしているんだろうか。ただ椅子に座っているだけなのに、とても安定してどっしりと安心感のある王弟殿下は、まっすぐ会場だけに視線を向けていた。

大会が始まり、兄様の出番になると、俺の興奮は最高潮に達した。

会場に立った兄様は、それはもう女神光臨か、と思うような神々《こうごう》しさを発していた。

神様。俺をここまで生かしてくださって本当にありがとうございます。

魔法を操る優雅な動作、相手を刺すような氷の視線、瞬殺の氷魔法。

どれをとっても芸術の域に達しています。

あまりの感動に声もなく、俺は義父の腕を握りしめていた。

兄様の出番は一瞬だったけれども、それでも俺はその素晴らしい雄姿をしっかり脳に刻み込んだ。

次の兄様の出番は午後。それまでに一度この興奮をどこかで発散しないと倒れてしまいそうだ。

すぐに引っ込んでしまった兄様の後ろ姿を名残惜しく目で追っていた俺は、はー、と息を吐くと、兄様と同じ顔をした義父を見上げた。

「ちょっと興奮を冷ますため、お手洗いに行ってきます」

「ああ。場所はわかるかい？」

「昨日散々兄様に教えてもらったので、大丈夫です」

少しだけ心配そうな義父にキリッと返事をすうる。兄様が最高だったという興奮で俺の頭からは、昨日見えたスチルのことなどすっかり抜け落ちていた。

会場を抜け、お手洗いまでの道を歩く。

もし迷子になっても、いざとなったらそここに立つ警護の人に声を掛ければ道くらい教えてくれるだろう、とまばらに人の行き交う道を歩く。迷うことなくお手洗いに着いて、しっかりと用を足した俺は、幾分落ち着いた気分で建物を出た。

戻るために歩き、そして気付く。

あれ、ここ、来る時に来た景色と違う……？

さっきよりも人が減ったのは、二学年の競技が始まったからだと思っていたけれど、振り返って辺りを見てみると、明らかに来た道と違っていた。

「もしや、迷子……」

まばらにいたはずの人は、今や誰もいなくなっている。

道を訊こうにも、周りには警護の人も見当たらない。

どうしようかな、と逡巡したのは一瞬。

人がいる場所まで歩けばいい、と俺は足を進めた。幸いにも、遠くから喧騒は聞こえてくるから、そっちに向かえば間違いないだろうし。

どうしてこうなった、と首を捻りながら歩いていると、道から少し外れた場所に生徒の背中が見えた。

あ、道を訊ける、とホッとして近付く。

「あの、すいません」

「え、なに？」

振り返った人物は、件《くだん》の主人公だった。

思わず身体を硬直させると、主人公はぐいっと袖で顔をひと拭いしてから、俺に向かってニコッと笑った。

「迷子かな。ここは学生以外入れない場所なのよ。今貴賓席に連れて行ってあげるわ。どこの家の子かな」

「ええと……ごめんなさい。入っちゃいけない場所だったんですね……」

じり……と一歩下がると、俺がビビっているのが分かったのか、主人公は「びっくりしちゃった？　ごめんね」と笑みを浮かべた。

「あ、小さくても貴族の子だからこういう態度がダメなのかな？　まあここら辺なら人も来ないし……。失礼しました。私《わたくし》、ミラ・ソル・セネットと申します。どちらのご子息でしょうか。微力ながらも、ご家族のもとに送り届けるお手伝いを致したく思いますので、どうぞ案内させてはいただけないでしょうか」

ゆったりと挨拶をした主人公は、昨日のあの失礼な態度がまるで嘘のように優雅に俺に手を差し出してきた。最初の言葉を除けば、普通に貴族の人に見えるその態度に、わけがわからなくなる。昨日の態度は一体何だったんだろう。

でもとりあえず、と俺はハンカチをポケットから取り出して、主人公に差し出した。

「ありがとうございます。でもその前に、そのお可愛らしいお顔が濡れているのはいただけないと思います」

どうやら主人公はここで泣いていたらしい。

流石《さすが》に泣いている女性にハンカチを差し出さない訳にはいかない。ぐいっと袖で拭いたのは見てしまったけれど、見なかったことにしておこう。

「え、あ、ありがとう……流石《さすが》貴族の子ね、紳士……」

主人公はハンカチを受け取りつつも、やっぱり袖で顔をぐいっと拭った。

渡したんだからそれで拭こうよ。

主人公はニコッと笑って、もう一度俺に手を差し出した。

「ご両親とはぐれて心細いでしょう。まだ八、九歳くらいかしら。私も貴方くらいの弟がいたのよ」

手を取ろうとして、その言葉に動きを止める。めっちゃ幼く見られている。俺、もう十二歳になるんだけど。それに弟って、セドリック君はしっかりと年相応の大きさに見えるから、セドリック君の下にも誰かいるってことかな。

ちょっとだけショックを受けながらグルグルと考えていると、ガシッと手を取られた。

「あっちよ。ええと、お席はどこら辺かしら」

「あの、公爵家の……」

「公爵家……えっ、もしかして、オルシス様のご家族……？」

「ええと、はい……」

驚いた顔をした主人公は、俺をまじまじと見ると、わかったと頷いた。

「オルシス様にこんな可愛らしい弟さんがいたのね。私が連れて行ってあげる。こっちよ」

手を引かれて、足を進める。

道中少し話をしながら、俺は首をかしげていた。

昨日のあの態度は何だったんだろうってくらい、主人公は常識人だった。

話を聞かないわけじゃなくて、ちゃんと言葉も通じる。そして、「どうして弟が生きてるの」なんてセリフがないあたり、俺とは違って『記憶を持ったまま転生したヒロイン』とかそういうわけじゃないようだ。

少し歩くと、だんだんと人が増えてきた。

魔術大会会場も見えてきて、ホッとする。

主人公は会場入り口付近まで来ると、少し屈《かが》んで俺の目線に自分の目線を合わせた。

「ここから入って、右に曲がって階段を上るのよ。そうすれば、オルシス様のご家族の所に行けるから。私はこれから出場しないといけないから、こっちなの。一人で行ける？」

「はい。ここまで連れてきてくださってありがとうございました」

「どういたしまして。もう迷子になっちゃだめよ」

「はい」

じゃあね、と手を振って行ってしまった主人公を見送った俺は、やっぱり最初のイメージと全然違うことに首を捻りながら、家族のもとに帰ったのだった。


魔術大会が進んでいく。

兄様は順調に勝ち、上位決定戦まで残っている。

そして、驚いたことに、さっきの主人公もそこに残っていた。

光属性は攻撃が苦手なのでは、という偏見は、主人公により見事に取っ払われた。

光属性の攻撃魔法をガンガン駆使して、相手を翻弄する主人公は、鍛えてきたんだなっていうのがよくわかるほどに強かった。そして容赦なかった。

とうとう兄様と主人公が当たった。

必死で兄様を応援した。

必死で応援しないとヤバいと思うくらいに力が拮抗しているように見えたんだ。

あの主人公強すぎだろ。だからこそ公爵家で養子にしたのかな。見る限り魔力も豊富にありそうだし、既にレベルを上げまくってるような感じが恐ろしい。兄様も全然負けてないけれど！

「兄様！　兄様！」

ついつい声を出して応援してしまっていた。椅子になんか座っていられない。

頑張れ、と声に出す横で、義父が「あの子は強いな」と感嘆の声を出している。でも兄様、全然負けてないからね！

皆兄様たちの戦いに注目する中、とうとう兄様が主人公の魔術陣を破壊して、勝利を収めた。

俺が一人でスタンディングオベーションしていると、つられたように周りの人たちが立ち上がって兄様に拍手を贈り始める。ううう、兄様カッコ良すぎる。

兄様は魔法によって破れた制服の肩を手で触ってから、こっちに視線を向けて、ニコッと笑った。

あああ、今の視線、撃ち抜かれた……

二度と今の顔を忘れません。心のアルバムに永久保存しました。

兄様は勲章をしっかりと持ち帰ってきた。

流石《さすが》兄様強すぎ。

主人公も強かったけれど、それに勝てる兄様がすごすぎて感動しかない。

大興奮のまま過ぎた二日目の夜。

俺たちは兄様とブルーノ君のお祝いをした。

二人とも強すぎる。

褒めて褒めて褒めまくっていると、ふと兄様の顔に影が過《よぎ》った。

「でも、僕の場合ギリギリだったから、まだまだだよ」

「あの光属性のご令嬢ですか。あのご令嬢強いですよね」

「ああ……あの時僕の魔法の発動が一瞬でも遅れていたら、僕が負けていた」

「だな。正直あいつがあそこまでやるとは思わなかった」

「僕もだ」

兄様とブルーノ君は主人公を少しだけ見直したみたいだった。

んん、このまま懇意になってしまうわけじゃないよね。

でもなあ、と迷子になった時のことを思い出す。

別にあの時は普通だったんだよなあ。しかも優しかったし。なんで昨日はあんな態度だったんだろう。

ちょっとだけ気になりつつ、後は主人公に関わることもないんだろうな、と、俺は頭の片隅に主人公のことを追いやって、兄様を褒めちぎることに全力を注いだのだった。

◇◆◇

三日目は、ようやく学園祭らしい感じになるらしい。

学園ご贔屓《ひいき》の商店が店を出したり、プロの演奏者たちが来て演奏したり。

学生たちも家族と一緒に祭りを楽しむためのものらしいので、兄様もブルーノ君も俺たちと共に行動することになった。

ワクワクしながら兄様と手を繋いで学園を歩く。

今日は前の二日間よりさらに人が多い気がした。

大会に興味がなかった家族も今日は出てくることが多く、毎年三日目が一番盛況らしい。

学園の建物が建つ間にある大広場も、外側をぐるりとめぐる広い道も、人であふれている。

所々に商店が出店のようなものを出し、そこに並ぶ人たちもたくさんいる。

訪れる人間はほぼ貴族なので、皆服装がしっかりとしていて、女性たちは軽めのドレス姿で目に麗《うるわ》しい。

学生は制服だけれども、その違いがホッとする。学生もオシャレをしていたら、誰が誰だかさっぱりわからなくなるからね。

家族皆で話し合って、向かうのは演奏会が開かれる大講堂だ。

母があまり演奏会に行ったことがないと聞いて、義父がぜひ聴こうと大変にノリノリだったんだ。

ブルーノ君は当たり前のようにうちと行動を共にしているし、なんなら母のエスコートに忙しい義父に代わってルーナの子守をしている。ルーナだけじゃなくてブルーノ君も楽しそうだから何も言わないけれど。

俺もちゃんとした演奏会って聴いたことがないので、ちょっと楽しみだったりする。

兄様もずっと笑顔なので、それだけで俺のテンションはさらに上昇していった。

演奏会はとても人気らしく、入り口が人でごった返していた。

入り口で先生たちが頑張っている。

「人が多いですね」

「毎年演奏会は人気らしいよ」

「そうなんですね。僕も楽しみです」

この世界の音楽自体、ほぼ聴いたことがないから、どんな感じなのか単純に気になる。

ワクワクしながら列に並び、しばらく兄様と色々話していると中に通された。

すると流石《さすが》というかなんというか。公爵家ということで、最前列に案内された。

舞台の幕はしっかりと閉まっている。

ふと横を見ると、セドリック君も案内されて近くに腰を下ろしているのが見えた。その横にはセドリック君のお父さんと、主人公もいる。

俺は少し考えてから、兄様の袖を引いた。

「兄様、隣の公爵家の席にいる昨日兄様と決勝戦を戦ったご令嬢が、僕が昨日迷ってしまったときに道を案内して下さったのですけど、席を立ってお礼を言いに行ってもいいでしょうか。あと、セドリック君に挨拶もしたいのですが」

「今はまだ演奏が始まっていないから大丈夫だけれど……彼女が、案内をしてくれたのかい？」

「はい。とても丁寧に」

兄様はふむ、とちょっとだけ考えてから、よし、と席を立った。

「僕も一緒に行くよ。またアルバが迷子になってしまわないように」

「流石《さすが》にこの距離じゃ迷子になりようがないですよ！」

「いや、わからないよ」

笑いながら揶揄《からか》ってくる兄様に胸熱になっていると、その兄様がおいで、と手を差し出してくれた。条件反射で手をポンと乗せると、ギュッと握り込まれる。

席を立って、広めの通路を挟んだすぐ横の座席に向かうとき、ふと兄様の顔を見るとスン顔をしていた。え、無表情？

そのまま近付いていき、まずは公爵様に挨拶する。昨日紹介してもらったので、ちょっと簡単に。

そしてセドリック君にいつも通りの挨拶をしてから、主人公に向きなおった。

「昨日はとても助かりました。改めてお礼に伺いました。ありがとうございました」

俺が頭を下げると、主人公は笑顔になって俺の頭を撫でた。

「そんなわざわざお礼なんて。小さい子を助けるのは当たり前のことよ」

「あの……小さい子って言いますが、僕、セドリック君と同級生ですよ」

申し訳程度に訂正すると、セドリック君からゴフッという変な声が聞こえ、主人公の顔はありえない物を見るような驚愕に彩られていた。

驚くようなことじゃないと思うんだけど。

思わず口を尖らせそうになるのを必死で我慢して、心の平穏のために兄様を見上げると、兄様はザ・無表情のままわずかに頭を下げた。

「ミラ嬢、先日は私の可愛い弟を手助けしてくださってありがとうございました」

キリッとした無表情でお礼を言う兄様は、まるであの川の向こうから俺に手招きしていた最推しそのもので。俺はそっと兄様の服を掴んでしまった。

主人公は特にそれに気が付いたそぶりもなく明るく微笑む。

「オルシス様の弟君だって聞きました。昨日は無事席に戻れたようでよかったです。そして、あの対戦は全力を出してくださってありがとうございました。あのお陰で最近溜まっていた鬱憤がだいぶ晴れました。負けたのは悔しいですけれど！」

「溜まっていた鬱憤……」

いきなりの主人公の言葉に、俺と兄様は呆然としてしまった。ご令嬢の話すような内容じゃない。

それと同時にセネット公爵が思わずといったように顔を片手で覆って溜息を吐いた。兄様の無表情よりもよほどあからさまなそれを無視して、さらに主人公は笑顔で続けた。

「私本当は机に齧《かじ》りついて勉強するよりも、魔物を狩る方がとても好きでして」

「こら、ミラ君、そういうことは迂闊《うかつ》に言うものではないよ」

「だったら、学園の休日は森に出てもいいでしょうか。お義父様の言うようにマナーやダンスの勉強をしていても、私にとっては何一つ実りになりません」

「しかしね、君は既に私の娘なのだから」

「いらないんならすぐに捨ててくださって結構です。身分が高ければ何でもできるというのが間違いだということはハッキリわかりましたから」

「ミラ君！　それは、サリエンテ公爵のご子息がたがいる前で言っていいことではないよ」

「そうなんですねー知らなかったですー。まあ、元は平民ですし。必要なのは私の魔力であって私じゃないですよね。オルシス様含め、誰かの嫁になって魔力だけ国に管理されろってことでしょ。やってらんない」

「ミラ君！　私たちは良かれと思って」

「あなたたちにとって良かれと思ったことが、私にとっても同じだと、信じて疑わないんですね」

公爵と主人公の突然始まった喧嘩を、俺はただただ呆然と眺めていることしかできなかった。

天真爛漫でちょっと空気の読めない主人公とも違う。昨日と今日、そして一昨日の差異に頭が混乱する。なんだこれは。

二人が会話を始めたあたりでセドリック君が慌てず騒がず防音の魔法を周りに張ったので、周りは椅子に座ったままの二人が喧嘩しているようには見えないことに、他人事ながらホッとする。ずいぶん手馴れているから、もしかしたら今の公爵家ではこんなこと日常茶飯事なのかもしれない。

セドリック君に視線を持って行くと、俺と目が合ったセドリック君は肩を竦めて首を横に振った。

「大変お見苦しい姿をお見せしてしまいました。アルバ君にはいつもお世話になっております。セネット公爵家嫡男、セドリックと申します」

セドリック君は兄様にきっちり頭を下げると、兄様も丁寧に自己紹介をしていた。無表情であることには変わりないけれど。

「それにしても、君の家は大変そうだね」

「それを言うなら、オルシス様も大変じゃないですか。母に聞きました。魔力の高さと魔法の技術力を考慮され、あの義姉《あね》の補助役に抜擢されたとか。兄上と共に頑張ってくださいとしか言えません」

ご愁傷様です……とでも言いたそうなセドリック君の態度に、兄様の視線が一瞬こっちに向く。

知ってたよ、とは言えない。だって兄様も義父もブルーノ君も俺には一言もそのことを漏らしていないから。

俺が動揺しないことで、何か知っているのかもしれないということを悟った兄様はすぐに視線をセドリック君に向けると、溜息を呑み込んだ。

「学園では、あれとはまたちょっと違った態度を取っているよ。どうやら私たちに嫌われたいらしい、というのは感じていたけれども」

「嫌われたい？　好かれたいの間違いではなく？」

「わざと私達が嫌がるような行動をとるからね、彼女に嫌われているというのは割とすぐにわかったよ。でも……公爵閣下にもあのような態度だったとは」

兄様の言葉に、セドリック君は何やら納得したように頷いた。そして、言い合う二人を横目で見ながらそっと口を開く。

「最近わかったことなんですけれど、どうやら彼女は勘当してほしいらしいんです。王命なのでそんなことは絶対に出来ないことなのですが、それでも……」

勘当、嫌われ……どうした主人公。

ゲームで皆から嫌われたらシナリオが進まないし、市井《しせい》に戻ってしまったら貴族である攻略対象者との接点なんてほぼなくなってしまうのに。

一体どういうことなんだ。

一日目のあの態度も、嫌がられる目的でやっていたということか。

既に乙女ゲームのシナリオは破綻していると思っていいいんだろうか。

あの時俺を案内してくれた主人公はとても悪い子には見えなかったから、余計に頭の中がこんがらがる。でもその時ちょうど演奏会の始まりの合図が鳴ったので、俺たちはその場を辞して自分たちの席に戻ることになった。

その間も兄様の手は俺の手とずっと繋がれていて、その温かさがちょっとだけホッとする。

見上げると、兄様がようやくいつもの笑顔を見せてくれる。

その笑顔に安堵して、アホみたいにデレデレしてしまった。ああ、頬が緩む。兄様が無表情じゃなくてよかった。

やがて灯りが消え、ファン、と何かの楽器の音が鳴る。

舞台が良く見えるようにか、灯りが前方だけに灯《とも》った。するすると重厚な幕が開くと、そこにはオーケストラのような人々が楽器を手に並んでいる。

楽器は見たことがあるようなものがたくさんだけれど、どれが何、とかそういう記憶はまったくない。中央に立ったきらびやかな格好の指揮者らしき人が、深々とお辞儀をする。

「本日はこのような素晴らしい舞台に我々ミラージュ楽団をお呼びいただき、感謝の念に堪えません。我々ミラージュ楽団は普段は王都の片隅の劇場で歌劇の音楽を奏でております。主役は歌劇歌手であり、我々はいわば影の存在。そんな我々をご指名いただけたこと、最高の誉《ほまれ》です」

よく響く声で、楽団の説明がある。そっか。こういう人たちは王都の劇場で普段は活動してるんだ。ちょっと気になる。

それから彼は、劇場にはよくお忍びで貴族がデートに来たり市井《しせい》のちょっと裕福な人たちが楽しみに来たりしている、というようなことを説明してから、またしても深々とお辞儀した。そして、彼が手を構えると、サッと楽団の人たちが楽器を構えた。

誰一人話をする人はいない。後ろの方でちょっと揉めていた声も、今は聞こえない。

静かに流れてきた音楽に、俺は息を呑んだ。

……それは、いつも聞いていた、何度も繰り返し聞いていた、『光凛夢幻∞デスティニー』の、告白時に流れる音楽とそっくりだった。

慌ててそっと口に飴を含む。

それでも、頭の中で、少しだけ視線を下げた最推しが口を動かすシーンが頭に浮かんでくる。

『ずっと一緒にいて、気付いたんだ。私には、君のような子が必要だって……。君のお陰で、前を向けた。君の言葉で、過去を振り切ることが出来た。一歩、前に出ることが出来たんだ。どうか、私と、これから先一緒に歩んで行ってはくれないか……？』

最初に最推しの告白を聞いたときは、あまりの喜びと嬉しさと恥ずかしさに部屋を転げ回った記憶がしっかりとある。変な声も確実に漏れていた。壁の薄いアパートだったはずだから、きっと隣から変な人認定を確実にされていたはず。

そんな甘酸っぱすぎる思い出が次々と脳裏に浮かぶ。

スマホの画面上にアップになる最推しの、普段と変わらないはずなのにちょっとだけ照れたような表情が目に焼きつけられたのはいい思い出だ。口が、その口が動くたびに、胸が弾んで押しつぶされそうになって、苦しくなって。

『愛しています』

最推しがそう紡いだ時、大興奮後、一周回ってスン、となって、どうして最推しはこんな顔で主人公に告白なんてしてるんだろう、と遠い目になったんだ。

目線はこっちを向いているのに、俺を見ていないその表情に、一瞬にして頭が冷めたんだ。

それからは、友人ルートをひたすらやり込み、友人の方が最推しをわかってるじゃん、笑顔にしてあげられるじゃん、って気が付いた。

どうしてトゥルーエンドなのに最推しの笑顔がないのか、そればかりが残って終わった苦い思い出が蘇る。

魔力を滞《とどこお》らせるレガーレの飴を舐めているから、今は魔法なんて発動できないはずなのに、こんなに色々黒歴史を思い出しちゃうのはどうしてだろう。

きっとこの音楽のせいだ。告白の音楽なんて、ここで出してくるのちょっと反則だ。

ぐっと膝の上で手を握りしめて、俺は隣の兄様を見上げた。

兄様は真面目な顔で音楽を聴いている。

これから兄様は、誰に告白するんだろう。

主人公は案外まともだし、感性もそんなに変じゃないから、絆《ほだ》されちゃったりするのかな。

告白とか……想像するだけで鳩尾《みぞおち》がシクシクしてくる。

兄様が誰かいい人を見つけたら俺は絶対にお邪魔虫になるから兄様と離れないといけない。

でも離れたくない。今生きている意味は、兄様がここに居るから、それだけ。兄様は俺の、全て。

その全てがなくなったら、きっと俺は――

誰にも告白なんてしないでほしい。

ずっとそばに居たい。

こんなこと、ただ単に親の再婚で義理の兄弟になった足手まといの弟に言われたところで、迷惑以外の何物でもないだろうけれど。

気が付くと流れる音楽は最高潮に盛り上がっていた。

呑みこまれそうなほど熱の入った演奏に、ただただ俺は兄様を想う。

だめだ。

俺はきっと、兄様の隣を独占したい。ここは、俺だけの場所。

でもそれは今だけのことだという事実が、胸に重く沈んでいく。

これは本当に単なる推し愛なのかな。兄様の行く末を見守るだけなんて嫌だって思ってる俺は……

拍手が鳴り響く。ハッと顔を上げると、指揮者の人が頭を下げるところだった。

思考の渦から解き放たれて、わずかに荒くなっていた呼吸に気が付く。

……今、胸に込み上げかけた感情は、単なる義弟である俺が持っちゃいけない気持ちだ。拍手と共に胸の底にしまおう。

演奏者に拍手を送りながら、俺はまだ耳に残る曲の名残に溜息を呑み込んだ。

その後も軽快な戦闘中に流れる音楽や、街中の長閑《のどか》なBGMなど、耳に残っている曲が演奏され、何事もなく演奏会は閉幕となった。

俺の心の中に嵐が吹き荒れていたこと以外は。

少しだけ燻《くすぶ》る気分のまま、大講堂を後にする。

人の出がすごくて逸《はぐ》れるといけないからと兄様と繋がれた手をいつか放さないといけない。なんて、演奏の名残を引き摺りながらとぼとぼと歩いていると、すれ違う人とぶつかりそうになってしまう。

よろよろしていた俺が見ていられなかったのか、兄様がひょい、と俺を抱え上げた。

「アルバ、周りに気を付けて。転んでけがをするよ」

「兄様……すいません」

「どうしたの。さっきの演奏会で気分が悪くなった？」

心配げに顔を覗き込んでくる兄様に、俺は慌てて首を横に振ってみせた。

「違います！　あの、演奏の余韻を味わっていると言いますか……」

「演奏会が素晴らしかったから？」

「素晴らしかったです……ここであの曲を聴けるとは思わず……」

俺の言葉に、兄様がスッと目を細めた。

その目が何か言いたげだけれど、何が言いたいのかは俺には見当もつかない。

「も、大丈夫ですので、下ろして」

「嫌だと言ったら？」

少しだけ笑みを含んだ声でそう言われて、困惑する。

俺に向けてそんな柔らかい笑顔を向けられると。

さっき蓋をしたはずの何かが零れ出てきそうだ。

「あの、は、恥ずかしくて……」

顔を見られなくて両手で覆うと、兄様が「えー」と不満そうな声を出した。そんな声も、大好きすぎる。可愛い。

僕の我儘を聞いて、なんて言われたら、下ろしてなんて言えなくなる。

ぎゅっと身体を丸めると、くすくすと笑った兄様はさらに俺を強く抱き寄せた。

「恥ずかしければ、僕の肩に顔を伏せていればいいよ。皆、アルバの具合が良くないのかと思ってくれるから。むしろ、その方が皆にアルバが捕まらなくていいかもしれない」

「捕まるって何ですか」

「だってアルバは僕の学年の人たちと仲が良すぎるだろ。僕の弟なのにってたまに嫉妬する」

「しっと……？」

「そう。アルバは僕の唯一だから」

「ゆいいつ」

「わけがわからず僕の言葉を言い直すアルバも可愛いよ」

これはあれだ。弟を揶揄《からか》う兄の図だ。

俺、揶揄《からか》われてる？　揶揄《からか》われてるってわかってても、兄様の口から唯一とか可愛いとか嫉妬とか聞くと胸が騒めく。

この世界の最推しは、どうしてこんなに愛しいのか。可愛いがすぎる。笑顔が眩しい。辛い。尊い……

ぐぬぬ、としながら、俺は大人しく兄様の肩に顔を埋《うず》めて、病人の振りをした。

嫉妬されるのはなんか超贅沢な気がするけれど、それよりも何よりも俺が兄様に嫉妬させちゃうとかおこがましすぎて無理。

◇◆◇

学園祭も終わり、落ち着いた日常が帰ってきた。とはいえ、演奏会からちょっぴりモヤモヤは引き継いでしまっているけれど。でも元通り。

と思っていたら、義父に呼び出された。

二人っきりの執務室にちょっとだけ緊張するのは、義父が真面目な顔をしているからだ。

背筋を伸ばして座っていると、義父はそんなカチンコチンな俺に気付いたのか苦笑した。

「そんなに緊張しなくてもいいよ。アルバが答えられることだけ答えてくれればいい。ただ、これだけは言っておく。私はアルバを愛しているよ。君の不利になることは、絶対にしないから私を信用してほしいな」

「信用なんて。昔から父様を信用してます！」

兄様をちゃんと愛情ある目で見るようになってからは、義父のことは信頼している。最初に会ったときに兄様を見ていた冷めた目のままだったらダメだったけれど。

何を聞かれるのかとドキドキしていると、義父は手ずからお茶を淹《い》れて、俺の前にカップを置いてくれた。スウェンすらおらず、完璧に二人きりだ。

「ただ、私は、アルバが持っている記憶を把握しておきたいと思っただけなんだよ」

「記憶……」

「そう、記憶。きっとそれらはアルバが自覚なしに使った『刻属性《ときぞくせい》』の魔法による記憶だと思う。それを知っておくことで、もしアルバやオルシスに何かあった時に、すぐ助けられるようにしたいんだよ」

「父様……」

これは、知っていることを洗いざらい吐いた方がいいんだろうか。

前世の記憶も全て。正直前世の記憶として小さな時から持っていたこと以上の情報が、たまに魔力消失と共に頭に浮かんでくることで、かなり戸惑っていた。

これは義父に手助けしてもらった方がいいパターンなんだろうか。

正面に座る義父は、まっすぐ俺を見ていた。

義父は、どうしようと逡巡するあまり口を閉ざしたままの俺を急《せ》かすことなく待ってくれている。

義父だって色々忙しいだろうに。

その視線の温かさに、俺は軽く息を吸い込んでから口を開いた。

「……僕が知っているのは、兄様が高等学園に通っている間のことだけで、それも今の現実とは全然違っていて、とても不正確なものなんですけど」

何せあのゲームのオルシス様は表情筋が死滅していたからね。家族との仲も疎遠だったし。だからこそ主人公に絆《ほだ》されて、そして——

って、あれ？

もしかして、今はちゃんと満たされているから、主人公に絆《ほだ》されることはない？

兄様は主人公とくっつかない？

ちょ、ちょっと希望的観測ですが、とても朗報なことを考えついてしまいましたよ。

兄様、主人公とくっつかない。

内心に固まっていたモヤモヤがほどけていく。

いきなりテンションが爆上がりした俺を不思議そうに見ながらも、義父は話を続けた。

「確かにアルバが小さい頃、オルシスの表情筋がどうのと言っていたね。私の接し方が間違っていたから、オルシスがとても寂しい子に育ってしまったと。それも君の記憶にあったんだね」

「はい。あ、でも今の父様は最高に素敵な父様なのできっともうその未来はないです。大丈夫です。だって兄様が素敵に笑いますから。兄様が笑えるのはとても大事です」

「それはよかった。心当たりがあるのが辛いな。アルバに教えてもらえるまでは、私も父親として未熟だったということだね」

即座に自分の過ちを認めて反省する義父は、出来た人だと思う。

「アルバの知るオルシスは、どんな状態だったのかを教えてもらってもいいかい？」

「そうですね。オルシス様はいつでもどこでも冷静で落ち着いていて、クールですごくかっこよかったです。彼を笑わせることを僕は至上の命題としていましたが、友人にならないと笑ってくれず、笑っても、口元がほんの少しだけ持ち上がった……？　というような微妙なものでした。でもその表情だけでも満足感が半端なかったです。微笑オルシス様、最高でした」

「そんなに笑わなかったのかい？　今のオルシスからは想像もつかないね」

「はい。今の兄様はとても素敵で、笑顔を見るたびに胸が締め付けられそうになります」

「ああ、だから昔はすぐ発作が起きそうになっていたんだね。鍵はオルシスなんだね」

もちろんです、と義父の言葉に胸を張る。

生前どれだけオルシス様に溺れていたか、見せたいくらいです。ドン引きされること請け合いだし変質者に向ける目で見られるので見せられませんけど。

ただ、そこまで言葉を紡いで、俺はちょっと下を向いた。

「でも、オルシス様が表情を失ったのは、父様のせいだけではなくて義理の弟のことがあったからなのです」

「アルバのこと？」

「はい。父様が義弟ばかり可愛がり、実の息子には厳しいしつけしかしなかった。父様が義弟に向ける笑顔を見て、オルシス様は義弟に嫉妬して、そんな嫉妬した自分に嫌悪して、そして心を閉ざしていったのです」

「今はそんなこと全然ないね。むしろ私が嫉妬されるね」

「ただ、自分を無邪気に慕う義弟を可愛いとも思っていたので、相反する心が悲鳴を上げていたようで」

「成程、大分違ってきたね」

「病《やまい》で命を落とした義弟の存在がしこりとなって心にこびりついたまま、オルシス様は高等学園に進学し、この国を救ってくれる子と経験値をあげていくんです」

「待って、アルバ待って。今とても重要なことを言わなかった？」

オルシス様秘蔵ストーリーを聞いた義父が、眉間に皺を寄せながら俺にストップをかける。

重要なことって、兄様のしこりのことかな。それとも経験値のことかな。

首を捻っていると、義父が確かめるように口を開いた。

「病《やまい》で命を落とす……？　アルバが？」

「義弟の立ち位置が僕なので、そうですね」

そうだった。本来はもうこの時期には死んでたからね。

今生きてるのは、本当に皆が頑張ってくれたからだよね。

本当だったら研究所だって兄様が高等学園であの新薬を手に入れてから建つはずだった。それにブルーノ君と仲良くなったり、妹が生まれたりするなんて記述はどこにもなかったし。

前倒しで進んでる。多分いい方に。

改めてストーリーを思い出していると、義父が盛大に溜息を吐いた。

義父に視線を向けると、義父は両手で顔を覆っていた。

「だからか……だから、あんなに小さい時に森になんて行ったのか……」

義父はしばらく何かを考え込んでから、ゆっくりと手を戻した。

「そうか。わかった。ありがとう」

「なんの役にもたてず申し訳ありません」

「いいや、アルバは、とても頑張ったよ。とてもね」

そんなに褒められるようなことはしてない。ちょっと困惑していると、義父はお茶に手を伸ばして、肩を竦めた。

「お茶が冷めてしまった。淹《い》れなおそうか」

「いいえ。温《ぬる》いお茶も美味しいです」

猫舌だからね。と、飲みやすくなったお茶を飲むと、ようやく義父がフワッと微笑んでくれた。

こんなにも褒めてくれるけれど、俺の記憶はだいたいあのアプリゲーム由来なので、有益な情報はほぼないんじゃなかろうか。オルシス様ルートの本筋はほぼ外れちゃってるし、境遇もまったく違っている。

心の中でごめんなさい、と謝っていると、義父が、そうだ、と立ち上がった。

机の方から何かを持ってきて、テーブルに広げる。

それは、汚い文字で『しんしゅのやくそうはっけんばしょ』『まものようわなはかい』『きのうろにかくれているひとをたすける』などと書かれたメノウの森手描き地図だった。

うん、五歳の俺、字が汚い。

「じゃあ、これのことについて訊いてもいいかい？」

「まだ持ってたんですか？　どさくさでなくなったと思ってました」

「オルシスが私に見せてくれたから、取っておいたんだよ」

「物持ちいいですね……」

あまりにも下手くそなので捨ててほしい。そんな願いを込めてジトっと義父を見るけれど、義父はそんな俺の視線を躱《かわ》すように、薬草の場所に指を伸ばした。

「これは、レガーレが生えていた場所だよね。じゃあこれ以外に書かれている二つの事件はもしかしてオルシスが経験する内容かな」

「ええと、はい。今はもう違うかもしれないし、人によっては全然違うんですけど。もし兄様がミラ嬢と行動を共にする場合はこうなるかも、っていう曖昧な感じで」

「そうか。ミラ嬢……」

主人公の名前を聞いた瞬間、心なしか義父の顔が険しくなった。

難儀、って言っていたもんな。

ただ、あの一瞬しか話をしてはいないから詳しいことは分からないけど、彼女は悪い人ではないんじゃないかと思う。優しかったし。でも、貴族として生きていくのは大変そうだ。

とはいえ自分からその話に首を突っ込むわけにもいかず、俺は地図を指さした。

「森にいるはずのない大型魔物が出て、それから逃げた一年の生徒を兄様が助けるのが一年目、新薬発見は二年生の時で、サバイバル訓練前に発生した魔物の大発生の名残である罠を外し忘れていた場所を兄様が発見して罠を壊すのが三年生の時です」

「……大型魔物。魔物の大発生……それは、とてつもなく有益な情報だね。他には何か知っていることがあるかい？　話せるようなら話してほしい」

「それ以上はあまり詳しくないんですが、ミラ嬢が誰と一緒に行動するかで少し違います。ミラ嬢が殿下と一緒に行動すると大型魔物と出会ってしまい、二人でボロボロになりながら魔物を倒すとか、アドリアン君とだと、大型魔物を怖がって逃げていた魔物の群れに遭遇するとか、ブルーノ君とだと魔物から身を隠そうとして木に登って降りられなくなった一年生を助けるとか、そんな感じでしょうか」

ちなみに、保健医《リコル先生》ルートだと、一人山を歩いている時に怪我をした人に出会う。そしてその人を引き摺って保健医の所まで連れて行くと、魔物に襲われた生徒が次々運び込まれてきて、主人公も治癒の手伝いをするっていう感じだ。二年目からは、保健医にその治癒能力を買われて、最初から助手として森の中を二人で歩くことになる。

「殿下に、アドリアン、ブルーノ、そしてオルシス……」

義父は、攻略対象者の名前を上げると、難しい顔をした。

けれど、すぐに笑顔になって、テーブル越しに手を伸ばし、俺の頭をわしわしと撫でた。

「ありがとうアルバ。疲れてはいないかい？　答えてくれてありがとう」

「いいえ。あまり有益な情報もなくすみませんでした」

「いいや、君のくれた恩恵は素晴らしいよ。私は、それに恥じぬよう行動しよう」

「え……？」

どこが？　とツッコもうとして、義父の表情を見てやめた。

俺の恩恵。なんだそれは。兄様に有益なやつだろうか。だといいな。

じゃあ皆の所に行こうか、と席を立った義父に続いて立ち上がりながら、まあ義父だから兄様の不利になることはないだろう、と思い直し、義父に「お茶、ごちそうさまでした」とお礼を言った。


（幕間）　次々明かされる真実（side オルシス）

「アルバは間違いなく『刻《とき》属性』だ」

緊急だと父上に呼び出されブルーノと共に執務室に行くと、そこにはリコル先生も来ていた。

リコル先生はアルバの病《やまい》が完治したという秘密を知る数少ない一人であり、アルバの中等学園でのサポートも請け負ってくれている。

席に着いた瞬間に父上の口から発せられた言葉に、僕は「やっぱりか」という感想がまず浮かんだ。これまでの言動で想像はついたけれど、父上がこれだけハッキリと断言するということは、とうとう決定的な何かがあったということだ。

次の言葉を待っていると、父上は一瞬だけ目を伏せてから、僕たちを見回した。

「しかもだ。アルバは王自ら選ばれたあの令嬢のサポート役を指摘してきた。一言たりとも部外者に内容を話すことが出来ない契約魔法を全員が掛けられていたにもかかわらずだ」

眉間に皺を寄せる父上の言葉に、僕とブルーノは固まった。

「それは、俺たちのことでしょうか」

ブルーノの問いに、父上は頷いた。

アルバが指摘したのは、僕、ブルーノ、第二王子殿下、アドリアンの四名だったそうだ。

そして陛下に呼び出されたときにその場にいたのは、陛下と王弟殿下、見届け人として宰相閣下と父上、学園長のクレバー先生、そして、魔力量の多さで選ばれた第二王子ツヴァイト殿下、騎士団長子息アドリアン、ブルーノ、僕、そして、王弟殿下次男、ヴォルフラム殿下だ。

同学年全員がで魔力量を計測した中でも抜きんでて魔力が多く、選ばれたのが僕たちだった。

アルバはその全員を正確に、けれど無意識に言い当てていたようだ。

陛下からの指示は「市井《しせい》で生まれ育った光属性の女性の力を引き伸ばし、魔力、魔法威力をあげるためのサポートをする」こと及び、その膨大すぎる魔力の暴走を阻止し、王家に程近い場所に引き入れることだった。要するに誰かが「彼女を娶《めと》り、その血を残す」ということだ。

そしてそのことは、彼女には何一つ伝えていないようだった。

公爵家の養女にするにあたり、彼女には「その強大すぎる光属性の魔力」が暴走すると止められるのは同じ光属性を持つ王族しかいない、と説明して連れてきたらしい。

全てのことを話していないだけで嘘はついていない。

属性には互いに打ち消し合う相性というものがあるけれど、光属性と闇属性、特殊属性に関してはそれがないので、能力が未熟で暴走した場合は辺りを巻き込んでの大惨事になる。

実際にはごく稀に市井《しせい》にも光属性は生まれるし、魔力量が少ない場合はそのまま見逃されるのだけれど、今回ばかりは見逃すことが出来ないほど彼女の魔力が多く、『王家の事情』により公爵家にその身柄を預けることになったようだ。

彼女のサポートとして指名された僕たちは、いわば彼女が魔力暴走を起こした時に止めることが出来るほどの魔力を持っている者たちということだった。

——彼女が未熟なようには思えないけれど。

そういえばアルバは、彼女をサポートすることになっている五人のうち唯一ヴォルフラム殿下の名前をあげなかった。それはアルバが彼の危険性を無意識下ではわかっていたからかもしれない。

なぜなら、アルバがこの間口走った「青い炎」は、ヴォルフラム殿下の持つ闇属性を指す炎の色だからだ。

僕は殿下と一緒に魔術の授業を受け、はっきりと青い炎を見ていたので、アルバが誰のことを言っていたのかすぐにわかった。口を噤《つぐ》んだのは、アルバを心配させないためと、実際にアルバとヴォルフラム殿下との接点がないからだ。

中等学園時代、僕とヴォルフラム殿下は一度も同じクラスになったことがなかったので、アルバが学園に来ていた時も顔を合わせたことはなかったはずだ。

悶々と考えていると、リコル先生がそっと挙手をした。

「実は、陛下から私も彼女に付いていてほしいと頼まれたのですが、アルバ君の主治医として中等学園に移っていたので、お断りさせてもらいました。アルバ君には高等学園に戻らなくていいのかとしつこいくらい聞かれましたが……もしやアルバ君が知り得る未来では、私も何らかの関与をしていたのかもしれませんね」

リコル先生の言葉に、僕の顔が歪む。

アルバは、小さい頃、どう言っていた。

僕の表情筋を殺すのは父上と自分だと言っていなかったか。

あの頃から持っていた疑念は、とうとうはっきりとした形になってしまった。

室内に沈黙が広がる。それを打ち消すように、父上が声を張った。

「それと、アルバ情報なのだが、メノウの森に魔核が発生したらしい」

小さなアルバの言葉を思い出していたのが、父上の言葉で現実に引き戻される。同時にその言葉の重大さに目を瞠《みは》った。

「魔核……？　まさか」

「オルシスは憶えているだろうか。アルバがまだ五歳の時に描いた地図を」

「はい。はっきりと。あれのお陰で今もアルバが笑っていられるのですから」

僕が頷くと、父上は微笑んで頷いた。

「あれがヒントだったよ。とはいえ、アルバから他の者たちの話を聞くまでは気付かなかったが」

「他の者たち？」

僕とブルーノが顔を見合わせると、父上は懐かしい地図を開いた。

それは五歳のアルバが手ずから描いたメノウの森の地図だった。

「オルシスが一年の時のサバイバル訓練で、本来ならあり得ない大型魔物の出現により逃げ木のウロに隠れていた生徒を救い出す」

「二年で新種の薬草を見つけるんでしたよね。三年になると、罠を僕が氷で全て壊したと」

「それだ」

皆で地図を覗き込む。拙《つたな》いけれど、しっかりとした文字で書かれた内容に、ブルーノとリコル先生が目を見開く。父上は地図を指して言った。

「ブルーノの場合、高い木に登って下りられなくなった生徒を助けるそうだ。きっと植物を使って助けたのだろうね。ツヴァイト殿下の場合、大型の魔物に出会って戦闘になる。そして、その大型魔物の出現によって逃げ出した魔物の群れに、アドリアンが遭遇するそうだ」

つなげると、確かに普段とは違う異様なことが起こっていることがわかった。

魔物が生まれるところには、魔核がある。

思わず息を呑んだ。確かに、僕の行動だけを見るとどうということはない事柄に見える。けれど、繋ぎ合わせると、メノウの森で異変が起こっているというのがよくわかった。

「そんな詳細なことまで……道理で王家が『刻属性《ときぞくせい》』を欲しがるはずだ……」

ブルーノの言葉に同意を示す。

「アルバが何気なく教えてくれたことだ。本人は『魔核』が発生したなど、気付いてはいない」

だから、アルバには情報を伝えるな、と父上が僕たちに釘を刺す。

僕たちも否やはないので、迷わず頷いた。

「――これで納得しました。アルバ君は、とても莫大な魔力量を持っています」

ひと段落ついたところで、リコル先生が発言した。それに父上が頷く。

「その信憑性は」

僕の問いに、リコル先生はまっすぐ僕に視線を向けた。

「私は癒し専門の水属性です。私も弟をラオネン病で亡くし、そこからは治癒師を志し、ずっと癒しの力を伸ばしてきました。光属性の鑑定は出来ずとも、人体の状態を把握するための魔法感知はある程度修めています」

リコル先生はスッと目を細め、僕とブルーノ、そして父上を順に見て、肩を竦めた。

「既にオルシス君とブルーノ君の魔力量は公爵閣下を凌駕《りょうが》しています。けれど、アルバ君の発作、もしくは魔法を展開する時の方が強大でした。皆さんも肌で感じていると思います」

リコル先生の言葉に、ああ、と吐息が漏れる。

アルバが発作を起こし、魔力が放出される際に感じるあの焦燥感。

魔力を譲渡しようとしても、冷静になんてなれなくて、いつでも恐怖を感じる自分に喝を入れてアルバに魔力を注ぎ込んでいた。

「どうやら、強すぎる魔力で命も削られているのだと思います。そして、アルバ君の魔力の圧が、周りの方の心身になんらかの作用をもたらしているのかと」

リコル先生の言葉に、全員が苦い顔になる。

「『刻属性《ときぞくせい》』に強大な魔力量、そして、後付けの『光属性』……」

「成程、命を脅かすはずのラオネン病が実は『刻属性《ときぞくせい》』の隠れ蓑になっていたのか」

「王家には言えませんね、絶対に。奪われ、搾取され、物言わぬ亡骸となって帰ってくる未来しか見えない」

部屋には暗い空気が立ち込めている。

父上、ブルーノ、僕。皆が、同じことを考えていた。アルバの存在の稀有さがここに来て際立ってしまった。

「一番厄介なのは、アルバに魔法の発動が任意で出来ないことと、発動した場合の魔力制御が出来ないこと、だ。今までアルバは魔力制御の練習をすることが出来なかった。しかし、もし魔力制御が上手になったらあるいは……」

うむむ、と唸る父上に、フッとリコル先生が雰囲気を和《やわ》らげた。

「そうですね。不意の魔法発動は抑えられるかもしれません。引き続き、学園での魔法実技の時間は、私がアルバ君の魔力制御を指導しますので、そう暗くならず。貴方がたが暗いと、場を読むのが聡いアルバ君にいらぬ心配をかけてしまうやもしれません」

ね、と軽く背を叩かれ、詰めていた息が正常に戻る。

僕に何かできることはないだろうか。

アルバをこの手の中に捕まえておくために、なんでもやろう。

「リコル殿、頼む」

「出来る限り、手助けしたいと思っています」

普段からその言葉を実行できる立ち位置にいるリコル先生を、少しだけ羨ましく思いながら、僕は次から次へと出てくる懸念に、ぐっと拳を握りしめた。

絶対に、何者からもアルバを守ってみせる、と心に誓って。

七、最推しのサバイバル訓練

多少やつれたセドリック君はいるものの、何事もなく日々は過ぎていった。むしろ俺は、主人公と兄様がくっつかなくて済むかもという可能性が生まれてハッピーな気分だ。

でも、学園ではセドリック君からミラ嬢の話は一切出ない。

ジュール君の口からブルーノ君の話も出ない。

どうやら学園祭には行ったらしいけれど、ブルーノ君には声を掛けずに家に帰ったというから、兄弟としての情がどれほどあるのか気になるところだ。

ちなみに、セドリック君と二人で取っていたランチは、いつの間にやらジュール君も一緒に取るようになっていた。

二人が身内のことを言わないから、俺もだんまりになってしまう。だって兄様かルーナの自慢以外に話題がない。流石《さすが》にジュール君にブルーノ君自慢はどうかと思うし。

二人は魔術とか剣技の実技のことを話しているけれど、俺には交ざれないレベルの高さだからちょっと困る。

……考え事にはちょうどいいんだけどね。

そう、兄様のサバイバル訓練が一か月後に迫ってきているのだ。

サバイバル訓練。それは、『光凛夢幻∞デスティニー』の、年に四回ある攻略対象者からの好感度を左右する重要イベントの内の一つだ。

この間学園祭というイベントが終わったばっかりだというのに、早すぎる。心の準備が……って、中等学園に通う俺にはまったく関係ないんだけれども！

ゲームをしていた時は、年に四回しか好感度爆上げ出来る機会はないのか、なんて思ってたけれど、年四回って多い。普通に多い。下手すると一回寝込んでいる間にイベントが終わってしまうレベルだ。ブルーノ君のお陰で、ほぼ寝込むことはなくなったけれども。

さて、ゲームならば攻略対象者が一年の時は、大型魔物がサバイバル訓練で出てくる。

兄様の場合はちょっとした魔物を倒しつつ同級生たちを救っていく系だから、大怪我はないはず。

危ないのは殿下とアドリアン君のルートだ。殿下は確か大型魔物は倒せてもかなり酷い怪我を負って、主人公に光魔法で治癒してもらう必要があるし、アドリアン君も魔物の大群に出くわして、二人で戦い始めるからやっぱり終わってみればボロボロになってしまう。

最推しとブルーノ君とリコル先生の場合はミニゲームで、殿下とアドリアン君は連続バトルだったはず。あの連続バトル、苦手だったんだよなあ。ついつい突っ込んでいっちゃって回復が追い付かなかったのだ。

ぼんやりとパンを千切っては口に運びながら、サバイバル訓練に思いを馳せる。

でも、ここはスマホアプリじゃない。

実際に兄様たちは魔物と戦わないといけないし、大型魔物はかなり危険だ。

下手すると怪我だけでは済まない事態になるかもしれない。

かといって、大型魔物がいつ出てくるのかはわからないし、そもそもなんであの森で出てきたのかもわからない。

今まではそういうイベントだったという認識しかなかったけれど、五歳の時にメノウの森で実際に自分の目で見た亀裂の深さは、今も思い出しただけで心臓がヒュンとなる。

あそこに兄様が落ちるのかと思うと、怖すぎてダメだ。画面上で見ていた「なんで落ちるんだよ」的なツッコミなんて現実では絶対に無理。泣く。それどころかきっと倒れる。

ってことはだ。まだまだ腕の未熟な生徒たちがたくさんいる森で大型魔物が出るなんて、死人すら出ちゃうかもしれない。

ぞっとする。

ゲームのイベントだからとか簡単なことじゃない。

じゃあいったい俺は何をしたら……？

「アルバ？」

セドリック君に声を掛けられて、俺はハッと顔を上げた。

二人とも俺に注目している。気が付くと俺が落としたと思われるパンの欠片がテーブルを汚していた。

「あ、ご、ごめんなさい」

「大丈夫だ。今日は調子が悪いのか？」

セドリック君が視線を送ると横からサッと手が伸びて、「失礼します」と声を掛けられた。

セドリック君のご飯を持ってきてくれる公爵家の侍従さんが、にこやかに素早く俺の前を片付けてくれる。

「調子が悪い訳では……」

大型魔物のことを考えてしまっていただけです、とは言えない。

口を噤《つぐ》むと、セドリック君は本気で俺の体調が悪いと思ったのか、すぐに侍従さんに何かの指示を出した。そしてあれよあれよという間に現れたリコル先生に回収されてしまう。

奇《く》しくも、午後は魔術実技。

そのまま俺は保健室の民となった。


「では、アルバ君の悩み事というものを相談していただきましょうか」

リコル先生に笑顔でそう言われてしまって、俺は口ごもった。

メノウの森が危ない、なんて言っても、信憑性にかけまくるし、根拠が何もない。

「些細なことでもいいんですよ。口に出すことですぐに解決するなんてこともあります。あ、でも口に出してしまうことで心に負担がかかってしまうのであれば、お話しできるまで心が回復してからお話しいただく方向で」

いやいや、そんな話してダメージを受けるなんて事案、経験したことないから。トラウマなんて持ってないから。

リコル先生の言葉に苦笑していると、先生はフッと真顔になって、俺の手に自分の手を重ねた。

先生の口が詠唱を紡ぐ。どうやら防音の水魔法のようだ。

思ったよりもリコル先生が事を重大に考えているのでは、と焦っていると、先生は俺を安心させるようにフワッと笑った。

そうだった。この人も攻略対象者。顔はいい。落ち着いた大人枠。

思わず黙り込むと、先生がさらに柔らかな声で俺に話しかけた。

「大丈夫です。私は、アルバ君のことは結構理解しているつもりです。その上でアルバ君の主治医というものを公爵様にやらせていただいているのですから、安心してください」

「そそそ、そこまでの悩み事なんてないんですけど……」

先生ハードル上げてきましたね。

こんなガチ状態で、ちょっとメノウの森が気になるだけですなんて言っても、信じてもらえるんだろうか。

どうしよう、とオロオロしていると、重ねられた手をギュッと握られる。

「アルバ君、例えば、今日のお昼はあまりおいしくなかった、とかそういった些細なことでもいいのです。午前中に受けた授業でわからない場所があったとか」

「あ。それは後で兄様が教えてくれるので大丈夫です」

リコル先生のたとえ話に即座に答えを返すと、リコル先生は肩を震わせた。

「アルバ君は本当にオルシス君が大好きなんですね」

「それはもちろんです。僕は兄様がいるからこそ頑張れるんです」

「そう言えばそのお兄様は、高等学園でも頑張っているようですよ」

俺の目が輝くと、リコル先生は高等学園にいる同僚の先生からの情報を色々教えてくれた。

兄様とブルーノ君は相変わらず生徒会的な所からの誘いを断っているんだとか、相変わらず成績優秀だとか。男女問わず、二人は孤高の存在として一目置かれているんだとか。

何それカッコいい！　流石《さすが》兄様！　皆に一目置かれている兄様カッコよすぎて辛い！

悶《もだ》えていると、リコル先生は「そう言えば」と口を開いた。

「もうすぐサバイバル訓練ですね。オルシス君でしたら、全然問題なく課題をこなしそうですが」

「課題……」

あれですね。森の中にあるチェックポイントを通過し、無事ゴールするやつですね。

でも、確か、大型魔物が出た時は、それどころじゃなくなるんだ。いつ頃から大型魔物はあの森にいたんだろう。俺が行ったところで大型魔物を倒せる気はまったくしないので、何も出来ないのはわかっているけれど。

兄様とブルーノ君はそれほど危ない状態にはならないと思うけれど、殿下とアドリアン君は大分危なくて……

懸案が戻ってきてギュッと奥歯を噛み締めると、リコル先生が苦笑して握っていた俺の手を上下に振った。

「どうやらアルバ君の心を占めているのは、サバイバル訓練のようですね」

「なんでバレた……」

「その可愛い顔に書いてありますよ」

ズバリ指摘してきたリコル先生を見上げると、リコル先生は「大丈夫」とよくわからない応援をくれた。

「今、メノウの森は騎士団によって調査されています。公爵様指揮のもと、シェザール騎士団長様が動いておられますので、アルバ君の懸念はすぐに払拭されますよ」

「え？」

「大型魔物が姿を現す前に魔核を消滅させる方向で公爵様が動いています。ほら、ちょっと口に出せばすぐに解決する場合もあります。心にため込まず、相談してくださいね」

にっこり笑ったリコル先生に、そして、先生の言葉に俺はしばらくの間混乱していた。

義父が大型魔物を出さないために動いた？

義父にちょろっとした地図の話が、思った以上に大事に捉えられていたことが、今日一番の驚きだった。

流石《さすが》義父。流石《さすが》兄様のお父様。義父有能すぎだろ。

◇◆◇

そして兄様の一年目のサバイバル訓練は、何事もなく終わった。

兄様はブルーノ君とミラ嬢ともう一人中等学園で俺が可愛がってもらったミリィお姉様との四人グループで行動したらしい。

問題視されていたミラ嬢は思った以上に有能で、一緒に行動していたミリィお姉様に手を貸す余裕まで見せ、兄様グループは堂々の上位ゴールを果たしたらしい。

その話を夕食の席で聞いて、俺は思わず義父の顔を見てしまった。

義父は俺と目が合うと、全てを見透かす菩薩《ぼさつ》のような笑顔を返してくれた。

「兄様、ミラ嬢はどんな人でしたか？」

とても気になって思わず訊いてしまうと、兄様は少しだけ驚いた顔をした。

「そういえばアルバはミラ嬢に高等学園で助けてもらったことがあったんだったね」

「はい。ミリィお姉様もとてもお優しいですし、今回組んだメンバーで一年間課外授業を受けると聞いたことがあって」

本当は聞いたんじゃなくてゲーム情報だけれども。

ドキドキハラハラしながら兄様を見つめると、兄様は苦笑した。

「そうだね。彼女は、森の中を歩くのにとても慣れているようだったよ。それに魔法の腕は僕でも負ける時があるくらいに強い。あの訓練の中で一番活躍していたのは間違いなく彼女だよ」

「そうなんですね」

すごいなあ、と口では言いながら、胸中は複雑だった。

兄様が彼女を褒めている。

そのことがなんというか、胸がじくじくする。

最初は迷惑そうな顔をしていた気がしたのに。

いつの間にやら普通に話す仲になっている。褒め言葉すら出ることに、衝撃を受けた。

「ブルーノ君は、どうでしたか」

胸の痛みを誤魔化そうとブルーノ君に話題を振ると、ブルーノ君は食事をする手をわざわざ止めて答えてくれた。

「そうだな。ミリィ嬢も強い炎属性を持っている。一番役に立たなかったのは間違いなく俺だな」

「ブルーノは森の状態を調べる方に徹していた。役に立たなかったなんてことはないだろ」

「魔物を一体も倒せなかった。地属性では攻撃に難がある。もともと攻撃系は苦手なんだ」

「ブルーノ君ほどの魔法を使える人が魔物を一体も倒せないって……もしかして森の魔物、そんなに強いんですか!?」

身を乗り出すようにして訊くと、二人とも苦笑して「違うよ」と即座に否定した。

「女性陣が強すぎるのが原因だな」

「ああ。僕たちが手を出す暇もなかった」

「オルシスが身を挺《てい》してミリィ嬢を護ろうとしたら、当の本人にすごい剣幕で怒られていたよな」

「それを言うなよ」

「オルシス様に何かあったらアルバ様が悲しみます！　少しはご自愛ください！　ってな」

「声真似するなよ……」

まるで漫才のような掛け合いに、母とルーナが笑いを堪えている。淑女が声を上げて笑うのははしたないから、と、最近はルーナも母に行儀を習っているらしい。けれど、ルーナの楽しそうな声が聞こえないのはちょっと残念かもしれない。

「つまり魔物が強かったんじゃなくて、僕たちの出る幕がなかったんだ。出てくる魔物を片っ端から女性二人で倒しまくり、気付けば目の前がゴール地点だった。あの時は流石《さすが》に僕も何が起きたのか理解が追い付かなかったな」

「最短距離を走破したのはミラ嬢の道案内があったからだというのはわかっているんだけれど……ちょっと俺たち情けないいな」

あのおっとりした優しそうなミリィお姉様も、実はとても強かったらしい。話を聞いていて思ったけれど、俺は高等学生になったらサバイバル訓練を無事乗り切ることが出来るんだろうか。途中で力尽きそうで怖い。いい人が同じ組になりますように。今から祈っておこう。

俺たちの話を聞いていた義父は、何も口を挟むことなく、優雅に食事を終えた。

今日は疲れただろうから、早く休みなさい、と一言声を掛けた義父は、席を立って兄様とブルーノ君の頭をひと撫でであると、俺とルーナの座る席の方に回って、俺たちの頭をぐしゃぐしゃにしてから、食堂を後にした。

「アルバにいさまのあたま、鳥さんのおうちみたい」

ルーナに指摘されて、ぐしゃぐしゃにされた頭を慌てて手櫛で整える。

そしてやっぱりぐしゃぐしゃになったルーナの髪も直してあげながら思わず口を尖らせると、笑いを堪えた兄様の顔が目に入った。

口もとを手で隠しても、目元が笑っているのが一発でわかるその尊い笑顔は、一瞬にして俺の機嫌を直したのだった。

結局大型魔物が出たという話は二人の口から出ることはなかった。

義父がアドリアン君のお父さんと手を組んでなんとかしたというのはリコル先生に教えてもらったけれども、こうも何事もなく済んでしまうと戸惑いの方が大きい気がする。

ゲームでは、主人公の成長と共に、森や草原などのアクションパートに出てくる魔物のレベルが上がっていく。レベル1で倒せる魔物の強さのままずっと変わらなかったら、主人公はレベルを上げるのがとてつもなく大変になるから、ゲームだったら当たり前だ。

同時に王宮内で護られている宝石がだんだんと力をなくしていって、国の力が衰えていき、魔物は強くなっていく。ゲームのシステムでしか存在していなかった理屈が、現実とピタリと重なっている。

つまり、この世界のメインストーリーの流れ自体はあのアプリゲームのままということだ。

でも、と俺は窓の外に目を向けた。

遠くにブルーノ君の広い温室の屋根が見える。

その中には、本当であれば来年兄様が崖から落ちて見つける植物が生い茂っている。

その時からあのゲームの道筋は既に逸れていたんだよね。多分、きっと。

もう俺は病《やまい》で死ぬことはないし、兄様が笑わなくなるなんてこともない。

ブルーノ君は高等学園まで鬱屈した子供時代を過ごしてなんていないし、ゲーム内では気配りの人でツヴァイト殿下を必ず立てていたけれども、今はそんなことはまったくない。それどころか、時折手伝いと称して遊びに来る殿下を顎《あご》で使っているくらいだ。ブルーノ君は眼鏡腹黒枠だったはずだけれども、今は全然腹黒くなく眼鏡も掛けていないし、のびのび暮らしているように見える。

アドリアン君が殿下の側近にもなっていない。殿下もゲームではピッカピカの光属性陽キャだったけれど、ここで愚痴を零していく姿には全然そんな雰囲気はなく、年相応に悩みがあって思いがあって、それでいて遊びたい盛りだというのがわかる。

もう、この世界はゲームとは違う道を辿っているんだ。

だから、イベントをあえて待つんじゃなくて、その前に対処してもいいんだ。義父のように。

とはいえ俺は何も出来ないし力もないんだけれども。

メインのストーリーは決められていても、兄様たちの危険を回避することは出来るかもしれない。

今までの個人パソストを捻じ曲げることが出来たように。

もっと強くなりたい。

楽しそうに話をする兄様とブルーノ君を見ながら、俺はそんなことを強く思った。


こうして魔術の勉強に力を入れた俺だったけれど、すぐに身をもってわかった。

俺は、絶望的に攻撃に向いていない。

義父が言うところの『刻属性《ときぞくせい》』というものは、そもそも希少過ぎて魔法を使っての攻撃方法の確立すらされていない。それにどう考えても過去未来を視《み》る属性を使って攻撃できるわけもなかった。

出来るのは、未来が視《み》えたらそれに対処するよう動くくらい。でも俺の場合それが本当に『刻属性《ときぞくせい》』の魔法のせいなのか、前世の記憶の為せるところなのかは自分でもさっぱりわからないし、魔法を使うタイミングを自分で使いこなすなんて夢のまた夢。

勝手に魔力が抜けて勝手に脳に映像、というかスチルが流れていくだけという使い勝手の悪さ。

かといって、第二王子殿下にもらった光属性は、ミラ嬢のような攻撃魔法はまったく発動せず、なんとか初級の治癒魔法と、結構熟練度のあがった鑑定魔法だけ使えるような状態だ。

それに人を鑑定するというのは、本当に熟練度が高くないと出来ないようだ。殿下がスパッと俺の病《やまい》がなくなったと鑑定してくれたことで、鑑定さえすれば簡単に他人の状態がわかると思っていたけれど、そんなことは全然なかった。

光属性が手に入ってから必死で鑑定を使いまくったけれど、俺にはまだ、無機物の暫定的な状態しかわからない。例えば、『古いテーブル、足が少し傷んでいる』とか『よく磨かれたカップ』などなど。見ればわかるものが多い。

一方、人を鑑定しようとしても見ることなんて出来ない。どうやらその人の持つ魔力に抵抗されてしまうらしい。殿下は一体どれくらい鑑定熟練度を上げていたんだろう。

……そうせざるを得ないような子供時代を過ごしていた、とかいう殺伐とした過去があったらやだな、と思いながら、身体の力を抜く。

お疲れ様、とリコル先生が目の前にお茶を出してくれる。

今日は枯れかけた草を治癒魔法で元の状態に戻すという練習をしていた。

治癒魔法は少しずつ身についてきたけれども、まだまだ大きな怪我を治せるまでの治癒力はない。中途半端な状態に少しだけ焦りを感じる。

「全然使えないですよね、僕……」

必死で光魔法を使って、なんとか緑色の葉っぱに戻した鉢植えの植物に目を向けながら溜息を吐くと、リコル先生はにこやかに「いいえ」と首を振った。

「物事には段階というものがありましてね。アルバ君はいわば、生まれたばかりの赤子状態なんです。私が魔法を使い始めたのは三歳の時から。今まで二十六年間ずっと身近にあったわけです。ところが、アルバ君は魔法が使えるようになってまだ一年しか魔法と慣れ親しんでいないのです」

だからね、とリコル先生が諭すように続けた。

「アルバ君の今の状態は、私の四歳と同じです。それにしてはとても筋が良くて、優秀だと思います。まず一年でここまで魔法を操れるようになる方はなかなかいませんから」

リコル先生は俯く俺の頭を軽く撫でて、俗説ですが、と前置きしてから肩を竦めた。

「魔法はその方の本質を見せると言います。たとえば攻撃魔法が得意な者は誰かを護りたい、強くなりたい、治癒などの魔法を使う方は誰かを癒したい、救いたいという本質を持っているのだと言われています」

今まで聞いたことのない話に思わず顔を上げると、そのタイミングで目の前にお菓子が出された。

「私の見る限り、アルバ君はご家族を、お兄様を癒したい、という気持ちが強いように見えます。だからこそ治癒などに力が特化しているのではないでしょうか。私はそういう気持ちが好ましいと思います」

さっきまでの鬱々とした気持ちを忘れて、リコル先生の言葉に聞き入ってしまう。

「……だから、ブルーノ君は攻撃が苦手なんでしょうか」

「彼はそうだと思います。家庭を壊したくなくて、自ら身を引くような優しい方です。だからこそ、植物を慈《いつく》しむ力に特化しているのだと私は思います」

「その考えが国中に広まればいいのに」

「そうですね。ですが、学術的にはっきりとそのような分類をしてしまったらまた違った意味で大変生き辛い世の中になるのでは、と思いますよ。あくまで、初見での人となりを見極める一助と考えてください。あくまで俗説ですから」

「はい」

私がこんなことをアルバ君に教えたのは内緒ですよ、と人差し指を口の前に立てたリコル先生は、俺が頷いたのを見ると満足そうに微笑んだ。

……でも、もしリコル先生が言ったことが多少なりとも事実だとしたら、俺が攻撃魔法を使えないのは、今までずっと周りから守られるだけの暮らしをしていたからなんじゃないだろうか。

病《やまい》を抱えた俺に、皆とても優しかったから。短い命だからと同情もあったのかもしれないし、せめて安らかに送り出したいと思ったのかもしれない。俺が寝ているときは隣で溜息を吐いていた祖父母も、俺が起きている時はちゃんと笑顔で俺を可愛がってくれたし。

今まで切羽詰まった状況に置かれたことがなくて、周りに甘やかされているから攻撃魔法が使えないのかと思うと、どこまで俺は使えないんだろう、と気分はさらに沈んで、溜息が出そうになる。

せめて兄様のために何かしたいのに。

いや、そんな綺麗ごとじゃない。兄様にせめて「使えるから手元に置いておきたい」と思ってほしいんだ。今はまだ、全然使えないけれど。それどころか足を引っ張ることしかできないけれど。

堂々と兄様の横に立つ理由が欲しいんだ。

「僕に、何が出来るんだろう」

温くなっていくお茶に手を伸ばすこともできずに、俺はポツリと呟いた。

「なんでも出来ますよ。アルバ君には優れた才能がたくさんあります。今はただそれが見えなくなってしまっているだけです。焦らず、一歩ずつ前に進みましょう」

才能……リコル先生の言葉を反芻するようにポツリと呟く。そんなものは持っていない。あるのは、非力な身体と、稀有ではあれどまったく使えない魔法だけだ。

「前に……進めるでしょうか」

「もちろん。それどころか、アルバ君は一日に二歩も三歩も前に行ってしまうので、教える側の私が追い付くのがやっとです」

あの発作に慣れてしまっている身体は、たとえ病《やまい》が治っていても、心が痛いまた発作が起きそうで怖いという気持ちにやたらに反応してしまって、足が止まってしまう。先生が言うように二歩も三歩もなんて、全然進めていない。

弱い心と弱い身体。

「……もっと身体を鍛えれば、心も強くなるのかな」

「それも、多少はアリかもしれないですけどね」

俺が思いついたことを呟くと、リコル先生はクスリと笑いながら肯定してくれた。

じゃあ、と顔を上げる。

兄様を抱え上げて逃げられるくらいに身体を鍛えれば、もしかしたら心も強くなるかもしれない。もしピンチが訪れたら、自分で倒すのではなく兄様を抱えて逃げればいいんだ。そうすれば時間を稼げるし、助っ人も頼めるかもしれない。

なんだかとてもいい考えのように思えた。

「身体を鍛えます。兄様を姫抱っこで運べるくらいに！」

ぐっと手を握りしめて宣言すると、ちょうどお茶を口に運んでいたリコル先生は、ブフッと攻略対象者にあるまじき所作でお茶を噴いて、咽《む》せていた。


そうと決まれば、身体を鍛えるためには、ランニングと腹筋腕立て伏せから始めよう。

毎日やればきっと数年後にはムキムキになるんじゃないだろうか。

日課を紙に書き出して机に掲げると、ちょうど夕食の時間だと俺を呼びに来たスウェンを捕まえて、これからは毎朝これをします、と宣言した。

スウェンは俺の日課表を見ると、驚いたような顔をした後、少しだけ俺が書いた数字を減らしてから「動きやすい衣装をご用意いたしますね」と目尻に皺を寄せた。

次の日、いつもよりも大分早く起こしてもらった俺は、眠い身体を引き摺りながら、動きやすい恰好に着替えて庭に出た。そこで見かける、二人の影。

「に、兄様!?」

俺がランニングの場所として選んだ庭に、ラフな格好をした兄様とブルーノ君が立っていた。

二人ともいつものスタイリッシュで豪華な服とは違う動きやすさに重点を置いた服装で、にこやかに挨拶をしてくる。

驚きすぎて動けないでいると、兄様が俺の頭に手を置いた。

「身体を鍛えるんだって？　僕も最近全然身体を動かせていないから、一緒にやってもいいかい？」

「俺もだ。ちょっと最近鈍《なま》ってきたから、混ぜてもらってもいいか？」

挫《くじ》けたらどうしよう、なんてはじめる前から思っていた朝の鍛錬は、この瞬間からとても楽しいものに早変わりした。

兄様たちにはとても温い内容とはいえ俺にとってはかなり苦しい。でも隣で兄様が走ってくれていると思うだけで足が動く。兄様を姫抱きで逃げるために、俺は頑張る。

頑張らねば！


そして、数日が過ぎた。

ヘロヘロになりながら制服に着替える。

朝の体力作りは、なかなか上手くいっていなかった。睡眠時間を少しだけ減らして体力作りをし始めたのがいけないのかなんなのか、前よりも疲れやすくなった気がする。

もちろんそんなこと兄様に言えるわけがない。

学園へ向かう馬車の中つい居眠りしてしまうと、心配そうな顔の兄様に覗き込まれるというラッキーオプションに内心悶《もだ》えながら、「大丈夫です」と答えることの繰り返しだ。

とことんポンコツな身体に溜息を禁じ得ない。

体力、つくどころか減ってない？

一緒にやっている兄様たちはまだまだ体力有り余ってるのに。俺の日課の何倍もこなしているんだよ。

今日も馬車に揺られながら、瞼は閉じていく。

かくんと上半身が傾《かし》いだところで、身体を兄様の腕で支えられた。

そして、ゆっくりと俺の身体を横たえていく。

頭の下に感じるちょっと硬いけれど温かい感触は。も、もしかして。

「膝枕……！」

今日一日のラッキーはここに集結しちゃいました！

そう呟くと、「ラッキーとかじゃないよ」と兄様の呆れ声が降ってきた。

目を大きな手の平で覆われて、視界が暗くなる。

「学校まで寝ていなさい、アルバ。少しでも疲れを取らないと、授業に身が入らないよ」

「はい……」

心地よい揺れと兄様の温もりに包まれて、俺はすぐに眠りに落ちた。

そのすぐそばで、兄様とブルーノ君が目配せしたのなんて、俺はまったく気付かず、学校に着くまで爆睡していた。

その何日か後、剣技の授業で俺はとうとうやらかした。

疲れた身体が思うように動かず、練習用の剣に思いっきり当たって転倒。頭から地面に突っ込んでいってそのまま意識を飛ばしてしまった。

目が覚めた時は保健室にいて、リコル先生が怒ったような顔で俺を覗き込んでいた。

「最近体調がよくないのではないですか」

「ええと、大丈夫、です」

「私にまでそんなことを言わないでください。全然大丈夫じゃないじゃないですか。いつでもアルバ君の状態をしっかりと把握しないといけないのですから、私には絶対に体調を誤魔化さないでください。それから、どんな些細なことでもいいので、どこか不調な時は必ず教えてください」

「……はい」

いつにない迫力に気圧されて「はい」しか言えない。リコル先生はさらに続けた。

「ラオネン病は魔力がなくなるだけではなく、身体も衰弱する病気です。咳が出るせいで胸が弱くなる。胸が弱くなると呼吸する力が弱くなる。連鎖して身体の中が弱っていくのです。あれは、人間の内臓を蝕《むしば》む病気です。ずっとそれを患《わずら》ってきたアルバ君の身体の中は、まだまだ再生途中。軽い体力作りはいいけれど、フラフラになるほどやっていませんか。その場合は体力を削られてしまって、逆効果です」

そう言い切られて歯噛みする。

ちゃんと兄様たちはセーブしてくれているんだけど、俺がどうしても我慢できなかったから。

無理しようとする俺を兄様たちが止めてくれたり、一度リコル先生に計画書を見せて相談しようと言ってくれたりして、リコル先生からもお墨付きをもらっていたものがあったんだけれど、その内容はとても温くて。こっそり部屋に戻ってから運動を追加してしまっていたのだ。

「オルシス君たちが一緒にやっていたのではなかったのですか」

溜息と共にリコル先生が零した言葉に、俺はがばっと身体を起こした。途端、クラリと眩暈《めまい》がするのを堪えて叫ぶ。

「兄様たちは悪くないです！　それだけじゃ足りない気がして、僕が勝手に追加していただけです！　僕が！」

だから兄様を責めないで、と訴えると、リコル先生は苦笑して俺の頭を撫でた。そして、まだ寝ていなさい、と俺の上体を寝かせる。

「責めませんよ。あの方たちを信頼しています。それに、アルバ君、ちゃんと言えて偉いです。でも、無理はよくない。わかりましたか」

「はい……でも、それだと兄様を抱き上げるのは、ずいぶん先になりそうです……」

「そ……それは、ええと……逆に考えたらいかがですか。オルシス君はしっかりと鍛えているからアルバ君を抱き上げることなんてとても簡単なので、アルバ君が抱き上げてもらうというのはどうでしょうか。その方が私もオルシス君も安心です」

安心……なのかな。

兄様が俺を姫抱っこ。確かに安定感はある。

そう、兄様が姫抱っこ。

姫抱っこ。

何かのご褒美かな？

最近頑張れてないのに、膝枕までしてもらっちゃっているのに、姫抱っこまでとか何かのご褒美かな。それとももうそろそろ俺がくたばるフラグかな！

顔を両手で覆って、そうなったらもうくたばっても悔いなし！　と思っていると、保健室のドアがノックされた。

「リコル殿。失礼していいかな」

ドアの向こうから、聞き慣れた声が聞こえてきた。

リコル先生の返事と共にドアが開き、義父が顔を出した。

「アルバ、迎えに来たよ」

「父様がお迎え？」

普通はスウェンが来るのに、と首を捻っていると、義父は「少しリコル殿とお話をしたいからね」とドアを閉めながら答えてくれた。

「アルバはもう少しだけ寝ていなさい」

義父にそう言われて目を閉じると、瞼の裏がグルグルしている気がして、まだ立てそうもないから素直に頷く。

眩暈《めまい》とも違うその感覚に、酔いそうになる。

そのグルグルは、落ち着いてくると、ふわりと一枚のスチルとなった。


無表情のオルシス様が、こっちを見ている。

とても冷たいその瞳が、俺の胸を射貫く。

その顔も最高、なんて前は思っていたけれど。

『せっかく学べる状況にあるのに何もしないのは怠惰というんだ』

これは、ゲーム内で最初の勉強ステータスをあげていなかった時に言われる言葉。放課後ばったり会って、まだ好感度も上がっていない時に街に行こうと誘うと言われる言葉。


もし今あの顔を向けられたら、きっと俺は耐えられない。

そう。何もしないのは怠惰なんだよ。

あの言葉は、スマホを開いていない時でもずっと胸に残っていた。

最推しに軽蔑されるような生活だけはしたくないなって、戒《いまし》めにしていたはずなんだ。

病《やまい》は治った。だったら今何もしないのは怠惰で、オルシス様に一番嫌われる行動じゃないのかな。

浮き上がったスチルは、不快感と共にグルグルと回り始めて、消えていく。

そしてまた何かが浮かびそうになった時に、口に何かを突っ込まれた。

「呑み込んだらのどに詰まるから、ゆっくり舐めるんだよ」

優しい義父の声が聞こえる。

口の中で溶けていくブルーノ君飴の味が、ジワリと胸に染みる。

今のが『刻属性《ときぞくせい》』魔法が発動したってことなのかな。


魔力が外に流れなくなったら止まったスチルは、一体何を見せるつもりだったのか。

兄様のスチルだったら惜しいことをした、なんて思いながら、舌の上の飴を呑み込まないように慎重に転がした。

そして俺は、リコル先生と義父に体力作りを禁止された。

情けなさすぎて涙が出てくるよ！

◇◆◇

体力作りを禁止されて拗ねた俺は、うちの書庫に立てこもっていた。

別に家庭内プチ家出というわけではない。

魔術書とか魔術陣の本を読み漁っているだけである。もう一度言う。別にプチ家出ではない。

「傷を治したりする魔法はあるのに、なんでシオシオになった内臓を治す魔法はないんだ。お腹の中に治癒魔法ぶち込んだらダメなのかな」

お腹を手で押さえて、治癒魔法を発動させてみても、自分では内臓がどうなっているのかさっぱりわからない。

鑑定仕事しろ。

というわけで、魔法もダメ、体力作りもダメな俺は、もう自分の力でどうこうするのは諦めた方がいいんじゃないかと、身体の補助に使えそうな魔術陣はないかと探しているのだ。

最近では学園の勉強に時間をとられて魔術陣の勉強はしていなかったけれど、模写してみると意外と手が動く。

ただ、未だに魔力の込められたインクを持っていないのでちゃんと描けているのかはわからない。

でも、何枚も何枚も魔術陣を描いていると、なんとなく法則的なものはわかってきた気がした。

「魔術陣の文字、装飾的にはすっごく綺麗だけど、描きにくいし読みにくいんだよね……」

ちゃんと使える魔術陣なんて、ほぼ芸術の域に達した見た目をしている。

あれを生産する職人さんってサラサラ描けるのかな。描けるんだろうなあ。

果たして自分にあんな華美な魔術陣を描けるんだろうか、と練習用の紙の上にぱたりと倒れ込む。

小さい頃はちゃんと模写出来たことで満足していた。けれど、成長するにつれて、粗《あら》に気付いてしまう。

インクで描くから、一度ペンを紙に触れさせてしまうと描き直しがきかないのも中々に厳しい。

もっと練習しよう。俺が兄様のピンチに兄様を抱えて逃げることは出来なくても、次の一手くらいは出せるようにならないと。

だって、ゲーム通りに進むならこれから月日が経つうちに魔物はどんどん強くなっていくんだ。

兄様は強いから、魔物に遭遇しても簡単に倒してしまうかもしれない。でも、もし何かアクシデントがあって怪我をしたり戦闘不能に陥ったりしたら。

頭に浮かぶのは、湖のピクニックで倒れた兄様の姿だ。

もし俺が一緒にいたとしたらそれは足手まとい以外の何者でもない、なんてことだけは避けたい。

「今度の誕生日、父様に魔力の込められたインクをおねだりしようかな……」

俺が描く拙《つたな》い魔術陣が発動するか試してみたいし。

「我儘すぎて嫌がられないかな……」

「誰が我儘だって？」

独り言に思わぬ答えが返ってきて、俺は慌てて顔をがばっと上げた。

そこには、麗《うるわ》しく苦笑する兄様がまるで降臨した女神のように佇んでいた。

「アルバは勉強を……ふふっ」

思わずといったように吹き出した兄様に見惚れていると、兄様はポケットからハンカチを取り出して、俺の顔を拭った。

涎《よだれ》でも出てたのかな、とハンカチに目を向けると、白いはずのそれがかなり黒く汚れている。

「顔に落書きされているよ、アルバ。ディナーの時間だから呼びに来たんだけれど……ふふ、可愛い顔になっているね」

耐えられないというようにクスクス笑う兄様のご尊顔の素晴らしさに、俺の方が耐えられそうもなかった。尊い。拝みたい。貢ぎたい。

顔をごしごしと拭われながら兄様に目を奪われていると、兄様は笑いながらも困ったように眉根を寄せて、「ちゃんと水で顔を洗った方がいいかもしれない」と呟いた。

このインク、ハンカチで拭ったくらいじゃ落ちないからね。今きっと俺の顔は黒ずんでいるはず。でも兄様が笑ったのなら、俺の顔グッジョブ。

「ありがとうございます。兄様のハンカチを汚してしまってすみません」

「こんなの洗えばいいよ。それよりも、そろそろ皆席に着くから、アルバもおいで」

「はい。あ、待ってください、これ、片付けちゃいます」

めぼしい魔術書を積み上げて、山のようになっていた机に視線を向けると、「大丈夫」と兄様が入り口の方に目配せした。

入り口付近に立っていたフットマンが、兄様の視線を受けて頷く。彼が片付けてくれるらしい。

結構高いところから必死で取った本もあるので申し訳ないけれど、あれを自分で返すと考えるとお願いしたほうが安全かもしれない。

そう思い直した俺は、机の上の練習紙をまとめて席を立ち、彼に頭を下げる。

「たくさん出してしまってすみません。よろしくお願いします」

「大丈夫ですよ。アルバ様はたくさんお食べになって、健やかにお休みください」

フットマンの返事がとても小さな子に対するもののような気がしたけれど、お礼だけ言って細いことはスルーして兄様と共に書庫を後にする。

書庫に来た当初にあった、もやもやくさくさしていた気分は、兄様が迎えに来てくれたというだけでどこかへ消えていった。

廊下を歩いていると、兄様は俺の手元に視線を向けた。

「アルバ、それを見せてもらってもいいかい？」

「あ、はい。あまり上手に描けてはいないですけれど」

「いや、本物の魔術陣とほぼ遜色ないよ。すごいね。アルバの才能だ」

俺から紙を受け取った兄様は、足を進めつつも視線を手元に注いでいた。柱にぶつかったりしないといいけれど。

歩き読書は危ないし、柱や壁にぶち当たらないように誘導しよう、と兄様の腕にそっと手を添えると、兄様は魔術陣から顔を上げてフワッと嬉しそうに微笑んだ。

あああ、兄様可愛い。

あのクールなオルシス様の笑顔がこんなに破壊力抜群だなんて、きっとオルシス最推し仲間は誰一人知らないだろう。胸が苦しい。

兄様の色気と可愛さに大打撃を受けながら、俺は必死で兄様を誘導したのだった。

もう悔いはない。

八、最推しと放課後デート

「そうだ、インクがないなら自分で買えばいいんだ」

そう思い立った夜半過ぎ。

でも待て。俺は先立つものが何もない。

今までお小遣いを使う機会がなかなかなかったうえに、何かが欲しいと思ったらすぐに兄様と義父が気付いて言い出す前に買ってくれていたから、現金が手元になくても、何一つ不自由なかった。滅茶苦茶恵まれているんだな、と実感したのはいいけれど。魔力の込められたインクを買ってくださいと頼むのと、お小遣いくださいと頼むのは、どちらがより我儘だろうか。

俺用のお小遣いは家に用意してあるみたいだけれど、あれは毎月兄様とおそろいを買う用なので他に使いたくない。何より、インクの値段がまったくわからないのが辛い。

自分でお金を稼ぐ手段も何一つない。

市井《しせい》の様々なギルドに登録して……なんて、俺の弱々しさでは夢のまた夢だし。

中には魔物ハンターという職もあるけれど、魔物なんて出会った瞬間俺の一生が終わる予感しかしない。

商業ギルドで何かを売るにしても、何を売ればいいのか。

「絵を……」

売りに行ったとして、果たして買い取ってもらえるのか。

義父は前に高額で買い取ってくれたし、これは親の欲目ではないとはっきりと言ってくれたけれど、多分に親の欲目が入っていると思う。かといってまた義父に買ってもらうのも申し訳ない。

せめてもっと誇りをもって出せる程の絵が描けてからにしたい。由緒ある公爵家に拙《つたな》い絵画が飾られているとか、今でも胸が痛いのに。

それに、商業ギルドの実情なんて何一つわからないので、気軽に「絵を描いたから買い取ってー」と行っていいものかも悩みどころだ。それよりも俺の絵が外で売れるレベルかどうかわからないのが辛い。他の家の絵がどんなものか見たことがないのも痛い。

なんか、俺滅茶苦茶世間知らずなのではないだろうか。

今度、どこかの家に遊びに行かせてもらって、絵とか見せてもらった方がいいんだろうか。

……でも、そんな風にお願い出来る家なんてなかった。

考えれば考える程悲しくなってくる。

じゃあ、始めの一歩から、ということで、一度外を出歩いてみた方がいいのかもしれない。

放課後、街を見て歩くくらいはいいだろうか。もう発作は起きないんだし。

明日の朝、兄様に相談してみようと思いながら、俺はベッドにもぐりこんだ。

「街に行きたい？」

馬車の中で話を切り出すと、兄様とブルーノ君が声を合わせて問い返してきた。

「じゃあ、今日は一緒に帰ろうか」

「そうだな。中等学園が終わる時間に合わせよう」

「街というと……どこら辺がいいかな」

「アルバは街を歩いたことがないんだろう。最初なら、是非あの広場の噴水は見せてやりたい」

「そうだね。そうなると、近くの店で甘い物を食べさせたいな。外のテーブルに座れば噴水がとても綺麗に見える」

「テーブルについてしまうと噴水前の人だかりしか見せられないぞ。それだったら、手に持って食べられるスイーツを買うというのも手だ。たまにはマナーを気にしない食事も体験させた方がいいだろう」

「そうだね。でも、衝撃を受けなければいいけど」

「オルシスみたいにか？　いいじゃないか。アルバが驚くさまを見たいだろ」

「成程そうだな。じゃああのスイーツで決まりで、後はどこを見せようか」

「それよりも今度の休みに一日かけて連れ出すというのも手だぞ」

「それもいいな。今日皆で下見をして、今度の休みに本格的に街を見せることで決定かな」

いつの間にやら二人で相談を始めてしまって、俺はすっかり蚊帳の外になってしまった。

でも、何やら、三人で今日の放課後に街に繰り出すことに決まったらしい。

え、え、いいの？

放課後プチイベントを俺が体験しちゃってもいいの!?

ただただ売られている絵がどんなものか、魔力の込められたインクがいくらか、っていうのを調べたかっただけなのに！

それに、噴水デートとスイーツデートは好感度が70超えてないと絶対に失敗に終わるデートコースですが!?

心臓がはくはくしてきて、口から変な声が漏れる。

二人とも俺との好感度が70以上ってことでファイナルアンサー？

って、俺主人公じゃないから好感度とか関係ないですけれども！

兄様とデート、兄様とデート！

「兄様とデート！」

ぐっと手を握りしめると、ぺしっと額を優しく叩かれた。

「俺もいるんだが。そうか、アルバはオルシスと二人っきりの方がいいか……」

しょぼんとした顔でそんなことを言うブルーノ君に慌てて「ブルーノ君も一緒、嬉しいです！」と力説すると、ニヤリと笑われた。

揶揄《からか》われただけだった！

「兄様と二人っきりでデートとか、考えただけで心臓が持ちそうもありませんから……今も爆発しそう」

ほら、と兄様の手を取って、胸にくっつけると、兄様が苦笑した。

「確かにすごくドキドキしているね。でもねアルバ、僕以外にこんなことをしちゃだめだよ」

「こんなこと？」

「手を取って、自分の胸に押し当てるとか」

こんな風に、と今度は兄様が俺の手を取ってぺたりと自分の胸に押し当てた。

布越しにドキドキと脈打つ鼓動が伝わる。

そして、兄様の鍛えられたシャープな身体つきと、体温……

顔に、身体中の血が凝縮された気がするほど、ぐわっと頬が熱くなった。

確かに、これは他の人にやっちゃだめだ。破廉恥すぎる。胸。胸に手が。

「ね」

可愛らしく言われて、俺はガクガクと頷いた。

朝からヤバいご褒美すぎて、鼻血が出そうです……

放課後デートだけでもヤバいのに、兄様の胸を触ってしまうなんて。

朝から許容量いっぱいいっぱいになってしまったので、今日の授業は頭に入るスペースがなくなった俺だった。

それから、「今日はおかしいよ。体調悪い？」とセドリック君に言われ続けながら一日を終え、俺はワクワクドキドキと逸る気持ちを抑え切れずに馬車停まりでうちの馬車を待っていた。

セドリック君たちは馬車が着くまで教室でお話しているのだけど、今日はそれを断って出てきてしまった。

だって早く兄様とデートしたい。

はやく、はやく、と足踏みしていると、うちの立派な馬車が見えた。

御者さんに笑顔で手を振ると、御者さんも手を振り返してくれる。そして、うちの馬車が停まると同時に、周りにいた騎乗の騎士さんも馬を止めた。

義父の部下の騎士さんたちだ。総勢四人で馬車を囲んでいる。

いつもは登下校には騎士さんは付かないのに、と首を捻っていると、一番先頭にいた騎士さんが

「今日は外出ということで、アルバ様の身の回りの護衛を担当いたします」と挨拶してくれた。

え、待って。

街に行くのってこんな風に護衛が付くの？

「よ、よろしくお願いします……？　え、四人も護衛が付くんですか？」

「本来であればもう少し多いのですが、本日はオルシス様とブルーノ様が同行なさるということで減らしております」

「兄様たちは強いですからね」

「なので、アルバ様は安心して街を楽しまれてください」

ただし、とやっちゃいけないことを色々と教わってから馬車に乗り込むと、既に兄様たちは馬車の中で待っていてくれた。

……あれ、高等学園の授業って、こんなに早く終わるっけ？

首を捻っていると兄様の手が俺の頭に伸びてきた。

「おかえりアルバ。勉強お疲れ様」

「兄様もお疲れ様です。学園の方は大丈夫なのですか？」

「大丈夫。問題ないよ」

「ああ。問題ない」

二人で目くばせしていい笑顔で問題ないと返事する。何やら問題ありな気がするのは気のせいか。

そんな気持ちも、兄様の笑顔と共に霧散した。あの笑顔は問題ない笑顔に決定。

そうこうしていると馬車が走りだした。窓の外の景色は見慣れているはずだけど、今日はいつもよりも輝いて見える。

そもそも俺たちが行く街――ソレイユ学園街は学園からそこまで遠くない。

学園設立当初、何もなかった周りを学生が住みよいようにと店を置いたのが始まりらしい。王が設立した学園を支えるために民が周囲を発展させていって、今やかなり大きな街になっている。俺が行くのは初めてだけど、学園からの乗合馬車もあって学生は比較的気楽に街に来ているようだ。

学生が繰り出すということで、治安維持もこの上なくされているらしい。

ただ騎士さんが言うには、それでも街の外れの方は治安が悪いし細い裏路地は悪い大人もいるかもしれないから行かない方がいいとのこと。

「アルバはどこか見たいところがあるかい？」

兄様に聞かれて、俺はハッと顔を上げた。

せっかく兄様がいるのに、初の学園街に意識を奪われていたみたいだ。

「ええと、画材屋さんに」

画材屋さんだったら魔力が込められたインクとかも売ってるかもしれない、と思って答えると、二人は案内すると約束してくれた。

さて、馬車を降りて、護衛がついて歩くのかと思ったら、騎士さんたちは少しだけ距離を置いてくれていた。まるで俺たち三人しかいないかのような様子にちょっとびっくりする。

彼らはそれが仕事だから気にしなくていいよなんて兄様は言って俺に手を差し出した。

「アルバ、まずは噴水を見ながら甘い物を食べない？」

そう言ってニコニコと手を引く兄様についていくと、屋台にたどり着いた。

甘い匂いがふわりと漂ってくる。

これはもしや。

兄様を見上げると、嬉しそうに列に並んだ。

「周りを見て。これはね、歩きながら食べられるスイーツなんだ」

兄様に言われて周りを見ると、確かに皆手に何かを持って食べている。

食べている人たちは皆笑顔で、見ているだけで美味しいんだというのが分かる。

兄様も楽しそうにしているから、食べたかったんだろうな、と顔が緩む。

「兄様、すごく好きなんですね、あのスイーツ」

ニコニコ顔がたまらない、と俺もやに下がって兄様を見上げると、楽しそうだった兄様の顔が微妙になった。

「アルバは、歩きながら食べるスイーツを知っていたの？」

「いいえ、見たのは初めてです。でも兄様がすごく嬉しそうなので、美味しいんだろうなって」

兄様の質問にそう返すと、後ろでブルーノ君が小さく噴き出した。

「オルシス、誰しもがお前のような反応をするわけじゃないんだぞ」

「う、煩いな」

ブルーノ君にわけのわからないツッコミをされて、兄様は頬をちょっと赤くした。

照れ顔が素晴らしい。けれどブルーノ君の発言も気になる。

俺がブルーノ君に視線を向けると、ブルーノ君はニヤリと人の悪い笑みを浮かべて兄様を指さした。

「こいつな、初めてこの菓子を買った時、しばらく口をつけられなかったんだ。フォークとナイフなしでどうやって食べるんだとね。そのまま齧《かじ》り付けと教えたんだが、最初はすごく抵抗があったらしくて、恐る恐るちまちま食べては周りを気にしていたんだ。かといって、買った物を粗末にするわけにはいかないからと、かなり混乱してな。だから多分そんな感じのアルバの反応を見たかっ……」

兄様はブルーノ君の口を手で覆って、真っ赤になっている。

兄様が可愛すぎて辛い。

そしてそんな悪戯心に反応出来なかった俺自身が憎い。でもこの照れ顔はとんでもなく可愛い。可愛い兄様をありがとう。

「アルバにまで微笑ましそうな顔で見られてるぞ、オルシス」

手を離した瞬間にそんなことを言うから、ブルーノ君はまたも口を押さえられていた。俺も兄様に押さえられたい。

周りも二人の会話が聞こえていたらしく、スイーツを買うまでずっと温かい目で見られていた。

兄様は眉をきゅっと寄せたまま照れ顔で菓子を購入してくれた。可愛らしさに悶《もだ》えそうになる。

うちの兄様は最高かな。可愛すぎか。変な声が出そう。

悶《もだ》えそうになるのを必死で誤魔化すために、受け取ったスイーツを一口パクっと食べる。持ちやすいように分厚くてざらざらの安い紙に包まれたそれは、クレープのようだった。薄い生地の中に、絞られたクリームに紛れて果物の欠片が包まれている。何種類もの果物が、中々に美味しい。クリームは普段俺たちが食べるような滑らかなものじゃなくて、甘さも少し足りないくらいなんだけど、それが果物の甘さを余計に美味しく感じさせてくれる。

確かに美味しい。いつもと趣の違うその味に、素直に感激する。

手に持って手軽に食べられるのもいいよね。テーブルマナーってめんどくさいから、覚えるまでは食べ物の味がわからなかったもの。

「兄様、美味しいです。兄様も食べてください！」

兄様はこのスイーツが好きなんじゃなくて、俺の反応が見たかっただけらしく、買ったのは俺の分だけだった。ブルーノ君はちゃっかり串刺しの角切りスポンジみたいなものを買っていて、それもまたおいしそうだなと思いながら、兄様にはい、と差し出した。

「アルバ、ここは外だよ」

「はい。でもほら、あそこでもお互い食べさせている方たちがいますよ」

俺がベンチで食べさせ合う男女を指さすと、兄様は困ったように眉尻を下げた。

けれど、仕方ない、とでも言うように苦笑すると、小さく一口だけパクリと食べてくれた。

はいあーんの顔いただきました。既に胸いっぱいです。

今日は俺の命日ですね色々と。

兄様チャージ量がすごい。これで俺は何日健やかに過ごせるだろう。三日くらいは兄様に会えなくても今日のチャージで生きていけるかもしれない。

ほわん、と兄様を見つめていると俺たちのやりとりを遠くから見ていたブルーノ君が近寄ってきて耳打ちをした。

「アルバ。普通はな、ああやって食べさせ合うのは、恋人くらいだ」

兄様のあーんを堪能していた直後のブルーノ君の攻撃に、俺はとうとう口から変な声が漏れた。

「こ、恋人……！　あーんをしたら、恋人……！　に、兄様に僕あーんしちゃいました……！　に、兄様と、恋……」

無事、頭が破裂。顔が噴火した。

兄様に背中をさすられて「落ち着いて。ブルーノも、そうやってアルバを揶揄《からか》うなよ！」という兄様の声に、ようやく俺は現実に帰ってきた。

落ち着くために深呼吸するけれど、頭の中で『兄様と恋人』という言葉はずっとグルグルしていた。

恋人事件のせいで、せっかく行った噴水は全て兄様のことで上書きされた。後で思い返そうとしても兄様の顔しか思い浮かばないという程に。

頭が沸騰したまま馬車まで戻り、乗り込んで少し進む。画材屋さんはさっきの所から少し離れていたらしい。普段は歩いてもいいけれど、流石《さすが》に夕刻に近い時間は、馬車移動の方が効率がいいんだって。

兄様のエスコートで降りると、念願の画材屋さんに到着した。

立派な建物にドキドキしながら足を踏み入れる。

ずらりと顔料の粉が並んでいる一画、粉を溶く油が売っている一画、筆や道具が売っている一画など、独特の匂いと共に、ワクワク感が湧き上がってくる。

こういう雰囲気好きだなあ。

足を進めて、顔料の粉がある所に向かう。

たくさんの色が並べてあって、どれも少しずつ色味が違っている。油で溶いても色は変わってきちゃうから、これ全部全然違う色になるんだろうなあ。

「すっごいなあ……」

とても綺麗な青を手に取って、しげしげと眺める。青い顔料ってとても希少な物じゃなかったっけ。こういう色を使って兄様を描きたいなあ。あと赤ベースとかで。

さっきの照れ笑いを暗い色で書いたらきっとすごく迫力のある強そうな雰囲気が出るんじゃないかな。大物の笑み、みたいな。ああ、絵を描きたい。

顔料を手にうっとりしていると、兄様が俺の手元を覗き込んで、「それを買いたいのかい？」と訊いてきた。

「お金を持っていないので今日は買えません。でも素敵な色を見ると絵を描きたいなあって」

ワクワクしますよね、と兄様を見上げると、兄様は俺の頭を撫でた。

「僕は絵心がないからその気持ちはわからないけれど、欲しい時は遠慮なく言ってね。お金の心配はしなくていいから」

　これも買おう、と俺の手にあった青の顔料を持ち上げる兄様に、俺は戸惑った視線を向けた。

　そうでなくても義父にたくさんこれでもかと絵具を買ってもらっているんだよ。あれだけでもかなり高いと思うんだよ。

「それはでも、お金の無駄遣いです」

「無駄じゃないよ。他に欲しい物は？」

「兄様」

　くい、と袖を引くと、兄様は少しだけ目を細めた。

「アルバの絵はとても綺麗だよ。アルバには才能がある。その才能を伸ばすために使うお金は、決して無駄じゃないよ。それにね、こう言ったらなんだけれど、父上はとてもお金持ちだから、画材を買うくらいはアルバのお小遣いの範囲内だ。僕が買ってあげたと知ったら、父上悔しがるんじゃないかな。いつでもアルバに頼られたいみたいだから」

「頼られたい……？」

「そう。そしてアルバに父様カッコいいって思ってもらいたいんだよあの人は」

「ええ……？　父様はそんなこと思うでしょうか」

「毎日ずっと思ってるんじゃないかな。アルバに甘えられると、笑っちゃうくらい張り切るからね、あの人は。ルーナにもだけど。アルバが可愛くて仕方ないんだよ。でも、僕も同じ気持ちだから、忘れないで」

「兄様……」

兄様の言葉に胸が熱くなってついその袖をキュッと握ると、兄様は目だけ笑いながら口をちょっと尖らせたのでさらに胸が熱くなった。

「アルバが甘えてくれないと、僕が拗ねるよ」

「拗ねた兄様も素敵です」

「いやいやアルバ、そこじゃなくて。アルバにたくさん甘えてほしいんだよ、僕は」

充分甘えているんだけれども。

兄様が優しすぎるので際限なく甘えてしまいそうで怖いんだよ。

将来独り立ちするとき、兄様なしでは生きられなくなっていたら迷惑をかけるから。って、もうすでに兄様なしでは生きていけない気もするけれど。

気を取り直して、お目当ての魔力の込められた魔術用インクを探すことにした。

程なくして、それは見つかった。

そう、ちゃんと売ってはいた。

売ってはいたけれど、小さなインク壺一つのお値段が先程選んだ青い顔料の十倍ほどだった。

買えない。たとえ一度買えたとしても、そのインクで描いた魔術陣が発動しなかったらお金をどぶに捨てるようなものである。

じっと棚の上を見ていると、兄様が俺の視線の先にあるインクを手に取った。

「これの大きな物を欲しいんだが」

「兄様!?」

兄様が躊躇《ためら》わずにインクを店員に差し出した。

店員はそれを受け取ると、申し訳なさそうに小瓶のインクしか置いていないことを謝ってきた。

「このインクは製造方法がとても特殊でして、大瓶では取り扱い許可のある場所にしか卸《おろ》すことができないのです。私共の店はメインが顔料ですので、大瓶での販売許可は得ておりません」

「成程。わかった。では、この瓶をあるだけもらえるだろうか」

「申し訳ありませんが、それも出来かねます。そのインクは使いようによってはとても危険になりうるものですので、お一人様一瓶のみの販売となります。それから、ご家名をお教えいただけませんと売ることはできませんので、ご了承願います」

成程。確かに魔術陣がこれで描けてしまったら、色々と悪用できそうだ。

魔術陣は知識さえあれば多分魔法よりもかなり汎用性が高い。そのせいで魔術陣の技術はあまり出回っていないと授業で学んだ。

俺が魔術陣の本で勉強できるのは義父の書庫に本が揃っているからだ。公爵様様だよ。

まあ技術がないと魔術陣自体が発動しないらしいから、そんな簡単には複製できないだろうけれど。

そして、あの小瓶一瓶で、多分魔術陣を描けるのは一枚か二枚。それならそこまで大きなことは出来ないという判断なのだろう。悪用されて店のせいにされたらたまったもんじゃないよね。

名前も言えないようじゃ売る気はないっていうその姿勢に、納得しかない。

兄様もお店の対応に納得したようで、すぐに頷いて言った。

「サリエンテ公爵家が嫡男、オルシスだ。使うのはこちらの義弟のアルバ。義弟には才能がある。その才能を伸ばしたい」

兄様の名乗りに、店員は少しだけ目を見開き、その後スッと目を細めた。

「サリエンテ公爵家のご子息様でしたか。いつも私共の店でお買い上げありがとうございます。公爵様の言っておられたご子息様はアルバ様だったのですね。お目にかかれて光栄でございます」

ゆっくりと、でも丁寧に頭を下げられて、義父がいつも絵具をここで注文してくれていたことがわかった。ってことは、毎回このお高い絵具を惜しげもなく買ってくれてたんだ。値段を知って、余計に義父に足を向けて寝られなくなったよ。

慌てて店員に向けて頭を下げる。

「あの、こちらこそ、いつもとても素晴らしい絵具をありがとうございます。ここから父様が買っていたことを初めて知りましたが、とても綺麗な色を出してくれるので、絵を描くのがとても楽しいです。ありがとうございます」

「これはこれはご丁寧に。こちらこそ、私共自慢の顔料をお使いいただきありがとうございます。もしお気に入りの色がありましたら、それをメインにお届けさせていただきますが、いかがいたしますか？」

「あ、あの、赤なんですけれど、クリムゾンレッドはありませんか。それとサルビアブルーを混ぜると、とても綺麗な紫色が出来るんです。他の色では思ったような色味が出なくて。最初に入っていたクリムゾンを使い果たしてしまって」

要望を聞かれて思わず思っていたことを答えてしまうと、店員は満足そうに頷いた。

「ございますよ。今日、お持ち帰りなさいますか。サルビアブルーも、加工したばかりのものがございます。先程手に取られたコバルトと共に包ませていただきますね」

「あ、あの、僕今」

手持ちがなくて、と言おうとして、店員に「心配ございません」と言葉を止められる。

何が心配ないんだろう。だって先立つものがないんだよ。

兄様を見上げると、兄様は「父上が払ってくれるから大丈夫」とウインクしてきた。

ぐはっ、ウインク殺傷能力高すぎ。兄様のウインクに撃ち抜かれました。

胸を押さえて呻くと、咄嗟に兄様に支えられ、ブルーノ君にすかさず飴を放り込まれた。発作は起こらなくなっても兄様に影響されて魔法が発動しかねないからね……

それにしても兄様とブルーノ君の連携がすごい。阿吽《あうん》の呼吸ってこのことか。

なんとか深呼吸で落ち着こうとしている間に、店員は顔料を包んで兄様に渡していた。魔術陣用のインクの小瓶もそこに入っているのが目に入って、そのスムーズすぎる動きに感服してしまう。

こっちも連携がすごい。

かくして、一銭も持っていない俺は、無事義父の財力によりお目当ての物を手に入れることが出来たのだった。義父、ありがとう。お礼は何にしようか。ルーナの顔を描いて渡したらお礼になるかな。今日入手した色で、兄様とルーナの瞳がとても綺麗に塗れるようになるからね。

店で思った以上に時間を食っていたらしく、外に出たころには黄昏時になっていた。

太陽が辺りを優しいオレンジ色で染めている。

先程の噴水前とは違い、こっちの店は高級店が多く、一般の人たちはほぼ歩いていない。かといって、貴族の人たちが道を歩くことも、この時間では少ない。

歩いているのは、ここいら辺に店を構える人たちか、その従業員くらいだ。

そんな感じで外を観察していてふと目を瞠《みは》った。

見慣れた制服が見えた気がしたのだ。

しかし騎士さんに、たとえ治安のいい高級店の並びでも、路地裏には決して一人で入ってはいけない、と最初に念を押されている。今は時間帯もよくない。

「兄様、ここら辺の路地裏も、危ないんですよね」

「そうだね。基本的に一人で歩いてはいけないよ。警邏《けいら》の目の届かない場所もあるから」

「あの道、裏の路地に繋がる道ですよね。兄様の学園の女生徒が、一人で入っていったような……」

「見間違いではなく?」

見間違い、ではないと思う。

兄様の学園は基本貴族の子息子女の通う学園。制服だってとてもいい生地を使っているし、デザインもとてもおしゃれで、高等学園生であることをしっかりと主張している。

兄様を迎えに行くと、令嬢の皆さんにも挨拶をするから見間違えることはないはずだ。

でも、そんな学園の生徒が一人で路地裏になんて入っていくだろうか。

「確かに兄様の学園の制服でした。薄暗いけれど、あの制服を見間違えることはないと思います」

「確かに、他では見ないデザインだからな。わかった。アルバはオルシスと共にいろ」

ブルーノ君は、そう言うと後ろに目配せし、俺が指さした路地に足を向けた。

ついてきていた騎士さんの一人がブルーノ君の横に並び立つ。

ブルーノ君が路地に消えた瞬間、奥の方から膨れるように眩しい程の光が溢れた。

「魔法だ……！」

兄様の腕に抱き込まれながら、俺は光が溢れた方から視線を動かせなかった。

薄暗かった辺りが照らされて、すぐに光は消えた。けれど、ある程度は周囲が見えていたぐらいの夕闇が濃くなった気がするくらいに、その光は眩しかった。

あれが魔法。音もなく闇を焼くような、眩しい光。

殿下の光属性の魔法とはまったく違うそれに、俺は思わず縋《すが》るように兄様の服の裾を握りしめていた。

近付いて行ったブルーノ君は大丈夫だろうか。

「兄様、ブルーノ君は……」

「ブルーノなら大丈夫。アルバは僕から離れないで」

周りにいた人たちも、警戒するように光が溢れていた路地に視線を向けている。

けれど、誰もそっちに行こうとはしない。それどころか、関わらないようにしようとその場を離れる人たちが多かった。

光が収まると、兄様は氷の蝶を作り、ブルーノ君が消えた方に飛ばした。淡い光を纏った青い蝶は、ひらりと宙に消える。間もなく、路地から兄様の蝶がヒラヒラと姿を現し、まるで俺たちに来いと言っているように宙を舞った。

「……どうやら、危険はないようだね。アルバは、騎士たちと共に馬車に戻って……」

「一緒に行きます。危険がないのでしょう。だったら……兄様と一緒にいた方が安心します……」

足手まといなのはわかっている。

けれど、一人で待つのはいやだった。

放課後デートイベントには、ごく稀な確率で発生する好感度上昇イベントがあったんだけれど、多分、これもそんな感じかもしれない。たまに裏組織みたいなのの下っ端チンピラが絡んでくるんだ。実際には絡まれてないけれど。

路地裏で発生するそのイベントは、チンピラとバトルして勝つと、一緒にいたキャラが主人公の強さを見直して、好感度が上がるという単純明快なもの。

でも、実際考えるとそんな単純なものじゃない。

どうして俺と行動するときにそんなイベントが発生したのかわからないし。

だからこそブルーノ君は大丈夫なんて過信しちゃだめだ。

兄様と共にブルーノ君の消えた方に足を進めると、いつの間にやら騎士さんたちが俺たちの周りを護るように囲んでいた。

人気のない路地裏を進み、突き当たりで足を止めると、右に曲がった先に、ブルーノ君と騎士さんと、さっき見たと思われる女生徒がいた。

三人の足元には数人の大人が蔦でぐるぐる巻きにされて転がっていた。

九、最推しと好感度上昇イベント発生!?

「手伝いありがとう。でも頼んでないわ」

「たとえ光魔法が強力でも、女性一人でこれだけの人数をどうしようというんだ」

「なんとでもなるわよ。魔物五匹くらいなら一人で持ち帰り出来るもの」

「……」

ブルーノ君たちと一緒にいたのは、ミラ嬢だった。

路地を曲がって姿を現した俺たちを見ると、ミラ嬢は傍から見ていてもわかるように盛大に溜息を吐いた。

「どうして貴方たちみたいな方々がこんなところにいるんですか」

「それはこちらのセリフだよ、ミラ嬢」

「お小さい弟君まで連れて……ここは治安がいいとは言えない場所ですよ」

「そんな治安のよくない場所に一人で入り込み、こんなゴロツキに絡まれる君に言われたくはないな」

ブルーノ君の言葉に、ミラ嬢はもう一度盛大に溜息を吐いた。

そして、ブーツのつま先で転がった男を突く。

グルグル巻きにされている男たちは、皆気絶しているみたいで、まったく動かなかった。

「……ゴロツキじゃ……なかったのよ。ホント馬鹿な人たち」

転がっている人たちを見るミラ嬢は、何故か少し辛そうに見える。

「あの、もう暗くなりますから、一緒に帰りませんか。お送りします」

ミラ嬢の冷めた瞳を見ていられなくて、俺は兄様の後ろから提案した。

「オルシス様の弟君。そうね。そう言ってもらえるのはとてもありがたいわ。でもね、私はまだ用事が済んでいないの」

「危ない用事ですか？」

足元の男たちを見ながら質問すると、ミラ嬢は肩を竦めた。

「危なくない……はずだったんだけどね……」

もう一度転がった男を足で突くと、ミラ嬢は「大丈夫」と笑みを浮かべた。

「ブルーノ様、オルシス様、ご心配おかけしました。あとは大丈夫なので、お帰りください」

「関わってしまった以上放置するわけにはいかないだろう」

「ついてきても後悔しかしませんわ」

「ここで別れた方が後悔しそうだ」

ミラ嬢の言葉に間髪容れず反論する兄様とブルーノ君。

俺たちに帰る気がないことがわかったのかミラ嬢は、ハァ、と呟いてから、俺たちが来た道を指さした。

「……弟君がいるし、もう帰った方がいいのでは？」

「もしかして、俺たちは邪魔か？」

「ありていに言えば、そうですね」

ブルーノ君の不躾な質問にハッキリと答え、ミラ嬢は「では」と言って転がった男たちをそのまま踵《きびす》を返した。

このまま放置するわけにもいかず、俺は兄様の服の裾を引く。兄様も俺が言いたいことがわかったらしく、頷くと、ブルーノ君と共にミラ嬢に声をかけた。

「このまま君を見送るとアルバに嫌われてしまいそうだから、せめて家までは送らせてほしい。その代わり、君の用事には極力手を出さないことにしよう」

「あら、よろしいのですか？」

「そうでもしないと、僕たちも家に帰れないからな」

兄様の答えに、ミラ嬢は少しだけ表情を緩めて楽しそうに笑った。

そして、仕方ない、と言うようにまた溜息を吐いた。

ミラ嬢が行こうとしていたのは、ここからさらに奥にある、街の城壁付近に建っている店らしい。

そこに用事があるんだとか。

「これから行くところは、市井《しせい》の者が営むこぢんまりとした雑貨店です。ですが、店主はいい人ではありません。何があろうとも気を許さないでください。いいですね。カモにされますので」

「ああ、わかった」

「心しよう」

何やら恐ろしい警告に二人が頷くと、ミラ嬢は兄様とブルーノ君を交互に見て、苦笑した。

「ようやく一人で出てくる隙を見つけたのに、よりによってあなたたちに見つかっちゃうなんて。私もついてないわ」

「今までは一人で出歩くことも出来なかったのか」

「そうね。家から学園までの往復は全て馬車。買いたいものがあると言うと、家にお抱えの商会を呼ぶ。自分の目で見たいから街に行きたいと言うと、馬車二つ分の商品が部屋に並んで、あたかもそこに店があるような状態になるのよ。私を家から出したくないのが見え見え」

「そんなにか」

「お目付け役の誰かと一緒なら問題なく出してやるみたいなことは言ってたけれど、そんなのこっちが願い下げよ。監視と一緒じゃない」

どうやら軟禁に近い状態だったらしい。

学園がいつもよりも早めに終わり、だからこそ、まだ迎えの馬車が着く前に、と学園を抜けて、歩いてここまで来たんだそうだ。ちゃんとミリィお姉様にアリバイ作りを頼んで。

今頃公爵家には、ミリィお姉様の家に遊びに行っているという連絡が入っているんだそうだ。この間の訓練で仲良くなったんだって。

「だからってこんな物騒な場所に一人で入っていくのもどうかと思うがな」

溜息と共に零れたブルーノ君の言葉に、ミラ嬢はフッと遠くを見るような目になった。

しばらく、コツコツと路地の石畳を踏みしめる足音だけが響く。

人通りはまったくなく、陽が沈んだことも相まって薄暗い路地はさらに暗く見える。

何度か角を曲がり、似たような薄暗い建物をたくさん通り過ぎ、すっかり自分がどこにいるのかわからなくなってきたところで、ミラ嬢の足が止まった。

目の前には、小さな看板の掲げられた民家のような家。

振り返り、俺たちを見回すと、人差し指を唇に当てた。

「ここから先は、全てを見なかった聞かなかったことにしてくださいまし」

俺たちの返事を聞く前に、ミラ嬢の手がドアノブにかかる。

ミラ嬢はノックするでもなく、いきなりバン！　とドアを開け放った。

「こんのクソ兄貴！　出てきやがれ！」

ほんの一瞬前までの口調とはまったく違う、ドスの効いた声で、ミラ嬢はずかずかと店に入り込んでいった。

そのギャップに驚きながら、恐る恐る店に入ると、仄《ほの》かな明かりの中に、所狭しとわけのわからない品物が並んだ棚が目に入った。

見回しても、何の店なのかわからない。

売っている物が、何一つ見たことがない物だというのがとても不思議だった。

鑑定の光魔法をそっと使ってみると、ここら辺にある物が魔道具の一種だというのがわかった。

兄様たちも、ミラ嬢の状態よりも棚の方が気になったらしい。棚に手を伸ばしたところで、店の奥から眩《まばゆ》い光があふれだした。

「待て待て！　ミラお前俺の店を吹っ飛ばす気か！」

「いい提案ね。是非吹っ飛ばすわ」

「だからやめろって！」

入った時のセリフでわかり切っていたことだけれども、大分穏やかじゃなかった。

兄様が慌ててミラ嬢を止めに入り、ブルーノ君がミラ嬢に対峙している男性を蔦で捕縛する。

「あ」

止めに入った兄様がミラ嬢を抱きしめるような姿勢になったのが視界に入り、思わず俺の口から声が漏れた。

何やらよくわからない痛みが胸を襲う。

あれは仕方ない。下手したらミラ嬢は魔法で男性を害したかもしれない。店だってミラ嬢の魔法を受けたら一発でボロボロに崩れ落ちるだろうし、そうなればこの店だけにとどまらず、周りの建物だって被害に遭う。

そう自分に必死で言い訳する。

魔法を使えなくするのは、手っ取り早く相手の意識を逸らすか口を塞ぐか手を使えなくするか、同じ程度の魔力をぶつけて相殺するかというのが一般的な方法だというのはリコル先生に教えてもらった。魔法は口で紡いで手で操るものだから。

兄様はただそれをやっただけだ。兄様に押さえられたことで、ミラ嬢の手にあった光の塊も霧散したし。

それなのにどうしてこんなに胸が痛むんだろう。

実際既に顕現した魔法を収めるのはだいぶすごいことなんだけど、兄様が誰かをギュッとするのを見るのは……胸がもやもやと気持ち悪い。

ぎゅっと拳を握った時、ミラ嬢が兄様を振り仰ぐのが見えた。

「オルシス様、放してください。私、こいつだけは絶対に一生涯許さないと心に決めているのです。犯罪者になったとしてもここで撲殺しないと後悔します」

「確かに、ついてきたことを後悔しそうなセリフだけれど、来てよかった。ちょっと落ち着こうかミラ嬢。よければ、詳しい話をしてもらっても？」

「よろしいですわよ。この男がいかに非道かをたっぷりと聞かせて差し上げますわ」

「待てって！　お前だってあんな貧乏な家よりも今の金持ちの家の方がいい暮らしできんだろ！　感謝こそすれ、なんで撲殺されねえといけねえんだよ！」

ブルーノ君の蔦でぐるぐる巻きにされながら、男性が叫ぶ。

そんな叫びに、ミラ嬢はフンと鼻で嗤《わら》った。

「お騒がせ致しました。これは忌々しくも私と血を分けた実の兄です。なので、生殺与奪は私の手に」

「いくら兄弟だからってそれは難しいと思うんだが」

「ブルーノ様、私は今、公爵令嬢……公爵家の力を使えば、建物の一つが吹き飛んだとかその場にいた男の一人や二人が吹き飛んだとかしたところで、権力で全てなかったことに出来ますわよね」

「権力の悪用はやめろ」

呆れたようにツッコむブルーノ君に、ミラ嬢が「なぜ？」みたいな顔をしている。

ああ、もしかして、セドリック君はこのミラ嬢の本来の姿を見たから、前にあんなことを言っていたのだろうか。

とりあえず遅くなると皆が心配するからということで、手っ取り早くミラ嬢から詳しい話を聞くことになった。

店の奥にある自宅でやりましょう、とミラ嬢が俺たちを招待し、グルグル巻きのミラ嬢のお兄さんはそのまま奥に連行されていく。自宅の方に向かう際、兄様が小さな蝶をフッと消したことに気付いた。チラリと兄様に視線を送ると、義父が心配しないよう今いる位置を教えただけだと返ってきて、ちょっとホッとする。

さすが兄様。

そうして、一応人数分あった椅子に腰かけると、ミラ嬢は長い溜息と共に事の経緯を話し始めた。

「本当は、光属性なんてそこまで珍しくないんです。貴族に目をつけられなければそれでよかったはずだったんです」

公爵家に引き取られる前、ミラ嬢は王都に近い小さく長閑《のどか》な農村で暮らしていたらしい。土地だけは広い村は、王都からそれほど離れていないこともあり、そこまで貧しくはなかったという。けれど、年々、畑がやせ細ってきていて、その原因がわからず村人たちが首を捻っていたところに、家畜の疫病が流行し、ほとんどの人は家畜を焼き殺さなければいけなくなったそうだ。

それまでは貧しくなかったとはいえ、家畜を元通り買い直せる程裕福でもなかった村は、そこから一気に貧しくなってしまったらしい。それに嫌気がさして王都に出て行ってしまったのが、目の前にいるミラ嬢のお兄さんと、その他若者たちだったそうだ。

その中にはミラ嬢が親しくしていた男性もいたらしい。

ミラ嬢は村の暮らしで満足していた。

夏は野菜を細々と育て、冬場は獣を狩り、村に魔物が出たら率先して魔物を倒していた彼女は、村になくてはならない人だったようだ。

そうだよな。あれだけ魔法が使えて強いんだもん。魔物退治の第一人者だよな。

そこまではまあ、よくある話なのですが、と言ってミラ嬢は視線を上げた。

「ある日、家の前にとても立派な馬車がやってきました。そして私が光属性の使い手であり、もし力が暴走したら大変なことになるから、魔法を制御できるようになるためにうちの養子にならないかって言われて。確かに、私が全力で魔法を放てば村の一つくらい消すことは訳ないけれど、制御はちゃんと出来ていると思っていました」

テーブルの上で組まれたミラ嬢の手が、少しだけ震えている。

少しだけ言葉を途切れさせたあと、ミラ嬢は唇を震わせてから、続きを口にした。

「けれど、特殊属性の場合、通常の属性よりも制御は難しいと言われて、周りはそういうものかと納得してしまいました。それに私の魔力が突出しているのは、もしかしたらやんごとなき血が入っているからかもしれない、と村の中で声高に叫ばれてしまって……。そのせいで母さんは不貞を疑われ、仲が良かったはずの両親はギクシャクするし、一番上の兄さんは養子になれってずっと勧めてくるしで、私もうどうしていいか……」

はぁ、と溜息を吐いたミラ嬢は、俺たちの様子を気にすることもなく、感情を押し殺したような表情で語った。

「でも、魔法が暴走するのは確かに避けたかったので、一度話だけでも聞いた方がいいのかなと思っていたら、公爵家の力でいつの間にか養子にされてしまって……私の魔力の話の出所がこのクソ兄だと知ってからはこいつをぶち殺すことをずっと夢見て、軟禁生活に耐えてきたんです」

ミラ嬢に視線を向けられて、お兄さんが肩をビクッと震わせる。彼は口を開けないように光魔法で口が覆われているので、ただ恐ろしい者を見るような怯えた視線をミラ嬢に向けている。

話を聞き終えたブルーノ君はお兄さんには視線を向けず、ミラ嬢に問いかけた。

「養子の話を断ることは？」

「いつの間にやら王命になっていたんですよ。一介の平民が嫌ですなんて言えると思います？　これでも一応抵抗はしたんですよ。私がいなくなると村が魔物に襲われるとか幼い弟と妹もいるのに、畑も年々やせ細っているから、そこらへんもどうにかしてくれないと頷けない、と」

そうか、とブルーノ君が相槌を打つと、でも、とミラ嬢は儚げな笑みを浮かべた。

「一応義理の父に当たる公爵様が全てを補助してくださる約束をしまして。無理やり気持ちに折り合いはつけましたが、こいつだけは許せないんです。自分が王都で成り上がるために、私の情報を売ったんですから。だから、せっかく公爵家の養子になったので、思う存分その力を使わせてもらおうと思いまして」

こういう時は権力がとても役に立つんでしょう、とすごく可愛らしい笑顔で言われて、俺は思わず身震いしてしまった。

ミラ嬢は、もしかしたら誰よりも怒らせてはいけない人かもしれない。そのうち誰かが何かやらかしたら、王都が吹っ飛ぶんじゃなかろうか。魔法の練度をあげたら多分普通に吹っ飛ばせる。

もしかしてさっき手が震えていたのは、怖いとか悲しいとかいう感情じゃなくて、武者震いとか怒り的な……？

「こいつはせめて私だけでもいい暮らしをさせたかったとか殊勝なこと言ってますが、本当は全然そんなこと思ってませんから、絆《ほだ》されないようにお願いしますね。うまい汁を吸うためだけに生きてますから。そうじゃなかったら、これから先、村に一番必要になる若い男手を唆《そそのか》して引き連れて村を飛び出したりしませんし、村から出てきて王都で大成できず落ちぶれた仲間をゴロツキ同様に扱ったりしませんから」

ミラ嬢の表情が陰る。そうか。さっきの人たちは、ミラ嬢の村の出身者か。

だから、さっき「ゴロツキじゃなかった」と言っていたのか。

確か騎士さんの一人が衛兵に預けるとか言っていたけれど。

ミラ嬢はそれを止めなかった。

「こいつはどれだけ父さんと母さんが泣いたか知らないのよ。あの時の侍従の一言がなければ、もう少し穏便に申し出を受けることも出来たのに」

確かに、と皆が頷く。

小さな村だと言っていた。そんな中での上位貴族との関係を匂わされた家族が平穏に生きていくことができるかどうかなんて、ちょっと考えれば俺だってわかる。

「だから養子になって一番にやったことは、あの時の侍従を辞めさせたことだったわ。公爵様は驚いていたけれど、私の話を聞いたら侍従を辞めさせることを納得してくれた」

あの義父は上位貴族には珍しくとても情に厚い方なのはわかっているの、とミラ嬢はやっぱり儚げな笑みを浮かべた。

「村の皆もうちの両親が浮気なんてしないってわかってたはずなのに、一度疑いの目を向け始めるともう前の雰囲気に戻すのは無理なのよ。だから、村だけじゃなく、間接的に家すらバラバラにしたこの兄だけは、どうしても許せなくて」

「だからって、建物を崩すのはさすがによくないし、何かあれば先程衛兵に渡した者たちはミラ嬢がやったに違いないと証言するだろう。こういうことは本当に秘密裏に行わなければ手を出さない方がいいんだ。権力はとても強い力を持つけれど、万能じゃない」

「そんなこと……知ってるわ」

ブルーノ君の言葉に、ミラ嬢はギリッと音がしそうなほど、奥歯を噛みしめていた。

ようやく外出する口実に出来る友人が出来て、ようやくチャンスが巡ってきたのに、と。

「ほんと……ついてないわ、私」

ポタリ、と木製の荒れたテーブルの上に雫が一滴落ちた。

ミラ嬢のとても可愛らしい顔は、これでもかと歪んでいて、普段はキラキラとしている大きな瞳からは、止めどなく涙が垂れていた。

俺は慌ててポケットからハンカチを取り出して、差し出した。ミラ嬢がふと視線を上げて、少しだけ微笑む。

「ありがとう。君からハンカチを渡してもらうのは二度目ね」

「そうですね。余計なお世話かもしれないですけど」

「そんなことないわ。小さくても素敵な紳士ね」

流石《さすが》に主人公なだけはあり、泣いている顔も滅茶苦茶可愛い。あのアプリゲームでは顔が出なかったけれど、もし出ていたらもっと男ユーザーも増えていたかもしれない。

もちろん兄様の美貌には負けるけれど。

ミラ嬢はそっと涙を拭うと、短く息を吸い込んで頭を下げた。

「ごめんなさい、こんな話をしてしまって。でも、私の正当防衛だということがわかったでしょ。建物を壊すのが無理なら、王都の寂れた片隅で一人の男が冷たくなっているくらいにしておけば大丈夫だと思うんですよ」

涙を拭いて、小さく笑顔を見せたミラ嬢は、殺《や》る気マンマンだった。

殺気が強すぎる。とうとう部屋の隅で小さくなっていたお兄さんが妹の本気を見て震えてしまっている。きっともう、話せるようにしても口を開かないんじゃないだろうか。顔から血の気が失せている。

「話はわかった。そこの男はミラ嬢が手を下さなくても、そのうち消えると思うよ」

兄様が、静かに口を開く。落ち着いた声で、視線は鋭い。

でも、消えるってどういうことだろう。ミラ嬢も疑問に思ったようで、兄様に視線を向ける。

俺も同じく視線を向けると、兄様は静かに頷いた。

「上手くカモフラージュされているが、ここの商品に売ってはいけない物が少しだけ隠れていた。ミラ嬢がこの店を木っ端みじんにしなくてよかった。自らの手で男を撲殺するより法に裁いてもらった方が、ミラ嬢の手を汚すことなく確実に命を取ることが出来るよ」

口調は優しげだけれど、兄様はミラ嬢のお兄さんに対して絶対零度の視線を向けている。

そんな顔を兄様にさせるほどの違法って、あのお兄さんは何をしたんだろう。

兄様をこんな風に怒らせるような何かを売っているってことは……

「ミラ嬢含め僕たちはこの店に入っちゃダメだったのかもしれません……！」

「アルバ？」

「だって、そんな違法な物を扱っている店だと分かったら、もし兄様が店に入ったことを見た人がいたら、その違法な物を兄様も扱うのかと思われるじゃないですか！　兄様は清廉潔白なのに、そんな噂が出ちゃったら、兄様が世間に誤解されてしまいます……！」

「アルバ、大丈夫だよ。落ち着いて」

「でも、兄様が！　今すぐ出ましょう……！　いや、正面から出るとさらに疑われるのかな。だったら、裏から」

「裏の方がここいらの住民は多いぞ。正面の方が人が少ないくらいだ。むしろ、この路地に貴族がいること自体が疑わしいからな」

「あああ、そうでした……！　ってことはもう、ここを破壊するしか……！」

「アルバまでミラ嬢に染まってどうするんだよ。落ち着け」

「アルバ、僕が大丈夫と言ったのが、信じられない？」

ブルーノ君に口に飴を突っ込まれ、兄様に止《とど》めの一撃的な言葉を言われて、俺は動きを止めて兄様を見上げた。

兄様にいい子と頭を撫でられていると、鈴を転がすような笑い声が聞こえてきた。

「本当に仲がいいんですね、オルシス様とアルバ君。血が繋がってないって本当は嘘なんじゃないですか？」

「僕には公爵家の血は一滴も入っていませんよ。もともと、男爵家の子でしたから」

「でも、とても仲がいいわ。たとえ血が繋がっていたとしても、そこまで仲がいいなんてなかなかないんじゃないかしら。羨ましいわ」

「こいつらは特別だ、ミラ嬢」

笑うミラ嬢につられるように俺の顔も緩んだ。

兄様と特別に仲がいいって周りも思ってくれるんだ。嬉しい。

だって、兄様は唯一無二で、最高にして至上の最推しだから。最推しとしてのオルシス様も、今ここにいる兄様も最高オブ最高なんだから。

そんな偉大な兄様と仲がいいなんて、どんなご褒美ですか。自慢していいですか。俺は兄様と特別に仲がいいんだよって。ああ、自慢したいけれど、胸の奥に密やかにしまって温めておくのもまたいい……

複雑な胸中を持て余した俺は、とりあえず兄様に笑顔を向けた。兄様はそんな俺を見て苦笑していた。

ほわほわしていると、ドアがコンコンとノックされた。お客さんかな。

店主は端っこでグルグル巻きにされているけれど、どうしたらいいんだろう。

ノックに対応したのはミラ嬢だった。

不敵な笑みでドアを開け、ノックした人を中に招き入れる。

そこには、セドリック君のお父さんと、義父が立っていた。

「こんな辺鄙《へんぴ》なところまでようこそおいでくださいました、お義父様」

「ミラ君……一体何をしているんだ。サリエンテ公爵とヴァルト家のご子息まで巻き込んで……」

セドリック父は、疲れきった顔で俺たちを見回した。俺と目が合った時なんか、痛ましそうな顔つきをされてしまった。

義父も後ろからチラリと俺たちを見て、肩を竦めた。

きっと兄様の伝言でセドリック父を連れてきたんだろう。

「故意に巻き込んだ訳ではありません。来るなと言ってもついてきてしまって」

「女性が一人でこんなところを歩いていたら、彼らは放ってはおけないだろう……」

「そうですね。紳士の方々がそういう考えを持つという認識がありませんでした。彼らには本当に感謝しております」

にこりと微笑むミラ嬢は、何やら喧嘩を売ってそうな雰囲気を醸し出していた。

絶対に感謝なんてしていないよね。

セドリック父は部屋の隅にいるミラ嬢の実のお兄さんに視線を向けると、もう一度盛大に溜息を吐いた。

「君は彼をどうするつもりだったんだ」

「もちろんこの世から消すつもりでしたよ」

「やめておきなさい。彼の身柄は私が預かろう。それと、店には後ほど監査が入る。もしどこかと通じる道があれば、彼から快く語ってくれるだろうしね」

「あら、お義父様が初めて素敵だと思えましたわ」

「ミラ君……君には、私の家に来てくれたこと、感謝しているんだよ。けれど、学園で準優勝するほどの実力を持つ君を元の家に帰してあげることは……出来ないんだ。だからこそ、最大限に君の大事な者を護る手段を講じたつもりだった」

すまない、と謝るセネット公爵は、ちゃんとミラ嬢を娘として接しているようだった。

それはミラ嬢もわかっているようで、少しだけバツの悪い顔をした後、仄《ほの》かに微笑んだ。さっきまで浮かべていた笑顔とはちょっとだけ雰囲気が違っていた。

「そこの男は全然その範囲に入らないので、ガンガンやっちゃっていいですよ、お義父様」

「そうだな。そうさせてもらおう。全ては後に来る監査でわかることだろう。……この建物を壊すのを止めてくれてよかったよ。壊れたら、証拠もなくなってしまうところだった」

「先程オルシス様にも忠告されました。止めてくださったオルシス様には感謝致しますわ」

にこ、と本当に可愛らしく微笑んだミラ嬢は、ではここに用はなくなりました、とセドリック父と義父の横を通り過ぎて、店を出て行った。お兄さんには一瞥もしなかった。

「さて、後はセネット殿に任せて、私たちも帰ろうか」

義父に声を掛けられて、俺たちもその部屋を出ることにした。

違法の物に手を染めることがどういうことなのかはわからないけれど、ミラ嬢のあの変わりようを見ると、きっとお兄さんは大変なことになるんだろうな、と思いながら歩き出して、いつのまにか自分が兄様の手に縋《すが》りついていたことに気付いた。

普通に恥ずかしい。無意識って怖い。

でも、手を放そうとするとギュッと握り返されて、思わず兄様を見上げる。ちゃんと俺を安心させてくれる兄様は最高の兄様だと思う。

◇◆◇

無事ミラ嬢をセネット公爵家へ送り届け、俺たちは家に帰り着いた。

馬車の中では、ミラ嬢は先程とは打って変わって、とても大人しく、淑女然として座っていた。降りる時も、兄様の手を借りて素晴らしい所作で降りていた。

笑顔で別れの挨拶をするミラ嬢は、他のご令嬢方に引けを取らないほどに、優美だった。

義父は仕事中にもかかわらずセドリック父に知らせてくれていたらしく、家に着くと、俺たちに「今日はお疲れ様、後はゆっくり休んで」と言い置いて自分は執務室に慌ただしく戻っていった。

もちろん夕食の席にも降りてこなかったので、今日のお礼が言えていないのだ。

だから夕食を食べて一息吐いてから、俺は義父の執務室に向かうことにした。

仕事の邪魔になるかと思ったけれどご飯を食べないのは身体によくない。それを理由にして、夜食を手に持っての突撃である。

本来ならメイドさんがワゴンで執務室に持って行くのが普通だけれど、今日は俺が持てるようにと、料理長がまるでピクニックのようにバスケットに入れてくれた。ありがたい。

重厚なドアをノックすると、義父の返事が聞こえてきたので、そっと開ける。

中を覗き込むと、義父はまだ机に向かっていた。たくさんの書類があり、スウェンが義父の手伝いをしているようだ。

一瞬足を止めると、義父が書類から顔を上げて俺を見つめていた。

「アルバ。どうしたんだい。そろそろ寝る時間だろう？」

「父様がご飯を食べていないので、持ってきました」

俺はバスケットを義父に掲げてみせた。実は書類を手にしたまま食べられる、さっき食べたクレープのような料理を、無理を言って料理長に作ってもらったのだ。

外で食べたのも美味しかったけれど我が家の料理長が作ったクレープもどきは、それはもう完成されたような芸術的な出来栄えだった。思わず涎を零してしまっても仕方ないと思う。ちなみに料理長は明日、俺にも作ってくれるらしい。うちの料理長素晴らしい。

バスケットの中身を見て、義父はその怜悧な目をちょっと丸くした。

「これは、もしかしてここで食べながら仕事が出来るようにかい？」

「はい。僕が街に行ったせいで忙しい父様の手を煩わせてしまったので、今日兄様に食べさせてもらった物を説明して作ってもらいました」

とても美味しかったんです。

そう説明すると、義父はフッと表情をほころばせて、ペンをペン立てに挿した。

「じゃあいただこうか」

「はい！　お茶はどうしますか」

「スウェン、睡眠を妨げないお茶をアルバへ」

「かしこまりました」

義父は俺の分のお茶を頼むと、早速バスケットから一つ取り出して齧《かじ》りついた。

躊躇《ためら》うことなく口にした義父と、ブルーノ君に教えてもらった兄様の狼狽えた様子の落差に、思わず笑みがこぼれる。

「そうだ。今日、街の画材屋さんで絵具を買ってきました。父様がお金を払ってくれると店の人が言ってました。ありがとうございます」

頭を下げると、義父は口の中の物を呑み込んでから、いいんだよ、と微笑んでくれた。

「ついでに、魔力の込められたインクまで買っていただいてしまったんですが、よかったんでしょうか」

本題はこっち。

さらっとお高い顔料のさらに十倍くらいの値段がするインクを買ってしまったので、今のうちに自己申告してしまおうと思ったんだ。義父はそのことにも、鷹揚に頷いた。

「アルバは魔術陣を悪用なんてしないと信じているから問題ないよ。それよりも、いつの間に魔術陣を完璧に描けるようになっていたんだい？」

「全然完璧なんかじゃないです。まだまだ父様が持っているような魔術陣には程遠いですし、本当はもう少しまともに描けるようになってから、絵でも売ってインクを手に入れようと思っていたんです」

「絵を、売る……？　どれを、オルシスを？　それともルーナやフローロの絵を……？」

「それはまだ決めていません。でも僕、お金を持っていないのでそうするしかないかなって。そうでなくてもインクがとても高かったのに、趣味程度のことにあんなお金を父様に出していただくわけにはいきませんし」

「いいかいアルバ」

俺の言葉を遮るように、義父は口を開いた。

「アルバは私の息子なんだよ。アルバが何かを成し遂げたいと思ったなら、私は全力でそれを応援するだけだ。わかるね。そんなことで遠慮されるなんて、私はとても寂しい」

真顔で寂しいという義父に、俺は胸が温かくなった。

「だからね、アルバはやりたいことをやっていいんだ。インクなんぞ、いくらでも買ってあげよう。そこからはきっと素晴らしいものが生み出されていくからね」

「父様……」

その場で俺は、何か欲しいものがある時は父の名前でなんでも買っていいというお墨付きをもらってしまった。

嬉しいけれども。そうなると俺は現金をこの手にすることはないというわけだ……

ありがたいけれど、衝動買いした物が全て筒抜けになるということか。

……少しだけ、胸に込み上げた熱い思いが冷えた気がした。

考え込んでいると、義父がふむ、といった表情でこちらを見る。

「じゃあ今度は、父様がアルバにお願いをしようかな」

「僕に出来ることなら」

その言葉に頷くと、義父は机の引き出しから何やら紙を取り出した。

「これに、一つ魔術陣を描いてくれないか」

そう言って出された紙は、まさに魔術陣に使われているような材質の、とても高価そうな紙だった。

義父はさらに、引き出しから今日買ってきたばかりのインクと同じインク壺を取り出すと、とても綺麗な空色の羽が付いている羽ペンを一緒に渡してくる。

どれも素晴らしくお高い物だというのは、見ただけでわかる。特に羽ペンは、まさに芸術品のような素晴らしいものだ。使うのが勿体ない。インクで汚したら流石《さすが》に怒られそう。

ドキドキしながらペンを手に取ると、手にしっくりと馴染んで、驚く。

試し描きとかしてみたい。いきなり本番で失敗してヘロヘロになったらちょっと恥ずかしいから。だってこのインク、多分一枚描いたらなくなるもん。あの値段がヘロヘロで使えなくなると思うと、手が震えそうだ。

それでも、こんな素晴らしいペンと紙を用意してもらったので、描かないという選択肢は俺の中にはなかった。

深呼吸して、ペンをインク壺につける。ジワリ、と何かが染み込むような感じがして、思わず眉が寄る。普通のインクと全然違う。魔力が込められているからなのか、それとも義父のインクがおかしいだけなのかは判別できないけれど、何やらさらにペンが握りやすくなったのだ。頭の中に描かれたのは、兄様の顔。

兄様が少しでも休めるように。毎日、遅くまで勉強したり研究したりたくさんのことをしているのに、俺のことまで気にかけてくれているから。そこで描くものを決めた。

さらり、と周りの装飾文字を描いていく。

今までの練習が何だったのかというくらい、描きやすい。

紙が引っかからないので、ペンがすらすら動く。

その上インクがよくペンに絡むせいか、文字が掠れることがない。

癒しの魔術陣が、綺麗な濃紺色のインクで描き上がっていく。

身体のどこかに身に着けることで、少しずつ体力が回復する魔術陣だ。

何度も描いて、文字列と装飾だけは完璧に覚えた魔術陣は、既に見本がなくても描けるくらいには俺の頭に入っていた。

クルリと文字の最後を丸め、ペンを離すと、今までにない綺麗な魔術陣が出来上がった。

よし、とペンのノリにテンションが上がる。

もっと描きたい、と紙とインクを探すと、紙もインクも出来上がった今の一枚分しかなかった。

「……アルバは、一体幾つの才能がその身体に秘められているんだ……？」

義父は驚いたように俺の描いた魔術陣を見つめると、「素晴らしい……」と感嘆の声を上げた。

そうだよ。今日はすごくペンのノリが良かったから、すっごくいい出来だったんだ。一枚しか描けないのが残念でならないくらい。

名残惜しくペンに視線を落とすと、そっと義父に差し出した。

「素晴らしいペンをありがとうございました。それと、インク、使いきってしまいました……遊びで使うわけにはいかないような高価な物なのに……」

「それは父様が頼んだのだから、アルバは気にしなくていいんだよ。でも……いつの間にアルバはこんなに成長したんだろう。この魔術陣、完成しているよ。素晴らしい。これを父様に売ってくれないかな？」

義父の紙とインクなので、俺が売るのはおかしい、とツッコむと、義父は苦笑した。

「でもこれ、買うとなると先程のインクと紙の金額では到底支払えないほどの価値があるよ。しかも、手に持っているだけで効果がある。今日は少し疲れていたけれど、魔術陣の影響かとても気分がいい」

ニコニコする義父に、俺は疑念の視線を向けた。義父は俺に甘いところがあるから、きっとお世辞だと思う。

癒しの魔術陣だから本当に完成したかはわからないんだ。今度試してみるときは、効果がよくわかる魔術陣にしよう、そう心に誓いながら、義父の絶賛する声を聞き流した。

それから執務室を出て、空になったバスケットを戻すためにキッチンに向かっていると、研究所に顔を出していた兄様が向こうから歩いてきた。

「アルバ、そんなものを持ってどうしたの？」

兄様が俺の手にあるバスケットを見て、少しだけ眉根を寄せる。これから出かけるとでも思ったのかもしれない。俺は慌てて空のバスケットを開けて見せた。

「父様が夕食にも来ないでお仕事をしていたので、ご飯を届けていたのです」

「そうか。アルバは優しいね」

ホッとした顔をした兄様は、ニコニコと俺の頭を撫でた。

そして、ふと思い立ったように、口を開いた。

「そういえば、今日買ってきたインク、使ってみた？　魔術陣、成功した？」

兄様に言われて、俺は動きを止めた。

インクは使ってみたけれど、今日買ったやつではない。

けれど、あのインクも魔力の込められたインクで。

使っていない。けれど、描いた。

初めての魔術陣を描いたんだよ。

「ええと……は、初めての魔術陣は……成功しました。多分」

そう報告しつつも、初めての魔術陣を義父にあげてしまったことに、愕然とした。

けれど、あの紙は義父のもので、インクもそう。義父に渡すのは当たり前で。

紙とインクは、もらったのではなくて、描いてみてと渡された物だから。

「本当に？　アルバはすごいな！　どんな魔術陣を描いたんだい？」

「いつも頑張っている兄様に、少しでも安らぎをと思いまして、癒しの魔術陣を……」

「僕に描いてくれたの？」

「描いたのですが」

ニコニコとしている兄様の目を見ていられなくて、自己嫌悪で思わず俯く。

義父に渡すのが当たり前のことなのに、兄様に渡したくて。口から出た声は、小さくなってしまった。

「父様に、あげてしまいました……」

初めての魔術陣、兄様にあげたかったと思うのは俺の我儘だろうか。そうだよね、義父の持ち物だし。俺がちゃんと自分で紙を用意して、インクも用意して、それで初めて描いた魔術陣ではないから、持ち主に渡すのは当たり前のことだ。

それに、自分で全てを用意してちゃんと描いた魔術陣が俺の本当に初めての魔術陣ってことにすれば、今回のは試し描きということでセーフ、なはず。でも。

あああ。試し描きでも初めては初めてで。

でもじゃない。俺女々しすぎる。

そもそも自分の持ち物じゃない。ただ義父の持ち物に描いただけで俺のじゃないから。

自分に言い聞かせていると、兄様はニコニコしたまま「そうなんだ」と頷いた。

ゆっくり休んで、とすれ違っていった兄様を見送ることもできず、俺は沈んだ気持ちのままとぼとぼと料理長のもとに向かった。

義父にだって癒されてほしいし、いいの、後悔しない。そう、思い込もうと努力しながら。

朝、朝食の席に着くと、とても穏やかな顔の兄様が座っていた。

柔らかい声で挨拶をしてくる兄様に挨拶を返す。

一日の始まりに素敵な兄様を見ることができて最高と思いながら、浅い眠りでまだまだ寝足りない身体に食事を詰め込む。

早朝だから、朝食は二人で取ることが多い。兄様と一緒にご飯を食べるだけで数倍美味しく感じるはずなのに、今日は寝不足気味でほぼご飯が胃に入らなかった。

なにせ昨日、ただただ最初に描いた本物の魔術陣は兄様にあげたかったと我儘なことを思っていたせいでなかなか寝付けなかったから。

後悔してはそんな後悔する自分を嫌になって、の繰り返し。

あれだけ俺を愛してくれている義父なのに。義父の手に初めての魔術陣があることが不満だなんて、なんて俺は狭量……

溜息と共にスプーンを置くと、まだ半分以上残っている皿を目にして、兄様が心配げに俺の顔を覗き込んだ。

「アルバ、今日は調子悪いの？　学園、休んだ方がよくないかい？」

ああ、兄様に心配をかけてしまった。

こんなんじゃダメだ、と気合を入れて、俺は首を横に振った。

「大丈夫です。ただ、ちょっと寝付けなかっただけで」

「昨日は色々あったからね。もしかして、昨日アルバが描いた魔術陣は僕が持つよりもアルバ自身が持っていた方がいいのかもね」

兄様の何気ない言葉に、ん？　と顔を上げる。

すると、兄様は胸のポケットから、一枚の紙を取り出した。

あの、義父に渡した癒しの魔術陣を。

「なんで兄様が？」

「昨日、父上から譲り受けたんだ。とても心が落ち着くというから」

「ふぇ……？」

「アルバが初めて描いた魔術陣でしょ。僕も是非効果がどんなものか知りたくて。一晩身に着けていたけれど最高に気分のいい起床だったよ。アルバ、ありがとう」

「えと、あの……ど、どういたしまして……！」

嬉しそうな兄様に、歓喜が俺の身体中を駆け巡っていた。

兄様が持っていた！　義父が兄様に渡してくれた！

もしかして、義父は俺が兄様に持っていてほしいことに気付いていたのかな！

義父、最高！　流石《さすが》兄様のお父さん！

嬉しくて、思わず兄様に抱き着いてしまう。座っていた椅子がガタンと鳴ったけれど、それどころじゃない。兄様も義父もどうしてこう俺を喜ばせるのが上手いんだろう。

「それは、是非兄様が持っていてください……！　兄様、とてもお忙しいのに僕の我が儘にばかりつきあわせてしまって、申し訳なくて！　効くのであれば本当に嬉しいです！　兄様がお元気でいられるようにと描いた魔術陣ですから！」

「アルバ……本当に君は……」

兄様はいきなり無作法にも抱き着いた俺を咎めることもなく、優しく抱き締め返してくれた。

優しい。優しすぎる。女神か。

こんなに甘やかされて、俺、もっと我儘になってしまったらどうしよう。

もっと自分を律さないと、と思いながらも兄様の腕の温もりが名残惜しく、律するのは後でにしようと少しの間兄様を堪能したのだった。

ということで、放課後さらにインクの追加とあの高級紙が買えないかと、帰り道に画材屋さんに寄ってもらおうと思った俺は、帰りの馬車で既に目的の物が用意されていることに驚いたまま家に帰り着いた。

スウェンが用意していてくれたらしい。

「どうぞ、たくさんご用意いたしますので、アルバ坊ちゃまの心行くまでお描き上げください」

そう言ってスウェンは、二組ずつ紙とインクを用意してくれていた。そして、昨日義父の所で使った羽ペンも。

『初めて魔術陣を描き上げた記念にアルバにプレゼントしよう』というメッセージと共に。

やっぱり皆俺に甘すぎる。

その優しさにお返ししたい。

そうして俺は新たに癒しの魔術陣を二枚描き、義父とスウェンに一枚ずつプレゼントしたのだった。

効くといいな。

十、最推しと一緒にお茶会

もうすぐ乙女ゲーム開始時期から一年が経とうとしている。

しかしまだ乙女ゲームは始まらない。

何より、ミラ嬢に誰かと想いを交わす意思はまったくないのがわかる。

路地裏のあの一件から、兄様とブルーノ君はある程度話をするようになったらしいけれど、恋愛感情は一切抱いていないらしい。

そして今日、俺はセドリック君に遊びに誘われて、セネット公爵家へお茶に行くことになってしまった。

今は冬の長期休暇真っただ中だ。雪は降らないけれど、それでも身を切るような寒さの中、暖かい馬車に乗って、セドリック君の家に向かっている。

冬の長期休暇間際、ちょうど俺が保健室に向かうからとセドリック君と別行動をしたことが事の起こりだった。

リコル先生と長期休暇中の話をしてから教室に戻ると、セドリック君がたくさんの生徒たちに囲まれていた。どうやら、長期休暇中の彼の予定を埋めたがっている生徒たちと攻防しているようだ。

セドリック君は俺と一緒にいない時は大抵皆に絡まれているから、いつものことかと自分の席に戻ろうとすると、彼とまんまと目が合ってしまった。

セドリック君は一瞬ハッとした顔になって、すぐ周囲に綺麗な作り笑いを振りまく。

「ごめんね、皆。僕はこの長期休暇を利用して、アルバと友好を深めようと思っていたんだ。僕の家とアルバの家が仲良くするのは、国を支える二柱がより強固にあるために必要なことだからね。僕も国のために何かをしたいんだ。皆も、この休みを利用して自分の力を伸ばすのはどうだろうか。とても素晴らしいと思うよ。僕も頑張るよ。皆も、頑張ろう」

そんなセドリック君の言葉に、俺は思わず半眼になってしまった。

セドリック君、俺の名前を出してお呼ばれをうやむやにしてしまった。

何一つお誘いを受けないまま流した。

俺を巻き込んで。

半眼のまま席に着くと、セドリック君は早速にこやかに俺に近付いてきた。

「アルバ。今、皆で話していたんだけれど、君ともっと仲良くなりたくてお誘いしようと思っていたんだ」

「僕をお誘い、ですか」

あまりの白々しさに、半眼のまま聞く。

「ああ。僕たちが仲良くなれば、もっと国を支える二家の絆も強固になり、さらにこの国はよくなると思わないかい？」

詭弁です、というツッコミは心の中だけにしておいて、俺は溜息を呑み込んだ。

あのですね、冬休みは、兄様とずっと一緒に居られる貴重な時間なのです。

そう言いたいけれど言えないこの辛さ。

なおも半眼のまま、棒読みで「素晴らしいですね」と返す。

すると、俺の表情で気持ちをわかってそうなのに、セドリック君は作り笑いじゃない楽しそうな顔で、「じゃあ後日招待状を送るよ」と席に戻っていった。

そして、長期休暇開始一日前に、招待状が届いた。

そして今に至る。


セドリック君の王都の家は、王宮を挟んでうちと反対側の区画にある。

義父の持つ領地とは王都を挟んで反対側に領地を治めるセネット公爵家は、当主は穏やかな性格だけれど、公爵夫人はなかなかに過激な人らしい。

義父から仕入れた情報によると、夫人は元第一王女殿下で公爵家に降嫁した方だそうだ。悪い人じゃないんだけれど、少しだけお姫様気分が抜けなかったらしい。悪い意味じゃなく。じゃあどういう意味かというと、施しなどがとても好きで、領地の孤児院などがとても充実しているんだとか。

確かに悪いことじゃなかった。

でも、でもだよ。その慈善の精神をここで発揮するのはどうかと思う。

なんでも、セドリック君が俺をお茶に誘うことを打診したら、その精神を発揮して、「だったらほら、うちのミラさんともっと仲良くしてくださるようにお兄様も呼びましょう」と兄様にも正式に招待状が届いてしまったのだ。

ミラ嬢にその気がまったくないのはわかったから、それだけならまだいい。

でも何故か、ブルーノ君にも招待状が届いていた。

ブルーノ君の家は侯爵家だから、高位である公爵家からの正式なお茶会の招待状を断ることは出来ない。それは少々横暴なのでは、と思うのだけど結局今現在揺られている馬車の中には、正装した兄様とブルーノ君もいたりする。

セネット公爵家に着くと、出迎えてくれた公爵夫人とセドリック君に、兄様が代表して挨拶をした。

ミラ嬢も着飾って後ろの方にいる。顔は作り笑いっぽい。ミラ嬢の壮絶な笑顔を知っているこっちとしては、お疲れ様ですとしか声を掛けられなかった。

「今日はお越しいただきありがとうございます」

セドリック君が兄様に丁寧に挨拶を返している。

そして暖かい温室で今日のお茶会をする旨を説明して、俺たちを案内し始めた。

「実は、もう一人このお茶会に呼んでいるんです。僕とアルバ君の共通の友人なのですが。母がぜひにと」

温室に入る前に、セドリック君は俺をちらりと見てから、主にブルーノ君に視線を合わせた。

中に入ってようやくブルーノ君が呼ばれた意味がわかった。

中で待っていたのは、ジュール君だった。

もしかして、とセドリック君に視線を向ける。公爵夫人はここでも慈善の精神を発揮して、仲の良くないヴァルト家の兄弟の間を取り持とうとしてたり、する……？

ジュール君は学園にいる時と変わりない表情で、俺たちに挨拶をしてくれた。

公爵夫人は皆が一斉に座れる大きめのテーブルを用意していたらしく、その上にはとても豪華で綺麗なお菓子が並んでいた。

公爵夫人の采配で、セドリック君の隣が俺、その隣がジュール君、ジュール君の隣がブルーノ君、ブルーノ君の隣が兄様で、セドリック君と兄様の間にミラ嬢が座ることになった。

公爵夫人は、自分の席は用意せず、それだけお膳立てすると「ではね、楽しんでね」と言って去って行ってしまう。

兄様が真正面にいる席順は初めてで、顔を上げると兄様が目に入ることにとても新鮮な気持ちを味わった。

思わずじっと兄様を見つめると、苦笑したセドリック君がお皿を勧めてくれた。

「アルバは苦手な食べ物ある？　母上がとても張り切ってしまって、女性が好むようなお菓子をたくさん用意してしまったんだ」

「どれも大好きです。お礼を言わないとですね」

「いいのいいの。本当はもっとこぢんまりと遊びたかったんだけど、これもまたよしかもな。アルバは社交界って、自分の家のしか経験したことなかっただろ」

「そうですね。うちのパーティーでも、僕、色々とやらかしちゃってるんで……」

俺が言葉を濁すと、セドリック君は誰かから聞いたことがあるのか、少しだけ痛ましそうな顔をした。

「やらかしたって、アルバ君は何をしちゃったの？」

「ミラ嬢」

「ミラ姉様」

ミラ嬢が身を乗り出すように興味津々で訊いてきたところを、兄様とセドリック君が窘《たしな》める。

「なに、そんなに話題にも出来ないようなやらかし？」

余計に気になるじゃない、とちょっと素を出してきたミラ嬢に、俺以外の全員の非難の視線が集まる。視線の意味は分からなくても、咎められているのは気付いたのか、ミラ嬢の身体が戻っていく。

「わかったわよ、聞かないわよ」

肩を竦める仕草がすでにご令嬢であることを放棄している。

でも別に秘密な訳じゃないのに。俺がやらかしちゃっただけで。兄様は被害者だし。

俺はおずおずと顔を上げて、ミラ嬢に説明をする。

「兄様の九歳のお祝いの時に発作を起こしてしまって、一週間ほど生死の境を彷徨《さまよ》ったせいで兄様のパーティーが台無しになってしまったんです。一生に一度のお祝いだったのに……不甲斐ないです」

「あ……」

思い出しても悔しい。兄様が主役のお祝いを邪魔したのが俺なんだもん。

少しだけ俯くと、兄様が席を立ったのが気配でわかった。

テーブルをぐるりと回って、俺の後ろに立つ。そして、頭をわしわしと優しく掻き混ぜた。

「アルバに何一つ落ち度はないよ。僕の祝いよりもアルバの方が大切だって何度も言っただろう？」

「聞きました。だからこそ、不甲斐ないなって。兄様が誰より輝くのが僕の望みなのに、その席を自分でぶち壊して」

「アルバ」

兄様に顔を持ち上げられて、口にブルーノ君飴を放り込まれる。コロリと口の中で転がる味が心の安定を運んでくる。発作はもう起きなくても、この飴は絶対に手放せない。

「美味しい」

「もし、身体に変調があるなら、早いけれどお開きにしてもらおうか」

「大丈夫です。ミラ嬢、雰囲気を壊してしまって申し訳ありません」

兄様の手の温もりを感じながら、俺はミラ嬢に頭を下げた。途端にミラ嬢も「ごめんなさい！」ととても勢いよく頭を下げた。

「そう、そうだったわ。アルバ君って『ラオネン病』なのよね。ごめんなさい、辛いことを聞いてしまって。二人が止めてくれたのに。好奇心で聞いていいことじゃなかったわ。ほんとごめんなさい。今は、体調は大丈夫？」

立ち上がって俺を心配するミラ嬢に、俺は頷いてみせた。

「大丈夫です。兄様とブルーノ君がいつでも僕の命を繋いでくれますから。だから今は外にも遊びに行けるようになったんですよ」

ニコッと笑うと、ミラ嬢はホッと息を吐いた。けれど、まだ顔は痛ましそうにしている。

気をつけよう、迂闊《うかつ》な一言場を壊す。

雰囲気が悪くなる話題を出してしまったことを反省して、兄様の手を取って、頭から外した。

「兄様、まだお出ししてもらったお茶も飲んでないんですよ。お菓子も美味しそうです。席に着いて、食べませんか。僕は全然大丈夫ですから」

「そう、だね……でも、アルバの隣じゃないというのがどうもしっくりこないというか」

兄様の言葉に、俺は同意するように頷いた。ご飯の時も馬車の時もずっと隣だもんね。

「でも、顔を上げると目の前に兄様の麗《うるわ》しいお姿が見えるというのもまた新鮮で胸がときめきます」

「アルバ、言い方」

胸を押さえて本音を答えた瞬間、ブルーノ君からツッコミが入る。

だって、横を見なくても視界に兄様が入っているっていうのは思った以上に素晴らしいんだよ。

この采配をした公爵夫人、実は出来る人なのかも、なんてちょっとだけ思っちゃったもん。

「僕はアルバが隣にいないというのが少し寂しいけれどね。アルバが落ち込んでいても、こうしてテーブルを回らないと傍に行けないなんて。でも、確かに目の前にアルバがいるのはまた新鮮だから、席に戻るよ。体調がおかしいと思ったら、我慢せずに言うんだよ」

「はい。わかりました」

俺が頷くと、兄様は自分の席に戻っていった。

「いやあ、聞きしに勝る仲睦まじさだね」

兄様が席に座ったところで、セドリック君がしみじみと呟いた。

兄様と仲がいいと言われて、悪い気はしない。

「ありがとうございます」

「アルバにとって、そこはお礼を言うところなんだな……」

嬉しくてニコニコしていると、セドリック君が呆れ顔をこっちに向けた。

今お礼を言わずしていつ言うのだろう。

けれど、多分普通はここまで兄弟仲がいいところはあまりないんだというのも知っている。

家を継げるのは一人。大抵は長男が継ぐんだけれど、次男の方が優秀であれば、その限りではない。全てはその当主の采配で決まる。

家を継げなかった場合は、騎士になったり手に職をつけて稼がないといけなかったり、その当主が複数の爵位を持っていたら、そのうちのどれか一つを継ぐことになったりする。けれど、今の家格よりは確実に下になるし、その分収入なども減ってくる、らしい。

全ては家庭教師の受け売りだ。だからこそ、弟は兄を出し抜いて後継を目指すし、兄は弟にその座を取られないように頑張らないといけない。

そんな状態だったら流石《さすが》に仲良くなるのは難しいと思う。切磋琢磨と言えば聞こえはいいけれど、

する。要するにつぶし合いをするってことだ。競争相手とずっと仲良くできるかっていうと、難しい気が

ブルーノ君の家がまさにそんな感じで、当主ではなく夫人の意志が入ったけれど、次男である

ジュール君が今はヴァルト侯爵家の後継だし。

セドリック君はまだ一人っ子だからそういう心配はないんだろうけれど。

でも、ここは兄様を推すチャンス、と思って俺はぐっと拳を握った。

「僕たちは跡継ぎとか全然問題ないですしね。兄様が当主になるとか、絶対かっこいいので全力で応援するしかないです」

「カッコいいから当主に推すって、何か間違っていると思う僕は間違っているんだろうか」

「セドリック様、深く考えてはいけません」

セドリック君とジュール君の視線が両隣から突き刺さる。ついでに深いため息まで聞こえてきたのでちょっとだけ憤っていると、ふふっと鈴を転がすような笑い声が聞こえてきた。

「オルシス様、本当にいい弟君ね。アルバ君可愛いわ。オルシス様をとても慕ってるところとか」

「ミラ嬢」

ミラ嬢が顔をほころばせて、俺と兄様に交互に視線を向ける。

兄様はすました顔で、「それは違います、ミラ嬢」と口を開いた。

「逆ですよ。僕が、アルバを慕っているんです。それこそずっと手元に置いておきたいくらいに」

「ああ……」

兄様の言葉に、ミラ嬢が少し考えるそぶりをしてから、深く深く頷いた。

「成程、わかったわ……オルシス様、でも、ほどほどになさらないと束縛は嫌われるわよ」

「ミラ嬢、それは大丈夫だ。多分アルバは、相手がオルシスであれば束縛も全然何の問題もないだろうから」

「ブルーノ、なんてことを言うんだ。束縛なんてしないよ」

今度はミラ嬢とブルーノ君が半眼で兄様を見ている。その様子はごく自然な友人のようだった。

いつの間に兄様はミラ嬢とこんなに仲良くなったんだろう。少しずつ話をし始めたとは聞いていたけれど。このままいくと、もしかしたらもしかしてしまうとかあるんだろうか。

少しだけ胸がざわつく。まだ口に残っているブルーノ君飴が、少しだけ心を落ち着けてくれる。

それにしても、微笑する兄様と豪華スイーツ、絵になる。バックが温室の花なのもまた風流。

ただ惜しむらくは、ど真ん中にある大きなケーキスタンドが兄様を半分隠してしまっていることだ。ケーキがとても綺麗で豪華だから、そのケーキスタンドが主役とでも言っているような雰囲気が出ているのがいただけない。

じっとケーキを見ていると、おもむろにジュール君が手を伸ばして、俺の視線の先にあったフルーツケーキを皿に取った。

「アルバ様、どうぞ」

その皿を、俺の前に置いてくれる。

ああ、もしかして俺がケーキを食べたいと思ったのかな。

「ありがとうございます」

気遣いが嬉しい。ちょっと違うんだけれど。

セドリック君に視線を向けると、「どうぞ召し上がれ」と言われたので、フォークを手にする。

一口食べると、上品な甘さが口に広がった。

さっきまで飴を舐めていたからか、生クリームの甘さが控えめに感じて、それが美味しい。

そして上に載ったフルーツが酸味の多い物が多用されていてそれがまた最高だ。

「美味しい……兄様、このケーキ美味しいです！　お隣じゃないと一口食べさせてあげることが出来ないのはちょっと悔しいですね」

いつもは兄様に美味しいところを食べてもらうのに。

でもまだ同じものはあるから、と兄様の分を取ろうかと思ったところで、ブルーノ君がそのケーキを皿に取り分けた。

「ほら、オルシス。アルバが味の共有をご所望だぞ。はいあーんなんて正式な茶会の席でやるのはご法度だから受け取れ。わかってるよな、アルバ」

「わ、わかってます！」

ブルーノ君に注意されなかったらやるところだった、と焦りを誤魔化そうと声を荒らげると、ブルーノ君は「ほんとか？」とでも言いたげな目つきでこっちを見た。

歓談はその後も続いたけれど、ジュール君とブルーノ君は、並んで座っているにもかかわらずほぼ会話らしい会話はない。

セドリック君もたまにジュール君をチラ見するので、気にしてはいるようだ。

そんな折、ふとミラ嬢がこちらを見つめた。

「そういえばセドリック君に聞いたんだけれど、アルバ君ってとても頭がいいんでしょ？　この子が悔しがってたわ」

「ミラ姉様、今ここでその話題を出しますか」

「だってセドリック君があんな悔しそうな態度をとるのが珍しかったんだもの。本人と話せる時が来たら聞いてみようと思ってたの」

成績の話は、俺は別にいいけれど、ジュール君は気にするのでは。

ジュール君を気にしつつ、いいえ、と首を横に振った。

「セドリック君とジュール君の方が上の順位ですよ。僕は剣技が足を引っ張ってしまって」

「それは総合の話だろ」

「あ、ほら、セドリック君拗ねた。総合じゃないのは負けたんでしょ」

「ミラ姉様煩いです」

「酷い！　貴方ちょっと傲慢になってきてるからアルバ君を見習って謙虚になった方がいいわよ」

「はぁ、ミラ姉様こそ、もう少し淑女らしくしたらいかがですか」

なんか、喧嘩が始まってしまった。

前よりは打ち解けた感じなのかなんなのか。

仲がよくなったの、かな？

不思議な気分でやり取りを聞いていると、ジュール君がそっともう一つケーキを取り分けてくれた。

「あ、ありがとうございます。ジュール君も食べませんか」

「大丈夫です」

キリッとした顔で返答されて、首を傾げる。ジュール君は甘い物が苦手なんだろうか。

そう思っていると、ブルーノ君がおもむろに、ミラ嬢の前に置いてあったクッキーを取ってジュール君の前に置いた。

「ほら、こっちを食べるといい。これなら食べられるだろう」

「……っ、兄上」

どうやら、ブルーノ君はジュール君の好みを把握していたらしい。一緒に住んでいたのって九歳くらいまでだったはずだけれど、ブルーノ君はそういう情報をどこで手に入れているんだろう。

不思議に思っていると、ジュール君がほんの少しだけ眉根を寄せて、すぐにいつもの顔つきになった。そしてちらりとブルーノ君を横目で見て、目の前のクッキーに視線を戻した。

「……兄上は、もううちに帰ってくることはないんですか」

ポツリと投げかけられたジュール君の質問に、俺はフォークを動かす手を止めてしまった。

「どうした、急に」

「こうして兄上と対面する場を設けてもらったので、どうしても聞きたくて誘いに乗ってしまいました。兄上が侯爵家を継ぐことはないんでしょうか」

「後継はジュールだろう」

事もなげにブルーノ君が告げると、ジュール君は少しだけ泣きそうに顔を歪めた。

「……僕は、どう頑張っても兄上のようにはなれません。兄上の方が優秀なのに、僕が後継など、出来るはずがない」

「母上も喜んでおられただろう。ジュールだって、後継になると小さなころから頑張っていたじゃないか」

「それは……！　母上が、僕の方が相応しいからとずっとおっしゃっていたから……！　けれど、今はわかります。僕は相応しくなんかない。属性なんて関係ない。兄上の方が余程優秀で後継に相応しいじゃありませんか！」

ジュール君の、珍しく感情の込められた声が響き、喧嘩をしていたセドリック君たちもブルーノ君兄弟に目を向けた。

「学園に入ってわかりました。僕は視野が狭い。どうして家にもいない兄上を父上が望んでいるのか、ようやく理解出来ました。世の中にはたくさん優秀な人がいるのに、兄上はずっと中等学園でトップに立っていましたし、アルバ様の薬を発明するなど、素晴らしい功績を次々立てて……！」

皆が注目していることを気にすることも出来ずに、ジュール君がブルーノ君の方に身を乗り出す。

ブルーノ君は、あくまで冷静な顔つきで、ジュール君の言葉を邪魔することなく聞いていた。

「僕は、二年が過ぎても一度もトップに立てたことがありません。剣技でもです。身体の弱いアルバ様は僕より素晴らしい成績を取りますし、誰よりも積極的に知識を取り入れようとしています。でも、僕は出来ていない。父上には呆れられて当たり前です。だから、兄上……戻ってきてはもらえないでしょうか」

その言葉に、俺は「やっぱり」と目を伏せた。

ブルーノ君を連れて行こうとしている人がもう一人現れた。

ブルーノ君は既にうちに部屋を用意されていて、ルーナと婚約していて。研究所もほぼブルーノ君が仕切っていて。

すっかりブルーノ君はうちに婿に来るんだと思っていたし、ヴァルト侯爵家のほうでもジュール君が後継に決まったもんだと思っていた。

けれど、その本人が長男の復帰を望むなんて。

少しだけ呼吸を浅くしながら聞き耳を立てていると、ブルーノ君の盛大な溜息が聞こえた。

「ジュール、今もまさに視野が狭くなっているぞ。学園に通うようになると拘りがちになってしまうが、成績だけが全てじゃないんだ。一位になれないからって家を継がせないなんて、父上は言わないだろう」

「そう、ですけど……」

「そういうことじゃないんだ。成績がいいのが素晴らしいのではなく、その中で培《つちか》った知識をどう活用し、応用するのかが大事なんだ。俺が一位を取っていたというのは、単なる付属でしかない。しかも煩わしい総会の勧誘というおまけつきだ」

「総会の勧誘が煩わしい……おまけ……」

ブルーノ君の困り顔を、ジュール君が呆然と見上げる。

「俺はその時、正直アルバの病《やまい》をどうするかしか頭になかった。そのためには知識は絶対的に必要で、公爵家の中にこそ俺の求めていた場所が用意されていた。後継がどうとかそんなのはわずかの興味もなかった。ただ助けたい命があった、それだけだ」

ジュール君は、絶望したような顔つきでブルーノ君の言葉を聞いていた。

けれど、その後俺の顔を見て、今度は泣きそうな顔になった。

帰ってきてほしいという願望と、それを望むと俺が死んでしまうかもしれないという葛藤が見て取れた。もう、死にはしないんだけどね。さすがにジュール君にも秘密。

これも全部原因は俺なのかなってちょっとだけシュンとする。でも、俺もブルーノ君を返したくないんだ。

じっとジュール君に視線を向けると、ジュール君は視線を泳がせた後、縋《すが》るようにブルーノ君を見上げる。けれどブルーノ君は容赦なくて、追い打ちのようにジュール君を応援していく。

「俺は今までまったく後継としての勉強をしていない。ずっと研究に打ち込んでいたから今更後継になれと言われても無理だ。ジュールは家でも頑張っているんだろう？　父上は仕事は出来るが、褒めるのは壊滅的に下手くそだ。父上の反応はまったく気にしなくていい。家を盛り立ててやってくれ。それが出来るのはジュールだけなんだよ。頑張れ」

「あ……」

前向きに励ましているようだけれど、バッサリと自分が帰る可能性を切り捨てる言葉。

きっと、全部わかっていて言ってるんだろうなあ。

ジュール君は、その言葉で、ブルーノ君が帰ってくる気はまったくないことを理解させられたらしい。ゆっくりと目を瞑って、深く息を吐くと、ブルーノ君とまったく同じ色の瞳をブルーノ君に向けた。

「頑張ります」

小さな、小さな声で答えたジュール君に、ブルーノ君はうちで皆に見せるような柔らかい笑顔を向けた。

そして、まっすぐに整えられたジュール君の髪をわしわしと掻き混ぜた。俺とルーナにいつもするように。

「そして、学園でもうちのアルバをフォローしてやってくれ」

「ブルーノ、アルバの兄は僕だが？」

「そうだったな。アルバは俺の義兄だったたな。弟として義兄に甘えないとな」

ニヤリ笑いをするブルーノ君は、しんみりした空気を一瞬で霧散させると、「アルバ、お前の兄が苛めるんだ。どうにかしてくれ」と兄様を指さした。

俺もその雰囲気に乗ることにして、フンと鼻息荒く口を開いた。

「でも僕の弟ということは兄様の弟でもあるということですよ。一緒に兄様を褒め称えましょう！」

珍しい俺のツッコミに、ジュール君のいつもの何か言いたげな視線が突き刺さったのは言うまでもない。

それからのお茶会は和やかに進んでいった。

ミラ嬢と兄様は何故か弟談義で盛り上がり、ブルーノ君とジュール君はいつの間にか魔法学の話をしている。セドリック君は俺に一生懸命お菓子を食べさせようとしてくるんだけれど、そろそろお腹がいっぱいになってきたので、断るのに必死だ。

二杯目のお茶を振舞われ、それも飲み干したころ、館の中から公爵夫人が笑顔で現れた。

そろそろお開きってことかな、と膝に手を置くと、公爵夫人はにこやかにセドリック君の近くに寄った。

「セドリックもとても楽しそうですし、またお呼びしてもよろしいかしら」

ほほほ、と笑いながらそう言う公爵夫人は、チラリチラリと視線を兄様に向けていた。

ふと嫌な予感が湧き上がる。

公爵夫人の視線がなんとなく不穏な物を運んできたような気がしてくる。

そんな予感を孕んだまま、表面上和やかにお茶会はお開きとなった。

◇◆◇

それから数日。ルーナと共に温室で兄様たちの行動を見守りながら魔術陣の本を眺めていたら、兄様が義父に呼び出されて、温室を出て行った。

兄様がいなくなったことで、ブルーノ君がルーナの隣に腰を下ろす。

そして、俺の方をじっと見つめた。

「兄様、何かあったんでしょうか」

俺の呟きに、ブルーノ君が肩を竦めた。

「アルバは何も心配することはないよ。あの二人がアルバの悲しむような事態を引き起こすことはないはずだから」

「なんかその言い方……心配になってくるじゃないですか」

「心配するな」

「いやしますって。なんか厄介ごとの気配しかしません。兄様の一大事ですか？　僕に何かできることはないでしょうか」

ブルーノ君の言葉と気配にハラハラしながら兄様の消えていった出入り口に視線を向けていると、ブルーノ君が俺の頭を撫でた。ついでにルーナの頭も撫でる。

ルーナの嬉しそうな顔を見て表情をほころばせると、ブルーノ君はテーブルの上にある魔術陣を練習した紙を持ち上げた。

「そうだな、どんと構えていつも通りにしているのが一番だな。オルシスが安心する。アルバが心配そうな顔をすると、オルシスも同じような顔になるからな」

「うえ……それ今一番難しいじゃないですか。兄様のことで、心配するなって方が間違っています」

「オルシスを信用しろって」

「信用なんて一番してますけど。でも兄様にはいつでも心穏やかに幸せでいてほしいんです」

「オルシスも同じことを思ってるからな。ホントお前ら、似たもの兄弟だな」

「わたしもにいさまがたがしあわせでいてほしいです！」

似たもの、に反応したのか、ルーナもそんなことを言い出し、ブルーノ君に「わたしもにいさまがたににてる？」と詰め寄るのが可愛い。ブルーノ君は笑いを堪えながら「似てる似てる」と答え、ルーナの嬉しそうな顔に満足そうにしている。

ここに兄様がいれば完璧な平和なのにと、そう思わずにいられない。

兄様が俺に何も教えてくれなくても、俺はいつも通りの顔をしていられるのか。多分無理。でも俺が変な顔をすることで、兄様の心を煩わせるのは本意じゃない。

いつも通りを心がけよう。頑張ろう。出来るかじゃなくて、やる。

そんな決意を新たにしていると、ルーナが「ブルーノにいさま、向こうのお花が見たい」と言い出した。

若い二人で楽しんできて、と二人を送り出した俺は、努めて平静でいようと、一心不乱に魔術陣の練習を再開した。

さて、兄様が呼び出されたのは、セネット公爵夫人が個人的に兄様へお茶会の招待状を送ってきたからだった。義父や兄様から聞いたからではなく、厨房に向かっている時に不意に聞いてしまったメイドさんたちの会話から偶然知ったのだ。

「オルシス坊ちゃま、セネット公爵家との婚約のお話、進めるのかしら」

「まだちゃんとした打診じゃなくて、公爵家のご令嬢との仲を近付けるためのお茶会のお誘いでしょう」

「でもあそこのご令嬢、平民上がりで、養子になった途端に侍従を無理やり辞めさせたって噂よ」

「もしここに嫁いで来たら、私たちも辞めさせられてしまうのかしら」

「それは困るわよね。オルシス坊ちゃま、婚約しないでほしいわ」

その部屋はメイドさんたちが休憩する場所で、本来なら俺みたいなご子息たちが足を踏み入れるような場所じゃない。だからこそ普通、ここでの噂話が俺の耳に入ることはない。

俺は料理長と懇意にしているから気楽に来てしまうけれど、これはこんな裏方に来た俺が悪いんだと思う。メイドさんたち同士の情報交換とかは大事だって言うし。

でも兄様たちから、何一つ俺にはそのことを言われていないのがただただショックだった。

実際兄様の婚約は俺とは関係ないことだから言われなくて当たり前だけど、こうして違うところから聞いてしまうと、心が重くなる。

兄様がミラ嬢と婚約。

本当なんだろうか。

本筋は婚約とかそんな話はまったくなかったし、恋愛した上で求婚し、ハッピーエンドを迎えていた。

こんな風に、他の人の力で攻略対象者とミラ嬢が繋がるのは想定していなかった。

どうなるんだろう。

もう、俺が知っているストーリーの流れとは全然違ってしまっている。

何より、ミラ嬢はゲームの主人公よりもとても好感が持てる気がするし、先程の話の内容の裏も知っているから、納得もできる。

全然悪い子じゃないんだよ。優しいし豪快だし可愛いし、俺から見る限り嫌なところがないんだ。

そんな子が兄様を支えてくれたら、兄様もとても楽になると思う。

それでも嫌だと思っちゃう自分が嫌で、でもどうしてそれが嫌なのかが分からなくて。

俺だと兄様の負担にしかならないはずなのに、兄様の隣に立つかもしれないミラ嬢に嫌な感情が芽生えそうになる。

俺は、こんな情けない状態でまだ、兄様とずっと一緒にいたいと、兄様の力になりたいと、兄様に貢ぎたいと思ってるんだ。今でもまだ兄様は俺の最推しなんだ。

自分では何一つ成し遂げることが出来ないのに。それに比べて、ミラ嬢は将来この国自体を救う救国の乙女になるはずだし、強いし何より度胸が据わっているし。

「兄様に相応しい……」

ポツリと呟いて、俺は自分の気持ちの片鱗に気付いてしまった。

俺は、兄様に相応しくなりたいんだ。

兄様に相応しいって何だろう。

兄様の横に立ちたいってことかな。相棒？　それとも支え？

小さい頃は、ただ遠くから兄様を愛《め》でていればよかった。けれど、兄様が俺にたっぷりの愛情をくれたから、欲張りになってしまった。

兄様を、俺は……

足を止め、むき出しの石畳の廊下に膝をつく。

魔力が抜けていく気がする。そしてそれと同時に脳裏に何かがぼんやりと浮かんでくる。


兄様が、王宮の地下で、宝石に手を添えて微笑んでいる。

――待って、やめて。それを見せないで。

これが無表情だったら、ゲームのスチルだとただただ感動できた。けれど、今脳裏に浮かんでいるのは、笑っている兄様だ。

俺の魔法、見せないで。そんな光景を見せないで。

『魔力の操作をするには、どこに魔力が溜まっているのかを知らなければなりません』

リコル先生の言葉を必死で思い出す。

『胸のちょうど中間あたり、ここに魔力が溜まります。魔力を操作したい場合は、そこから魔力を動かすことを想像してください』

震えそうな指先を必死にすり合わせる。

『指先を見て、指から魔法が飛び出し、身体を覆うように想像したら、魔力は身体を覆うように動くはずです。自分自身の魔力を信じてください』

自分の魔力を信じる。俺にとっては、一番難しい課題。

今まで、魔力は俺を死の淵に何度立たせてきたかわからないほど、自分勝手なものだったから。

冷たくなっているのがわかる指先を、震える手で擦り、リコル先生の教えをさらに思い出す。

脳裏には、兄様が宝石から手を離す姿がまるで動画のように流れている。

『　』

兄様の口が動いている。ああ、ダメだ。そっちに集中しちゃダメだ。

いつもだったら見たくて仕方ない兄様から意識を引きはがすみたいに、記憶の中のリコル先生の声だけを追いかける。

『川は塞いで堰《せ》き止めることが出来ますね。魔力でも、同じようなことが出来ます。その堰《せ》き止めた所に魔力を通り抜ける穴を開け、自分で流れる量を決めることで、魔法の威力や精度が変わってきます』

ダムで川を堰《せ》き止めるように。兄様のスチルに被せるように、リコル先生の優しい声を必死で思い出す。でもそれはとても難しい。

宝石のなくなった手を差し出してくる兄様に必死で謝りながら、俺は必死で光り輝く魔力の川がダムで止められる図を想像する。

信じて。これで、俺の魔力はちゃんと大人しく止まってくれることを信じて。

ポケットに入っているブルーノ君の飴を手に取る余裕は、いつもの如くなかった。

こつん、と冷たい床におでこが着く。

冷たくて気持ちいい。

ここが土足の靴が行き来する場所だなんてすでに気にすることもできなかった。

深呼吸して、ダムにギュウギュウ詰めに詰められる自分を想像する。

というか箱に詰められた自分自身だ。これならきっと箱から魔力が漏れない。

大丈夫。箱の中は俺の魔力で満ちている。逃げてなんて行かないし、ちゃんと俺の中にあるから、倒れない。

魔法は……

ああ、ダメだ。俺が兄様を見たいんだ。だから、兄様の素敵な顔を見ることだけは許そう。

でも、それ以外の物を見せるのは絶対にやだ。

俺に最推しをくれ。俺の魔力。最推しをくれたら、信じる。

願った瞬間、笑顔だった兄様がスン……と表情をなくした。

そして、トゥルーエンドのゲームのスチルが現れて、消えていった。


——ガンガンと頭痛がする。

あまり身体に力が入らないのは、魔力欠乏のせいなのはわかっている。

けれど、いつもみたいに意識がなくなることはないし、多分魔力の放出は止まった、と思う。

冷たい床に蹲《うずくま》りながら、俺は身体を起こそうと試みた。

頭を動かすと頭痛が酷い。魔力がなくなると身体に力が入らなくなるけれど、いつもはここまで頭痛は酷くなかったはずだ。

むき出しの石が冷たくて心地いい。

身体を起こすほどの力は入らないけれど、なんとか腕を動かして、上着のポケットに入っているはずの飴を必死で探す。見つけたそれを取り出そうとすると、掴む手の平に力が入らなくて飴が床に落ちてしまった。

その飴が落ちた音がこつん、と廊下に響いた。

「今、何か音が……」

その音が聞こえたらしいメイドさんが廊下に顔を出したらしく、慌てて駆け付けてくれた。

俺の体重は女性でも抱えられるほどの重さしかなかったらしく、メイドさんにひょいと抱き上げられて、情けなく感じている隙に急ぎ足で移動させられた。

にわかに裏手が騒がしくなり、他の休んでいたメイドさんたちも慌ただしく動き出す。

ああ、俺のせいで休み時間減らしちゃった。ごめんなさい。

ぐったりとメイドさんに抱き抱えられながら、俺は心の中で謝った。

メイドさんたちの伝令ですぐに兄様とブルーノ君が駆け付け、俺はすぐにベッドの住人となった。

兄様に魔力を分けてもらって、ブルーノ君が作ったと思われる魔力回復薬を口にして、ようやく俺は身体を起こせるようになった。

義父の言っていた俺の『刻属性《ときぞくせい》』の魔法は、発動するたびにほぼ全ての魔力を消費するようだ。

発動するたび、ヘロヘロになる。まだまだ俺の制御が甘いだけなんだと思うけれど、これぱっかりはなんとかしないと将来大変だ。

休み中でもと俺の家に滞在していたリコル先生も駆けつけ、俺の魔力がほぼ空なのを見て、慌てて俺を診察してくれた。

冷たかった身体は、兄様からの魔力とブルーノ君飴と、先生の声のおかげで少しずつ温かくなっていく。

ブルーノ君の回復薬を飲んでもなお手を繋いで魔力を分けてくれていた兄様は、顔色の良くなったらしい俺を見て、ようやくホッと息を吐いた。けれど、手は繋いだまま。ちょっと幸せを感じるからあえて俺から指摘はしない。

ほう、と息を吐き出すと、そろそろ話せるようになったと思ったのか、兄様は俺の額に手を当てて首を傾げた。

「それにしても、アルバはどうしてあんな所にいたんだい。裏に何か用事でも？」

「厨房に行こうと思っていました。料理長にご相談したいことがありまして。でも、途中でいきなり魔法が発動しちゃって。心配かけてごめんなさい」

「アルバが無事ならいいよ。けれど、裏に行く場合はせめて一言スウェンに声を掛けて行くこと」

「はい。迷惑になっちゃいますもんね。休憩中のメイドさんを走らせてしまいました」

「そういう意味じゃない。彼女たちには感謝しているけれど、そうじゃないよ。もし今日みたいにいきなりアルバが倒れたりした時、僕たちが気付くのは団らんの時間か、食事の時間だろう。その時になってようやく異変に気付いても、僕たちが真っ先に探すのは普段いる部屋だ。裏で倒れると、探し出される時間が大幅に遅れてしまうんだよ」

もし間に合わなかったら、と声には出さずに口だけ動かす兄様に、俺は目を伏せてごめんなさい、と謝る。

確かに、兄様たちが俺を探すのは、自室か談話室や食堂など、俺がいつも過ごしている部屋がメインになるだろう。裏なんて一番最後に探すと思う。もしかしたら、裏を探さずに外を探しに行くかもしれない。もし魔力放出が止まらなくて手遅れになったら、俺は晴れて兄様の想い出の弟になってしまうかもしれないということだ。そんなことになったら今まで必死で生きてきて、兄様とブルーノ君の俺に掛けた時間が全て無駄になってしまう。

死んでも死にきれないとはこのことだ。死んだところできっと幽霊になって兄様の周りをゆらゆらと漂っている気がするけれど。それはそれで……あり、かも。なんて幽霊の魅力に気付いて誘惑に負けそうになっていると、兄様が俺の頬を両手で挟んで俺の顔を上げさせた。

綺麗なアメジストの瞳が俺の視界に飛び込んでくる。

綺麗だな、と感嘆の溜息を吐いていると、その溜息をどう取ったのか、兄様はもう一度、ちょっとだけきつい口調で「わかった？」と訊いてきた。あ、最推しのキツイ口調、素敵すぎる。二割増しでクールさが増して、キュンとくる。

ぐぐぐと胸に溢れる推し愛で高揚しながら、俺は必死でその溢れ出る想いを抑え込みつつ、はい、と返事した。

見上げると、兄様はとても心配そうな顔をして、俺をじっと見ていた。

何か言いたげな表情で俺を見つめる兄様はとても綺麗で、銀色の綺麗なストレートの髪と紫の瞳がその綺麗さを引き立たせていて、見ているだけで尊さで胸が痛くなる。

これは仕方ない。

誰でも兄様に恋に落ちるよ。

だって、優しいし綺麗。声もとてもうっとりするほどによくて、強くて頭もいい。いうことない。

ミラ嬢《ヒロイン》が惚れるのも、頷ける。

そうだ。もし、さっき見たあの画像が未来のことなら、兄様が国を救う片割れになるってことだ。主人公とパートナーになるってことは、好感度が上がって、ハートが色づいていくということだ。

ということは。今の兄様が主人公と好感度を上げて、王宮地下の宝石を復活させるってことかもしれない。

それとも、エンドスチルで最推しの笑顔が見たいと切望した俺の願望が見せただけなんだろうか。

しばらくして、義父が駆けつけた。部屋には兄様とブルーノ君とリコル先生、それとメイドさんが端で待機してくれていたけれど、義父はメイドさんを廊下に退がらせると、部屋のドアをしっかりと閉めた。

兄様もそれを止めることなく、静かにこちらを見つめている。そうか、魔法が発動したなら、俺が未来を見たと判断したんだろう。

義父は兄様と同じように俺の顔色を確認してから、部屋に防音の魔法を展開して口を開いた。

「魔法が発動したんだね。もし辛くなければ、見たことを教えてくれるかい？　無理なら聞かないことにするけれど」

義父が気遣うように顔を覗き込みながら訊いてくる。

俺は深く息を吸い込んで、考える。

脳裏に浮かんだ誰かとパートナーになった兄様のことを、義父に話したほうがいいのかよくないのか、判断がつかない。

だって前に王宮に呼ばれた時、二人はその内容を俺に話さなかった。

それは漏らしてはダメな極秘情報だからか、俺の心の負担になるからか。多分両方だけれど、前者のほうが確率が高い。今回見た映像はきっと、その核心部分に触れる物だと思う。

今はまだ、ミラ嬢のパートナーとしての相性、そしてミラ嬢自身の資質を見極めている期間なんじゃないだろうか。兄様の魔力だけ必要なのだったら、すぐにでも王宮の地下に呼んで守護宝石の力を復活させればいいんだもの。

それをしないということは、出来ないのか条件が合わないのか、まだ時期尚早なのかなんなのか。

俺が覚えているストーリーを思い出そうとしても、最推しの友達エンドのストーリーしかハッキリと道筋を辿ることが出来ない。そのルートだけは何十回と周回して、最推しの微笑を堪能しまくったから詳細に覚えているけれど。

たまに魔法が見せる俺の知らないルートのスチルは、もしかしたらより真実に近い話が詰まっているのかもしれない。けれど、もしそれが隠れキャラのルートだったら、どう頑張っても思い出すことは出来ない。何せ攻略していないから。多分。曖昧過ぎてハッキリと断言はできないけれど誰が該当するのかもわからないし。

俺の顔をじっと覗き込む二組の紫色の瞳は、本当に、心から俺のことを慮《おもんぱか》っているようにしか見えなかったし、実際そうなんだと信じたい。必要だったらきっと、兄様は俺にちゃんと伝えてくれる気がする。

だったら、さっき視《み》たものは兄様に伝えて、逆にどうしたらいいかを委《ゆだ》ねてもいいんじゃないだろうか。

俺は、深呼吸すると、口を開いた。

「兄様が、選ばれていました」

「……」

「選ばれた？」

俺の返答に、義父はわずかに目を見開いて黙りこんだ。一方、兄様の顔には疑問符が浮かび上がっている。それだけでなんとなくわかった。

義父は王家の最終目的を知っていて、兄様にはそれは知らされていないようだ。

「僕が、何に選ばれていたんだい？」

「ミラ嬢の、パートナーに」

からからに乾いた唇をゆっくりと動かす。

俺に見えていたのは兄様だけだったから、あの笑顔の先にいるのがミラ嬢かどうかはわからない。けれど、内容的には主人公以外にはなく、それはまさにミラ嬢のはずだ。

兄様と繋がれたままの手が、ギュッと握られる。兄様の顔は、俺を安心させるためか、微笑が浮かんでいた。

「実はね、セネット公爵家から、正式にではないけれど、婚約の打診が届いていたんだ」

「オルシス？」

兄様から紡がれる言葉に驚いたのは、俺じゃなくて義父だった。

だって、俺は知っていた。さっき、知った。メイドさんたちの会話で。

でも、あの公爵夫人はそういうことをするんじゃないかな、とは思っていた。この間のお茶会で兄様を観察していたし、きっとミラ嬢と我が家の仲を取り持つことがとても素晴らしいことだと思っているんじゃないかという雰囲気を孕んでいた。なにせそういう施しが大好きらしいから。

俺が沈黙しているのを見つめながら、兄様が続ける。

「でもね、アルバ。すぐに父上に断りの手紙を書いてもらった」

「どうしてですか。セネット公爵家とサリエンテ公爵家の繋がりが強化されたら、国力がさらに強固なものになるのではないですか」

「それなんだけれどね。ミラ嬢は養子として引き取られたけれど、セネット家の血は流れていないから、たとえ僕と婚約したところでそこまで情勢が変わるわけでもないいんだよ」

にこやかに話す兄様は、その打診をどうとも思っていないようだった。

でも確かにそうかもしれない。これが正真正銘セネット家の血を引く令嬢だったら、断ると角が立つとか情勢が動くとか色々ありそう。

断っても何の弊害もない打診と兄様の様子にホッとしていると、兄様は「それどころか」と続けた。

「平民出身の養子を由緒正しいサリエンテ家に嫁がせるなんて、とセネット家は他貴族から白い目で見られる。そんな状態で婚約を結んだとしても、双方何もいいことはないんだよ。父上はアルバがショックを受けたら嫌だから、と噂が消えるまで静観しようとしていたけれど、僕は知っていてほしい。どんな噂が立ったとしても、僕はちゃんとハッキリ断ったからね」

「兄様を信じます」

そこまで念を押すということは、どこかで既に兄様とミラ嬢の婚約の噂が立ったということなんだろう。メイドさんたちも話しているくらいだから、きっと話題になっていると思う。公爵家同士の婚約だもん。……もしかして噂を撒いたのはセドリック君のお母さんだったりして……

「でも、じゃあ、あの兄様の相手は誰だったんだろう」

ここまではっきりと断ったということは、兄様とミラ嬢には一切そういう感情はないということ、だと信じたい。ということは。兄様はパートナーになり得ない訳で。

確か光属性は守護宝石の力を戻すために確実に必要だったはずだから、ミラ嬢でないなら王族？

まさか、殿下のことだろうか。

殿下に兄様があんな笑顔を見せたことがないけど、守護宝石の力を満たすのに、純粋に光属性の魔力ともう一人分の膨大な魔力が必要だというのであれば、確かに相手はミラ嬢じゃなくてもいいんじゃないかな。

きっと好感度は恋愛じゃなくてもいい感情な訳だし。友人ルートだって告白があるかないかの違いだけで、最終的には国を救うことは出来たわけだし。

それを考えたら、別にあのアプリの登場人物じゃなくてもいいんじゃ……例えば義父とか。義父相手にならば兄様は笑顔を向けるし……って、魔力量が足りないし、光属性じゃないからダメか。

そもそも、どこで光属性じゃないとだめだって言われたんだっけ。そんな一文、あったっけ……？主人公が類稀《たぐいまれ》なる膨大な光属性の魔力持ちだから、そうなんだと思い込んでいたんじゃないだろうか。

だったら、兄様とブルーノ君でも……

「なんか、頭が混乱してきました……」

自分の記憶がにわかに信用できなくなってきた。

覚えているつもりで、実はあんまり内容を覚えていないのかもしれない。

そもそも、どうして好感度が上がっていないとパートナーになれないんだっけ。

宝石の話をされたのはいつ？

実は穴あきだらけの記憶に、血の気が引く。

義父の言うように、もし俺のこの記憶が全て魔法によってもたらされた物だったら。

そう考えて、やはり首を捻った。

それはそれで納得行かないことだらけだ。

この、兄様が最推しだった時の気持ちは。最推しルートばかりグルグルしていた時の高揚感は。最推しがほんのささやかに口もとを緩めた時の感動は。全て、魔法のせいなんて絶対に思えない。

それに魔法で過去や未来が見えるということなら、笑顔の兄様がいたはずだ。それが、スマホアプリとしてあの小さな画面の先に、別次元に、全財産を貢いでも悔いはない最推しがいるというジレンマは一体誰の気持ちだろう。

あの最推しを愛して止まない気持ちは、間違いようもない俺の気持ちだったはず。だって、兄様を見るといつでも感動して、貢ぎたくて、拝みたくて、悶《もだ》えるもん。魔法で見ていただけだったらこんな風にはならないと思う。刻魔法が見せたと思われる画像がさっき脳裏に浮かんだからこそ、その違いが判る。

最推しの未来を視《み》るのと、今の兄様の未来を視《み》ることが違うのは、説明は難しいけれど、俺自身がハッキリと「全然違う」と断言できる。

最推しは『スチル』で表されて、兄様の未来は動画としてまるで追体験をしたように脳裏に流れていった。

そこでハッと思いついた。

もしかして、俺の『刻魔法』で、過去だけじゃなくてさらに前の前世の記憶が見れちゃったというのなら。

……まさかね。

兄様の、多分数年後だろう姿を見てもこれだけ魔力がなくなるのに、そんな過去のさらに前までなんて見ちゃったら、俺既に死んでるよきっと。そんなの、どれだけ魔力が必要かわからないから。初っ端で思い出になってたようなモブ的扱いの俺に、そんな高性能魔力なんてないよ。

思いついた考えを笑い飛ばして、俺はベッドから起き上がった。

「まだ寝ていなくていいのかい？」

皆が心配して俺を見ているけれど、もう魔力も回復したから寝ている意味がない。

「料理長に、温室で採れるハーブでお茶が淹《い》れられないか相談しに行こうと思ってたんでした。約束していた時間からかなり経ってしまったので、もう忙しい時間に突入しちゃったかもしれないですけど」

「料理長には僕から言っておいてあげるよ。アルバは少し休もう。魔力が回復したって言っても、全快したわけじゃないからね」

兄様に諭されて、俺は「全快したわけじゃない」というところにがっくりとしながら、ベッドに逆戻りした。

じゃあ全快っていつするんだろう。いつもの体調と変わらない状態に戻ったのに。

口を尖らせていると、コンコン、とドアがノックされた。

「にいさま、おげんきになった？」

ドアの外からルーナの声が聞こえてくる。

フッと空気が緩んで、兄様がルーナを招き入れてくれた。

母に連れられてきたルーナは、よく庭で見かける可愛らしい花を一輪手に持って部屋に入ってきた。

「はい、どうぞ。アルバにいさま、はやくおげんきになってルーナにごほんよんでね」

「いつでもいいよ、僕の天使」

「これ、おみまいのはなよ」

「ありがとう。可愛い花だね」

「ルーナがつんだの。にわしさんが、このおはなはたくさんもっていってもいいよっていってくれたの」

ルーナから渡された花を見て、さっきのもやもやした気持ちが霧散した。

おいで、と手を伸ばすと、ルーナは俺に向かって両手を開いた。

持ち上げて膝の上に乗せると、ルーナがニコニコと俺の頭を小さな手で撫でた。

「ルーナね、アルバにいさまがおげんきなのがいちばんすきなの。たくさんおやすみして、おげんきになって、ルーナとあそんでね」

「ルーナ……ありがとう。頑張って元気になるね。そして、ルーナとたくさん遊ぶね」

「あのね、ルーナとかあさまがおはなばたけにいるえをかいてほしいの。かわいくかいてほしいの」

「たくさん描くよ。ルーナがこの上なく可愛くなるように描くよ」

よかった、と笑うルーナに元気をもらい、俺がちゃんと身体を起こして話していることに安堵したらしい母からの抱擁をもらい、俺は諦めて休むことにした。

結局、長期休暇中にもう一度セネット公爵家から私的なお茶会のお誘いがあったそうだけれど、俺の体調不良を理由に兄様は丁寧に断った。

実際俺の体調はよくなかったらしく、リコル先生からもこのままだと休暇が明けても学校に行く許可を出すことは出来ないと言われ、俺は大人しくお部屋の住民と化していた。

自分自身としてはどこも体調がおかしいなんて思わないんだけれども。リコル先生は魔法で俺の体調を調べることが出来るので、そう言われてしまうと納得するしかない。


そして、休暇の最終日。

俺の所に意外な人がお見舞いと称して遊びに来ていた。

「第二王子殿下、兄様たちは温室に行っています。なんで僕の部屋にいるんですか？」

手にお菓子を携えて、やってきたのは第二王子殿下。いつもは温室にだけ顔を出すから、俺とはほとんど顔を合わせないのに。

しかもまっすぐこの部屋にやってきたらしい。兄様たちは今、温室で何かをしている。もしかしたら殿下が来たことも知らないかもしれない。誰かが伝令を出しているとは思うけれど。

「おや。僕はアルバのお見舞いに来たんだよ。だったらここに来るのは間違っていないだろう？」

にこやかにそう言われてしまうと、そうですね、としか返しようがない。

俺の所に来てもなにも楽しいことはないのに、と首を捻りながらテーブルの上に散らばっていた描きかけの魔術陣をしまうと、すぐにメイドさんが前に殿下が「これは美味しい」と喜んでいたお茶を用意してくれた。有能だなあ。

殿下もそのことにすぐ気付いて、目を輝かせてお茶を飲む。

「君を鑑定してもいいかい？　風の噂でアルバの調子が良くないと耳に入ったからいてもたってもいられずやってきてしまったんだよ」

冗談とも本気ともつかない口調でそう言うと、殿下は鑑定の魔法を俺に掛けた。

そして、うんうんと頷く。

「全然魔力が溜まっていかない感じだね」

「何ですかそれ」

「身体が疲れると、魔力の回復も遅い、というのは授業で習ったよね。アルバはもともと身体が弱いから魔力の回復も周りよりも遅い。そこに、病《やまい》で酷使された身体が重なって、魔力の回復機能がさらにボロボロになっているというのは理解しているか？」

「前にリコル先生に説明を受けました」

「そうか。その状態は、病《やまい》が治ってもそんなに簡単に治るわけではないんだ。僕たち光属性の回復魔法でも、リコル先生の水属性の回復魔法でも、風属性の癒しの魔法でも治すのは難しい。アルバの自己修復機能が復活しないとね。そこが全回復すれば、どの属性の回復魔法を使ってもすぐに治るんだけれど」

自分で回復魔法を掛けても、全然治らなかったのはそれか。

俺の回復を司る器がダメダメすぎて治らないのか。

成程、と納得しながら、自分の胸部分を撫でる。

「でもまあ、やらないよりはやった方がいいから、回復魔法を使おうか」

殿下はお茶を飲み干すと、回復魔法を俺に掛けてくれた。

少しだけ身体が軽くなった気がしたのでお礼を言うと、殿下は「完璧に治すことが出来なくてごめんね」と苦笑していた。

「ところで、僕がここに来たのは、もう一つ気になったことがあったからなんだ。僕の姉上を知っているね。君と同じクラスのセドリックの母親だ」

「はい」

お茶会で顔を合わせたセドリック君のお母さん——セネット公爵夫人を思い出しながら、寄りそうになる眉根を必死で抑えて、表情に出さずに頷く。

「姉上に何かされなかったか？　姉上はちょっと僕とあまり仲が良くなくてね。もしかしたらサリエンテ家が僕の後ろ盾になって、色々と裏で手を回そうとしているのかと穿《うが》った考えを捨てきれなくてね」

「は？」

殿下の思わぬ言葉につい変な声を出してしまうと、殿下ははぁ、と大きく溜息を吐いた。

「今回双方にとってとてもいい話を持って行ったのに断られた、と姉上がそれは盛大に王宮で嘆いてね。正直、その話を聞いたとき僕は『こいつ何言ってんだ』って思ったんだけれど、どうやらオルシスの弱点が君であることに姉上が気付いたようなんだよね」

その内容こそ、何言ってんだ状態だった。

あれ、公爵夫人はミラ嬢と兄様を厚意でくっつけようとしていたんじゃなかったのかな。兄様の話ではそんな雰囲気しかなかったけれど。

もしかしてもっと深い何かがあったのかな。殿下がわざわざ俺自身にこういうことを言ってくるということは。きっとこの後兄様にも同じように忠告するとは思うけど、まずは俺自身が気を付けろと言いたいのかもしれない。

俺が、兄様の弱点。

ハッキリ言われるとちょっと胸に来るものがある。

もしかして、お茶会で俺と兄様を見ていた視線には、手っ取り早くミラ嬢と兄様をくっつけちゃおう的なおせっかいの気持ちだけじゃなくて、もっと色々な思惑が絡んでいたってことだろうか。

「何も、されていないかい？」

ハッキリと聞かれて、俺は首を横に振った。俺はまったく知らない。

でも、俺の体調が悪くなったのはもしかしたら自分のお姉さんが関わっているのではないかと、殿下が思っているのは、はっきりとわかった。

「最近お茶会の誘いを断りましたけど。僕の体調が不安定だからと」

「それで正解だったね。もしそれに行っていたら、何かを吹きこまれていたかもしれないし、君たち兄弟が仲違いをさせられていたかもしれない。姉上はそういうことが上手いからね。素直なアルバくらい簡単に言いくるめて、オルシスの力を自分の手元に引き込めると思ったのかもしれない。本人はお互いに好意を持ったので応援したいと反吐が出そうなことを宣っていたけれどね」

「仲が悪いんですか……セドリック君は殿下ととても仲がいいと言ってましたが」

「セドリックとは仲良しだよ。あの子はあの姉上の子なのがおかしな程僕に懐いているし、考え方が僕そっくりだ。あれはきっとセネット公爵をお手本にして育ってきたんだね。可愛がっているよ。アルバと仲良くなったと聞いて、素直に喜べたからね」

「そうなんですね。でも」

俺はふう、と息を吐くと、少しだけ視線を下に向けた。

「僕が何かを吹き込まれたくらいで兄様と仲違いすると思われているとは心外です。僕はたとえ兄様が悪の魔王になったとしても、喜んでついていきますし、兄様のためなら非道なことだって躊躇《ためら》いなくやります。むしろどうやって兄様と仲違いさせようと思ったのか参考までにお聞きしたいくらいです」

キリッと顔を上げてそう答えると、殿下がふはっと楽しそうに笑いを零した。

「アルバの見た目は弱々しいからな。そんなにオルシスに傾倒してるなんて姉上は思ってないんだよ。兄の関心を引こうと必死で甘える、血のつながらない弟ぐらいに思ってるんだ」

「まったくその通りですけどね。兄様の関心を引こうと甘える血のつながらない弟……甘える……兄様に甘えられるこの立場、本当に至福の立場です……」

「ずっとそのままでいるんだぞ。そうじゃないと雑音が否応なく入ってくるからな。何せ陛下が姉上の提案に乗り気になってしまわれているから」

「陛下が乗り気……」

物騒な言葉に、ぞっとした。

兄様はハッキリと断ったと言っていた。

由緒正しいサリエンテ公爵家に、養子とはいえ血のつながらない平民上がりのミラ嬢をあてがうなど、セネット公爵家の方が白い目で見られる、とも言っていた。

でも、ここで王命なんてものを出されたら、その立場は逆転するんじゃないだろうか。

ミラ嬢が平民から貴族の中でも一番王家に近い公爵家に入ったのは、その強大な光属性の魔力を王家が欲しがったからだ。

だったら、この場合常識を忘れてでも自分の娘の言うことに乗ってしまった方がいいと、陛下が思ったとしたら。もしくは、俺がいなくなったら兄様が婚約を渋る理由がなくなるのでは、なんて思ったら。

ラオネン病を患《わずら》っている俺の場合、魔法も使えないし身体も鍛えていない。とても簡単に始末できると思われているとしたら、それは正しい。実際には病《やまい》は治っているけれど、身体は全然治っていないと言われたばかりだし。もしやまだ俺が故人になるフラグは折れていないんだろうか。

「もしかしてここに来て僕は、暗殺者なんていうものに狙われるようになるのでしょうか……」

「……流石《さすが》にそこまでの度胸は姉上にはないと思うんだが……ハッキリとそれはないと言えないと

ころが辛いな」

「殿下も苦労なさったんですね……」

労《ねぎら》いの言葉を掛けると、殿下は「アルバがそれを言ってどうする」と俺のおでこを突いた。

とりあえず、セドリック君のお母さんがただただ慈善事業を趣味とする貴婦人というだけではない、というのがわかったのは大きいかもしれない。

項垂れると、そっと殿下の手が俺の頭に触れた。

「そんな暗い顔をするな。今回のこれは、半分は僕のせいだ。ちゃんとアルバを守ろう。何なら専属の護衛騎士をつけてやってもいい。いい奴がいるんだ」

「そんなこと。学園内ではセドリック君とほぼ一緒にいますし、行き帰りは兄様たちと行動しますし、そこまで殿下の手を煩わせるわけにはいきません」

「そういうなよ。確かにオルシスとブルーノがいれば安心だが、さらにもう一枚守りを増やすのも手だぞ。なんなら学園の教室まで送って行ってから高等学園に向かわせてもいい。手配しておくから、休みが明けたら大人しく守られなさい」

そんなことを言われても、と言葉を渋っているうちに、俺の部屋に兄様たちが襲来して護衛の件はうやむやになってしまった。途中ルーナも乱入して皆でワイワイお茶を飲んだあと、殿下はスッキリしたような顔をして帰っていった。

それにしても、護衛騎士って一体……

こんな中等学園から専属の護衛騎士が付くなんてどういうことなんだ。だったら兄様を守るために兄様に護衛騎士を付けた方が余程いい。でも兄様は護衛がいらないほど強いから。結論、護衛はいらないいんじゃないか。なんて思っていた時もありました。

休みが明け、久し振りの学園だ、と用意をして玄関に向かったら、そこには制服を着て帯剣した、アドリアン君がいた。

護衛って彼だったのか……

ここに来て、攻略対象者が隠れキャラ以外全員ここに揃っちゃったんだけど、どういうこと。

アドリアン君は馬車に乗るのではなく、馬車の隣を馬で進むと言って、俺を馬車に詰め込んだ。

いつも通りブルーノ君と兄様に挟まれて小窓を見ると、馬に跨《また》がったアドリアン君が隣を馬車のスピードに合わせて走っているのが見える。

「アドリアン君、寒くないんでしょうか」

「大丈夫だろ」

俺の独り言に、ブルーノ君がなんてことなく返してくる。

身体を鍛えるのに暑さも寒さも関係ないから、これくらいどうってことないらしい。

俺の身体は肉付きが薄いので、寒さと暑さに滅法弱いというのに。

今は冬。雪こそ降っていないけれど、空気はキンと冷えている。とても上質で温かいコートを着て、フワフワのマフラーで顔を半分覆ってなお寒いと思う俺とは多分人種が違うんだろう。

でもそれを言ったら兄様とブルーノ君もまったく着膨れていない。シュッとしたコートを制服の上に羽織って終わっている。カッコよすぎる。けれど、寒くないのかな。二人はアドリアン君程身体を作ってないと思うんだけれど。

「兄様は寒くないんですか？」

俺の質問に、兄様は素敵な笑顔を返してくれた。

「アルバ、僕の属性は『氷』だよ。寒さには強いんだ。この季節に魔術大会をやれば、あそこまで苦戦することなくミラ嬢に圧勝出来ただろうね」

「さ、流石《さすが》兄様……！　セリフがカッコいい」

でも確かに、氷属性と聞いたら寒さに強そうな感じはする。ってことは、ルーナも義父も寒さに強いんだろうか。

そう考えて、ふと思い出す、雪が降った日のこと。

ルーナは大興奮で上に何も羽織らずに室内ドレスのまま外で雪と戯《たわむ》れていた。母は大分着膨れていたのに、義父も特にコートを羽織らずに母の隣に立っていた。

そう考えると、確かに氷属性の人たちは寒さには強そうだ。

俺は寒すぎて交ざる気にならず暖かい部屋でぬくぬくと外の風景を見ていたのだ。

あれは見ているだけで寒くなりそうだったな、と思っているうちに何事もなく学園に着いた。

そして馬車はいつものように、兄様たちを乗せて高等学園に向かったんだけれど、アドリアン君だけは学園の使用人に馬を預けて、俺の隣に立っている。

「アドリアン君は学園に行かないんですか」

「アルバを教室に送り届けたら行く」

「そんな律儀な。遅刻しますよ」

「馬を飛ばせば間に合うだろ。すぐだし」

すぐなのか。馬車では高等学園の入り口まではさらに三十分ほどかかったはずだけれども。確かに馬で飛ばしたら、すぐかもしれない。

「大変じゃないですか？　殿下に頼まれたにしろ」

「大変じゃないさ。中々いい散歩道だ」

「散歩」

寒い中馬を飛ばして散歩と言える豪快さに、俺は少しだけ引いた。

そんな俺を見て、アドリアン君は声を出して笑った。

まだ早い時間なので、廊下に人はほとんどいない。

アドリアン君は本気で俺を教室まで連れて行ってくれるつもりらしく、ほぼ無人の廊下を並んで歩く。以前に比べると大分接しやすくなった彼は、励ますように俺を見つめた。

「実際には、殿下も俺も暗殺なんてもんは来ないと踏んではいるんだ。あまり心配するな」

「そうなんですか」

「ああ。だって、客観的に見てだ。もし気分を害したらすまないが、アルバは『ラオネン病』な訳だろ。あちらさんが暗殺なんてするまでもなく、この年まで生きていることの方が奇跡な訳だ」

「ああ、そうですね。あと数年放っておいたら、そのうちぽっくり逝くとは思われているでしょうね」

「まあ、その通りなんだが」

ごめんな、と謝られて、俺は気にしてないからと首を横に振った。

そこでふと一つ疑問が浮かぶ。

「でもじゃあ、なんでアドリアン君はこんな護衛なんて引き受けたんですか」

いらないじゃないか。とアドリアン君の顔を見上げると、アドリアン君は口もとをクッとあげて、皮肉げに笑っていた。

「俺は、前にアルバに最悪にひどいことを言った。あの時はアルバが俺を気にかけてくれたし、父に盛大に殴られたことで相殺となったが、俺としてはまったく何も償っていないんだ。だから、俺一人が護衛をするくらいでアルバが安心できるならと、この話に飛びついた。ようやくあの時の償いが出来ると」

「まだ気にしてたんですか……アドリアン君は事実しか言ってないのに」

「そう思ってるのはアルバだけだよ。もう一度同じことをオルシスの前で言ったら、俺の命はなくなるだろうな。前よりも鋭さに磨きがかかっている」

「兄様が？」

「ああ。学園でのオルシスはそれはもう、切れ味抜群の剣のように恐ろしいぞ」

恐ろしい兄様……！　切れ味抜群の剣のような恐ろしい兄様……！

それはなんて、なんて……見たすぎる。ヤバい学園の兄様が見たすぎる。

絶対にカッコいいに決まっている。

「ってことは、兄様は今も学園では『俺』と言っているのでしょうか……！」

食い気味に質問すると、俺の気迫に引いたのか、アドリアン君が面食らった顔をしながら「あ、ああ」と答えてくれた。

魔術大会の時にバレてから改めたのかななんて思っていたのに、まだ俺呼びが健在だったなんて……！　アプリでの『私』オルシス様と、家での『僕』兄様、学園での『俺』兄様なんて、三度おいしい……！

顔を覆って天を仰いでいると、アドリアン君が焦ったように「お、おい、大丈夫か」と声を掛けてきた。大丈夫じゃない。兄様尊い。尊いがすぎる。

少しの間足を止めて悶《もだ》えてから、ふう、と落ち着くために深呼吸をする。

そして、キリッとアドリアン君を見上げた。

「有益情報をありがとうございます」

「は？」

これは、いい情報源が手に入ったかもしれない。

これからアドリアン君との登校が続くなら、学園での兄様の様子を詳しく聞くことが出来そうだ。

ニヤニヤする顔を必死で抑えながら、俺は無事教室に辿り着いた。

しっかりやれよ、と俺の頭を撫でると、アドリアン君はもと来た廊下を戻っていった。

それにしても、暗殺はない、か。確かに。明日にも発作が起きたらぽっくり逝くかもしれない、と思われている俺を、わざわざ大金払って危ない橋を渡って殺しに来る価値なんてないよね。

切実に俺と兄様を王家の姉弟喧嘩に巻き込まないでほしい。

ミラ嬢がそのことをどう考えているのか、ちょっと聞きたい気がしないでもないけれど、「バカじゃないの」の一言で切って捨てそうな気がしないでもない。ミラ嬢は誰よりも男らしい匂いがプンプンする気がする。

とりあえず、セドリック君はどこまで知っているのかが知りたい。殿下が言うには、セドリック君は殿下の味方のようだけれど。ちょっとお昼に訊いてみるか。

寒い教室の中、俺はちょこんと椅子に座りながら、そんなことを考えていた。

次々と教室にクラスメイト達が入ってくる。

皆俺の前に来ては挨拶をしてくれるので、俺も返していると、ジュール君がやってきた。

ジュール君も皆と同じように俺の前に来ると挨拶をしてくれた。

「具合が良くなかったとお聞きしました。大丈夫ですか」

「もう大丈夫です。心配かけてすみません」

「アルバ様が謝ることじゃないですよ。でも、よかったです」

ジュール君はホッとしたようにフッと微笑むと、では、と自分の席に戻っていった。

前よりも大分柔らかい笑顔になったジュール君は、ツンツンしていた雰囲気も和《やわ》らいで、さらに友達が増えているようだった。それの余波も一緒に行動する俺に……

ようやく挨拶がひと段落したあたりで、セドリック君が登場した。ほぼ最後に来るのはいつものこと。この挨拶行列が苦手だし相手も大変だろうから、という理由でギリギリに来るんだって。俺は兄様たちの時間に合わせているから早いんだけれど。

セドリック君は俺を見た瞬間、走り寄ってきて俺を見下ろした。

「セドリック君、おはようござ」

俺が挨拶している最中に、セドリック君は俺の頭を胸に抱え込むように抱き締めてきた。苦しい。

「休み中寝込んでいたと聞いたから心配で心配で……！」

「こ、この通り無事なので、セドリック君……！」

もごもごとくぐもった声で答えれば、セドリック君はようやく俺を離してくれた。

「ご心配をおかけしました」

そういえば二度目のお茶会を体調不良で断っていたんだっけ、と思い出しながら頭を下げると、セドリック君が首を横に振った。

「アルバの体調を考えずに遊びに誘ってしまって、本当にごめんね」

「いいえ、お誘いは嬉しかったです」

「お昼はまた一緒に食べようね」

「はい」

セドリック君は俺の頬を両手で挟んで、じっと顔を見た後、少しだけ伏し目がちに自分の席に着いた。

初日は授業らしい授業もなく、お昼の時間になった。

俺たちは三人とも自分の家からランチの入ったバスケットを用意して持ってきているのだけれど。俺たちが押さえているサロンに着くと、既にセドリック君の家の家令がサロンのテーブルに所狭しと豪華な食事を並べていた。セドリック君が顔を歪めているから、彼の差し金ではないとすぐに分かった。つまり――

「……僕は違う部屋を借りた方がいいようですね」

お弁当を置くスペースがなくなったのでそう言うと、セドリック君は「そうだね」と事もなげに答えた。するとセネット公爵家の家令が表情を変える。しかし一瞬の目のぎらつきなどなかったように、彼はにこやかな笑みをこちらに向けた。

「坊ちゃま。料理人が丹精込めて作ったランチをお食べにならないのですか。もちろん、お友達のお二人も是非お召し上がりください」

「ジェム、僕はこんなこと、頼んではいないよ」

「奥様の采配にございます」

「母上の……そう」

盛大に溜息を吐いたセドリック君は、チラリと俺の手にある弁当を見てから、「わかった」と頷いた。

「これを食べるのは僕だけでいい。ジュールもアルバも自分たちの物は持ってきている。僕の分だけ残して後は持ち帰ってくれ」

「しかし、それでは私が奥様にお叱りを受けてしまいます」

家令は穏やかに、けれどはっきりとセドリック君の命令に否と答えた。

セドリック君が、僕とジュール君にしか聞こえないくらい小さく舌打ちする。

「僕がいらないと言ったんだ。そのことを母に伝えればいい。そして、今後このような気遣いは無用、と母に伝えろ」

「坊ちゃま」

「知っているか、ジェム。僕が毎日学園に持ってくるようになったランチはな、僕自身が料理長と相談をし、僕がその日食べたいものをリクエストし、最高に僕好みにカスタマイズされた最高のランチなんだぞ。それを食べないで母の物を食べろと？　今日は仕方がないから両方食べよう。しかし、ジュールやアルバをそれに付き合わせることは出来ない」

「なぜでございましょうか。セネット公爵家で腕によりをかけてこしらえた最高級のランチでございます。ぜひお友達もご一緒いただき」

「必要ないと言っている」

家令の言葉をぶった切り、セドリック君は今度こそ家令にも聞こえるように盛大に溜息を吐いた。

「アルバのランチはその日の体調を考慮したアルバの家の料理長がしっかりと栄養を管理し、無理のない量で身体に害のない物をと毎日考え抜かれたものだ。ジュールも少し偏食気味なのを克服させようとジュールの家の料理人が工夫を凝《こ》らしたランチだ。それよりも素晴らしい物を用意できるのならまだしも、情報も少ない我が家で用意できるわけないだろう」

「しかし」

「わかったら、母にもう二度とこのような気を利かせたりするな、と伝えてくれ。僕からもジェムが怒られないよう注意しよう。今すぐに父に手紙を書く。父なら母のことを諌められるだろう。その間にこのランチを片付けてくれ」

セドリック君は家令を宥めるように口調をやわらげると、サッと荷物の中から紙を取り出した。

おおよそ手紙を書くような紙ではなかったけれど、父親に宛てた手紙をその場でサラサラと書いた。すぐに手紙を書き上げたセドリック君は、その手紙を家令に渡すでもなく、折りたたんだだけで魔法を唱えた。

セドリック君の声に呼応して、紙が形を変えて、鳥になる。

バサッと羽ばたくと、鳥はセドリック君が開けた窓から飛び立っていった。

「ほら、父に連絡を入れたぞ。ジェムはこれをまとめて持ち帰ってくれよ。僕たちはお腹ペコペコなんだ。こんなことで煩わせないでくれ」

「……かしこまりました」

それから家令は綺麗に片付けたテーブルを拭いて仕上げ、セドリック君に頭を下げるとサロンから出て行った。並べられていた料理はすっかりなくなっていた。

セドリック君が今日は自分の分だけは食べると言っていたのは聞いていたのかな、と綺麗に片付けられたテーブルを見ていると、セドリック君は自分で持っていたランチボックスをドンとテーブルに置いた。

「ジュール、鍵を」

「はい」

セドリック君に言われて、ジュール君がサロンに鍵をかける。これで誰も入れなくなった。いつもは鍵をかけずにランチを楽しんでいたけれど、どうやら今日は誰も入れる気はないらしい。俺もちょっと聞きたいことがあったからちょうどよかった。

いつもの席に座ると、とりあえず皆で持ってきたランチを開く。自分で並べられるようにとお弁当風にしてもらっていたのを見て、セドリック君もジュール君もそれを真似してお弁当箱にランチを入れてくるんだ。

「風よ。音を閉じ込め、一切をこの空間の外に漏らすな」

セドリック君の詠唱と共にふわりと部屋の中を柔らかい風が一周し、消えていく。

「風魔法……」

周りに風属性はいなかったなと少し魔法に驚いていると、セドリック君は周りに素早く視線を巡らせた。

「これで防音バッチリ。そういえばアルバは僕たちの魔法は見たことがなかったっけ」

「学園祭の時に一度だけ。でも風魔法だとはわかりませんでした」

その言葉にセドリック君は「そうだったね」と頷いた。

「魔法の授業中は僕、保健室に隔離されてますからね。セドリック君は風属性なんですね」

「ああ。父が風属性でね。それを受け継いだみたいだ。皆光属性を望んでいたらしいけれど、そうなると王位継承権がどうのとか面倒くさいことになりそうだったから僕としては風属性で満足しているよ。攻撃にも防御にも小手先の技にも癒しにも適しているしね」

「そうなんですね」

万能なのか、風属性。水属性もかなり使い勝手がよさそうだなとは思っていたけれど。他の属性は癖があり過ぎるから。特に俺の『刻属性《ときぞくせい》』なんて。使いどころなんて、最推しを愛《め》でるくらいしかないじゃん。命を対価に……対価に出来て最推しが見れるなら本望かもしれないけれど。ああ、実は俺にぴったりな属性なのかもしれない……

本来の話を忘れそうになって、ハッと我に返った俺は、改めて背筋を伸ばした。同時にジュール君が心配げにセドリック君を見つめる。

「人払いと防音……。何か、ありましたか。僕がここに居ても大丈夫なんでしょうか」

セドリック君はうんうん頷くと、「ジュールにもお願いがあって」と切り出した。

「実は、うちの母がアルバのお兄様にミラ姉様との婚約を打診しやがっ……コホン、戯言《たわごと》を抜かしやがが、お約束をしようと持ちかけてさ」

「セドリック君、言い方」

必死で言いつくろうセドリック君に思わず笑いそうになるけれど、内容は笑えないアレだ。口調がミラ嬢に近くなってきている気がするのは気のせいか。

「多分アルバの家にも迷惑をかけているから、最初に謝っておこうと思って。正式な打診ではなかったけれど、きっちりとお断りの返事をもらったから、うちの中ではなかったことになったんだけど……もしかしたら陛下から何かしら家に連絡がいくかもしれない。母がやらかしてね。まったく……いつまでお姫様気取りでいるんだか……」

最後、本音が漏れている。セドリック君としても、あの人は困った人のようだ。

「ミラ姉様なんて激怒してちょっと今うちの一階が改築になってしまってね……ジュールの所の宰相閣下からも陛下に馬鹿なことを言わないようにそれとなく頼んでもらおうと思って。これ以上話が大きくなったら、僕が住む家がなくなるよ……この寒空の下……」

はぁ、と盛大に溜息を吐いたセドリック君は、その困ったお母さまのもう一つの考えのことは知らないようだった。

けれど、じゃあ何であのお母さまの心づくしの料理を全て取っ払ったんだろう。もしかしたらそこに毒が、なんて一瞬思っちゃったじゃん。でもこんなところで毒入りの物を食べさせたりしたら、お母さまが殺《や》りました、って言ってるようなものだからそこまで安直じゃないよな。そう思いたい。切実に。

それにしても寒空の下住む家がなくなるとか、改築中とか、待って。ちょっと待って。ミラ嬢ならありえる、と思えるところが怖い。本気で怖い。

俺はぶるりと震えながら、セドリック君に向かって頷いた。

「うちは大丈夫ですよ。お断りはちゃんとセネット公爵様もご理解いただいているんですよね」

「ああ。父は大丈夫。っていうか、頭を抱えている。サリエンテ家に養子のミラ姉様をなんて、恥もいいところだと」

「まともな人だった！」

思わず声に出してしまって、セドリック君に苦笑されてしまった。だって、お母さまが困ったさんだからね。

「ご心労お察しします……」

大変だな、なんてちょっと他人事のように思っていたら、ジュール君がやけに心情を滲ませてポツリと一言つぶやいた。そういえばこっちも王家の血が入ってるんだった。いうなればサラブレッド二人だ。男爵家の血しか引いていない俺は、いわば格下も格下だよ。こんなところでセドリック君と対等にご飯を食べていていいのかっていう気になってくる。

とはいえ、俺も正式に養子縁組してもらった義父の子なので、自分から格下だと言ってしまったら義父の顔を潰すことになってしまうからだんまりを貫くけれど。

さてさてセドリック君が白だと安心して家に帰った次の日の朝。

やっぱりアドリアン君は馬と共に俺たちのことを待っていた。馬車の横を馬で走るアドリアン君をちょっとだけ気にしながら学園に辿り着くと、兄様が俺と一緒に降りてきた。

「兄様？」

「今日はおあつらえ向きに馬がいるからね」

よくわからないことを言って、兄様はアドリアン君の馬を撫でた。

「アロリアン、ちょっと降りてきてくれないか」

兄様の言葉に、思わず噴きそうになってしまう。平然と言うあたり、兄様が何やら使い慣れていそうで余計におかしい。

「オルシス……そろそろその呼び方を止めてくれないか」

「いいじゃないか。似合ってるんだし」

「……いいけどな」

いいんだ。

それよりも兄様が嬉しそうにアドリアン君を弄《いじ》っていることが気になった。

前よりもずっと親密になっている、気がする。学園ではもしやずっとアロリアン呼び……？　な、わけないよね……

溜息を吐いて馬から降りたアドリアン君を、兄様は何も言わずに馬車に放り込んだ。

細い兄様のどこにそんな力があるのかと驚愕するくらいにあっけない、まさに力業だった。

「オルシス！」

「今日は僕がアルバを教室まで送っていくから、馬は借りるよ」

すぐさま扉を閉めて艶やかに微笑んだ兄様は、御者さんに「行って」と声をかけると、馬の手綱を取った。

流石《さすが》に走り始めた馬車から飛び降りるなんて無謀なことはしなかったアドリアン君は、馬車の窓から恨みがましい目で兄様を見ていた。チラリと目に入ったブルーノ君は笑いを堪えているように見えた。

そして今日は兄様が俺の護衛に。護衛に！

教室まで送ってくれるって……！

「兄様、兄様の手を煩わせるなんて……！」

申し訳ないと思いつつ、嬉しさが先に立つ。

「大丈夫、僕がこうしたいだけだよ。アドリアンに後で怒られそうだけどね」

「だ、大丈夫ですか」

「負けないから大丈夫」

おいで、と俺の手を取って馬を預けた兄様は、廊下も俺の手を取ったまま教室までの道を進んだ。

「もうすぐ三年生だね。進級のお祝いは何がいい？　なんでも言って。お願いごとでもいいよ」

「お祝いなんてそんな。あ、じゃあ、兄様の二年進級のお祝いをさせてほしいです！」

なんでもいいなら兄様を祝う権利が欲しい。義父にお小遣いももらったし、兄様にプレゼントを買いたい。

ワクワクしながら見上げると、兄様は苦笑していた。

「そういうのはお願いごとに入りません。アルバが欲しい物が知りたかったんだよ、僕は」

「欲しい物ですか……。兄様が健康で元気で笑っていてくれたらもう満たされているので……」

悩むなーと首をかしげていると、頭をわしわしと撫でられた。

「僕もまったく同じことを考えているんだからね。じゃあ、僕からアルバにお願いしちゃおうかな」

兄様の言葉に、俺はすぐさま食いついた。

推しのお願い！　なんでも叶えます！　たとえ火の中水の中、溶岩だって氷山だってどんとこい！

気合を入れて兄様のお願いを待っていると、兄様はニコッととてもとても愛らしく微笑んだ。

「アルバが描いた魔術陣を僕に一枚プレゼントしてほしいな」

「喜んで！」

一枚と言わずいくらでも！

テンションが一気に上がった俺は、思わず叫んでいた。そんなことで兄様が喜んでくれるなら、いくらでも魔術陣に時間を費《つい》やそう。今ならどんな魔術陣でも描けそうだ。

「アルバも、僕にお願いごとをしてくれる？」

「じゃあどんな魔術陣が欲しいのかリストにしてください。描けない物は練習します！　いくらでも、なんでも描きます！　あと、あと、使用後の感想を聞かせてほしいです。インクが高くて未だに自分のものを使ったことがないので、本当に効果があるのかわからないんですよ。使ってみてどんな感じだったかを詳しく教えてもらえるととても嬉しいです！」

畳みかけるようにそう言うと、兄様は苦笑を浮かべて頷いてくれた。

わかったという返事に喜んで、もう一つのお願いをしてみることにした。

「それでですね、また今度一緒にインクを買いに行ってほしくてですね……あ、でも兄様の放課後を僕に費《つい》やすのはどうかと思うので、無理なら断ってくれても全然問題ないです。もういっそ正式な魔術陣の国家資格を取ろうかな。そうすれば僕の描いた魔術陣が売れるじゃないですか。インク壺も大きいのを買えるし正式な紙も束で買えるし……」

　まずは国家資格の試験内容と受験資格を調べないとな、と考えていると、兄様がもう一度俺の頭を撫でたので我に返った。

「僕のお願いは、欲しい魔術陣リストと……放課後、一緒に買い物に行ってほしいことです」

「魔術陣は僕のお願いの一環でしょ。もちろん放課後だって一緒にどこにでも喜んで行くよ。でもね、僕はアルバが身に着けるものとか、気に入るものをプレゼントしたいんだよ。だからそういうお願いはないのかな」

　堂々巡りだった。俺としては兄様が喜べば一番の喜びなのに。

「……考えつきません」

「ペンは既に父上からプレゼントされているからね」

「はい。とても使い心地が良く、手が疲れないんです。紙にも引っかからなくてとてもスムーズに色々と書けます」

「父上の物は最高級品ばかりだからね。物欲がないっていうのは、難しいな……じゃあ放課後一緒に買い物に行ったときに、いい物が目に入ったら教えてね。決まり」

　兄様は少しだけ困った顔をした後、そんな約束をした。

　またしても放課後デート。

　兄様と放課後デート。俺、もしかして青春を謳歌してる……？

　幸せはここに在った。

感激しているうちに、教室に着いてしまった。長いはずの廊下は、気付けばあっという間だった。

いつもは馬車から別れるから、兄様との離れがたい気持ちはもう慣れたはずなのに、思わぬ兄様の行動にいつもより長い時間一緒にいれてしまったことが、余計に別れがたく。

繋がっていた手をギュッと握ると、同じように握り返された。

「さ、アルバ。今日も無理せず頑張ってね。帰りは一緒に帰ろう。ちゃんと馬はアドリアンに返すから」

「はい……兄様」

名残惜しく兄様の麗《うるわ》しい顔を見上げると、兄様も寂しそうに笑っていた。

「ここまで送ってくださってありがとうございました。とても、嬉しかったです」

「アルバが喜んでくれるなら、毎日でも送るよ。アドリアンはここからはブルーノと共に馬車の旅だ。今の所、アドリアンには負けないくらいに僕は強いつもりだから」

「つもりなんてそんな、兄様は誰より強いです」

咄嗟の判断も、剣の腕も、もちろん魔法もぴか一の兄様は、非の打ちどころがないのではないだろうか。顔もいいし声もいい。まさに理想。

でも、とふと昨日のアドリアン君の言葉を思い出した。

「アドリアン君は、前の償いをしたいからと、僕の護衛を買って出てくれたんだそうです」

彼のお陰でこんな素晴らしい朝を迎えられたと考えたら、それはそれでいい気もするけれど。今日は不意打ちで、アドリアン君もちょっと怒ったような顔をしていたし。

こんなことで兄様に敵を作ってほしくはないな、と、アドリアン君を楽し気に弄《いじ》る兄様を思い出してついつい考えてしまう。

「……そうか。その話を出されると弱いな。じゃあ、学園に行ったら、双方納得するように話をするから、アルバは気にせず護衛されていて」

「はい」

と返事はしたものの、気にしないなんて難しい。でも兄様がここまで送ってくれるという魅力も抗いがたい。難しい。これはとてつもなく難問だ。

廊下を去っていく兄様を見送りながら、俺は険しくなる顔を必死で繕った。

エピローグ

約束通り、俺は兄様と放課後デートをした。

さすがに放課後はアドリアン君が護衛として一緒に来ることはなかったので、ちょっとだけホッとした。

そして、ブルーノ君は今日まだ学園の方に用事があるとかで、他の馬車を手配していた。

つまりだ。

今日は兄様と二人っきり。

二人っきり。

大事なことなので二度言った。

これってもしや、放課後デート？

「アルバ、向こうにある文具店に行っていいかな。最近書類作成が多くて、ペーパーウェイトが必要なんだ」

「もちろんです！　兄様に一番似合うペーパーウェイトを買いますね！」

「アルバが買うんじゃなくて、見立ててほしいんだ。アルバはとてもセンスがいいから」

「最高の一品を探しましょう！」

「それと、アルバが欲しいと思った物はちゃんと教えてね。約束だよ」

顔を覗き込むようにして、ね、と追い打ちをかけてきた兄様に、否の返事を俺が出来るわけがない。

二人で馬車を降りて、文具店に歩く。

途中、俺が通行人にぶつかりそうになったので、兄様がそっと俺の手を繋いだ。

手繋ぎデート、いただきました！

もうこれだけで進級お祝いのおつりが出ます！

はわはわしながら歩を進め、とても高級そうな文具店に到着すると、兄様はまるでレディにするように、ドアを開けてエスコートしてくれた。

そんなことを女神のような兄様にされたら、惚れるに決まってる……

完璧なエスコートに胸をキュンキュンさせながら、俺は文具店に足を踏み入れた。

二人であーだこーだ相談し、最終的に選んだのは、銀のとても繊細な装飾のペーパーウェイトだった。

すごい、綺麗、兄様のためだけに作られたような一品、と大声で褒め称えていたら、お店の人がやってきてにこやかに「おそろいがあるのですよ」ともうひとつ並べた。

それはほんの少しだけ違う意匠の、でも対であるとすぐにわかるペーパーウェイトだ。

「これはいいな。アルバも魔術陣を描く際、ペーパーウェイトは使っていたよね」

「はい」

「じゃあアルバ。これをお互いにプレゼントして進学お祝いにしようか」

「兄様天才ですか」

目の前でニコニコと俺たちを見ていた店員さんは、すぐに二つを綺麗な箱に詰めてさらにリボンを掛けてくれた。それだけでプレゼント感が増し、胸が熱くなる。

その場でお互いにプレゼントし合い、店員さんに温かい目で見られながら店を後にした俺たちは、充実した放課後デートを楽しんだのだった。


そして次の日。

教室に向かう俺の隣には兄様。そしてその反対隣にはアドリアン君。

こんな状態になるなんて、兄様は一体どんな話のつけ方をしたんだろう。

「お二人とも、遅刻はしないですか」

「大丈夫。俺の馬は二人くらい乗せても平気だからな」

「不本意だけれど仕方ない。かといって馬車でのアルバとの時間を削るのはもっと不本意だからね」

中等学園から高等学園まで、二人で一頭の馬にタンデムするそうです。

それはそれで……俺の心境も複雑極まりない。

兄様とアドリアン君のタンデム。

遥か昔読んだ、アドオルの薄い本が頭を過《よぎ》り、盛大に首を振る。

それこそ不本意過ぎる。友愛以外の物は育たないでほしい、切実に。だ、大丈夫だとは思うけれど。

そこまでして俺の護衛はいるのだろうか。

挟まれて歩きながら、根本的なことを考えてしまう俺なのだった。


（幕間）王家の秘密（side ハルス・ソル・サリエンテ公爵）


「忙しい中集まってもらってすまない」

我が家の応接室に集まった息子たちに、私は軽く頭を下げた。

目の前にいるのは、我が息子オルシス、そしてブルーノ、私が後ろ盾になったツヴァイト第二王子殿下、今現在アルバの朝の護衛をしているアドリアン、そしてアルバ専属医のリコル。偶然にも例のご令嬢のサポートとして王家から選出された者たちばかりだった。

一通りの顔を見てから、私は今日届いた手紙を皆の前に置いた。

押された封蝋を見て、皆は表情を険しくした。

「差出人は、セネット公爵ご子息のセドリックだ」

綺麗な文字で丁寧につづられた手紙の中身は、驚くべきものだった。

母、つまりセネット公爵夫人が中等学園でアルバに干渉してきたこと。けれど自分がそれを退けたこと。身内を疑いたくはないけれど、と前置きされて、母が何をしたいのかいまいちわからないので警戒したほうがいいという注意だった。

皆に内容を伝えると、一斉に重い溜息が聞こえてきた。

殿下が眉間を指で揉み込む。

「実は、オルシスとミラの婚約については陛下も乗り気なんだ。最初は僕に打診してきたんだけれど、ミラ嬢はまだいいとして、どうしてもあの姉の息子にだけはなりたくなくて断った」

殿下の言葉に、私は溜息を呑み込んだ。

私が王宮で働いていた時から、王太子殿下と第二王子殿下の仲の悪さは有名だったからだ。そして、元王女であるセネット公爵夫人は王太子派であり、第二王子殿下を毛嫌いしていた。

直接愚痴を聞いたこともあり、思い出すだけで辟易する。

「ブルーノはもうルーナ嬢の相手に収まってるだろ。ヴォルフラムは叔父が黙っていないから省くとして、残りはアドリアン、オルシス。でもアドリアンは僕陣営だと思っているから、あの姉は絶対に打診しない。それにオルシスは姉の好みの外見なんだよ。ほら、公爵は王宮で姉に言い寄られていただろ？」

「……殿下、昔の話です」

思い出したくもないことを思い出させられて、無意識に眉間に皺が寄る。

ちらりと私にそっくりの息子を見れば、無表情の奥に嫌悪を浮かべているのがわかった。

「リコル先生だって魔力の多さで陛下に目を付けられているから気を付けなよ」

「御忠告、ありがとうございます」

リコルが礼を言うと、さて、と殿下は話を戻した。

ここにいる者たちは、中等学園から高等学園に上がる際に、王宮に呼ばれ、ミラ嬢のサポートを陛下直々に言いつけられている。王命にも近いそれを、子供たちが断ることなどできなかった。

私も立ち会ったが、陛下が、誰かに彼女を宛がい自身の統治中にさらに魔力の多い者を手元に置こうと思っているのは明白だった。

オルシスたちがそのことに気付いたかどうかはわからない。

今回のセネット公爵夫人の言い出したことは、陛下にとってもまさに渡りに船だったのだ。もちろん私はすっぱり断り、セネット公爵も私に謝罪をしたのだが。

そもそも同格の家格の婚約で、片方がその家の血を一滴も継いでいない者を宛がうなど、正気の沙汰ではない。

セネット公爵もそのことをわかっているので、疲れた顔で謝罪してきた。その謝罪も受けたので、もう二度とそのような戯言《たわごと》は出ないはずだった。

しかし、殿下が言うにはまだ陛下は諦めていないらしい。

そもそもが、魔力の多い者同士が子を生せば魔力が高くなる確率が上がる、というのは確証もない話なのだ。それに踊らされる陛下に、私は失望を禁じえなかった。

もちろん、公爵家であっても王命で婚約を打診されたら断るのは難しい。

これからの王家の動きを憂《うれ》いていると、オルシスがフッと視線を上げて口を開いた。

「でもあのミラ嬢が素直にうちに嫁いでくるとは思えないんだけれど」

その言葉に、殿下が盛大に噴いた。

笑い声で雰囲気がフッと和《やわ》らぐ。私も詰めていた息を吐いた。

殿下がくつくつと笑いながら声を上げる。

「そう、姉がミラ嬢に婚約の話をしたら、セドリックの家が半壊したんだよ！　本当は姉の家なんて行きたくもないんだけど、セドリックからその話を聞いて思わず見に行ってきてしまった！　真顔で『これ以上母がおかしなことを言い出したら僕たち寒空の下住む場所がなくなる……』と言っていたのが本当に可笑しくて」

オルシスとブルーノが顔を見合わせて苦笑し、アドリアンが呆れ顔になる。

私はミラ嬢のことをとても強い魔法を使うことしかわからないけれど、夕食の席で子供たちの話を聞く限り悪い令嬢ではないようだった。けれど、そんな令嬢が館を半壊にするとは……それはとてつもなく大変だろうな……

でもあの裏路地の騒動の時を思い出すと、確かにそういうことをしそうだと思い直す。

心の中で、疲れ切った顔をしたセネット公爵に激励を送った。

笑いを収めたブルーノは、真面目な顔つきになり、「でも」と口を開いた。

「どうして王家はそれほどまでにミラ嬢を手元に置きたいと思っているんだ？　オルシスと婚姻させようとまでするなんて。魔力が高いからという理由だけではちょっと納得いかないんだが」

腕を組むブルーノに同意を示すように皆が頷く。

鋭い質問に、私は目を細めた。

王家からの依頼は、市井《しせい》から拾い上げたご令嬢の魔力が非常に多く魔力暴走を起こしてしまうと、同じくらい魔力のある者でない限り止められないから、というもっともらしい理由だった。けれど私は知っている。

王族と信頼できる者のみに伝えられる国の秘密だ。

今回拾い上げられたご令嬢は、まさにその国の秘密のために連れてこられたと言っても過言ではない。

そしてその令嬢を逃がさないために、王家は彼女を今この場に集められた誰かと強引に関係を持たせようとしているのだ。

私以外にそのことを知っているのは殿下だけだ。

歳の割にしたたかな殿下に視線を送ると、彼は心得たというように微笑んだ。

「流石《さすが》ブルーノ、鋭いね。けれど、これを知るためには、魔法契約をしてもらわないといけなくなる。それでもいいなら教えるよ」

殿下が軽い調子で問いかける。

皆はそれに否やを唱えることはなかった。

殿下は私含む皆の顔を一巡すると、そっか、と肩を竦めた。

「じゃあ公爵、魔法契約しようか」

「わかりました」

「そこでサラリと返事するってことは、公爵はやっぱり陛下の真の目的を知っているってことだよな。さすが兄上の元側近」

「昔の話です、殿下」

「まあまあ。しっかし公爵も変わったよな。もし公爵が昔の公爵のままだったら、僕は後ろ盾なんて頼まなかったよ」

「昔の話です」

強めの口調で諭すと、へいへいとおおよそ王族とは思えない返事があった。

イラッとする心情を抑えつけ、魔法契約の詠唱を紡ぐ。

一瞬で空気が引き締まり、辺りに魔力が漂う。知る者同士でしかその内容を口に出せないという契約を皆了承し、殿下の言葉を待つ。

──もしも。もしもここで殿下が話す内容を、私達がアルバの前で話すことが出来たなら。

そんな考えが脳裏に浮かび、再度出そうになる溜息を呑み込んだ。

詠唱を終え、殿下が冗談めかした表情を王子然とした表情に変える。

「さて。これから僕が伝える内容は口外禁止だ。そしてここに居るメンバー以外とは会話としても伝えられなくなるし、文字として著《あらわ》すこともできなくなる」

皆が頷いたのを確認すると、殿下は姿勢を正した。


──この世界には、至る所に魔力が巡り、豊かさを保っている。

地から溢れる魔力は、地脈を巡り、空に溢れ、空からまた地に落ち、地脈の魔力に合流する。

魔力がない土地では命が育《はぐく》めず、魔力がひと所に留まると魔力が淀み、魔物が生まれる。

その魔力を動かす力を持つ宝玉が在る地が栄え、人が集まり、村になり、街になり、国が出来た。

故に、その宝玉がある場所に王宮がある。

『王家』とは、最高権力者であると共に、この国を支える要《かなめ》でもあり、その宝玉の管理者でもある。

定期的に魔力を注入しないと宝玉はだんだんと衰えていき、宝玉が衰えると地脈を流れる魔力が衰えていくと、土地は力をなくし、作物が育たなくなり、国そのものが衰えていく。すると暑い時期は陽の熱で倒れ、寒い時期は寒さに凍えるようになる。

宝玉の力に溢れた国こそが、豊かな国と言えるのだ。そのため、国家間の争いごとはそうそう起こることはない。

肝心の宝玉の管理とはすなわち、高魔力者が宝玉に魔力を注ぐことである。が、一定以上の魔力量がないと、宝玉に魔力を全て奪われて、その命すら吸われることになる。さらに文献では、二人の高魔力保持者が力を合わせ魔力を注入しないといけないと書かれている。

現在、魔核の発生が頻発しているということは、この宝玉の力が弱ってきているということだ。

殿下は国の在り様を淡々と伝えた。

宝玉の力がなくなると、この地はひとの住めない地となる、と。

「王家では魔力が多い人間が生まれやすい。でも、宝玉の魔力が減ってきたという事実を知った陛下の周りに、宝玉に魔力を入れることができる魔力量の人がいなかったんだ」

でも、と殿下が視線を伏せる。

そう。その魔力量を所持しているのが、我が息子たちだ。

第二王子殿下が王太子殿下と敵対しているというのもそもそも、第二王子殿下の魔力量のせいだ。

王太子殿下もそれなりに魔力量はあったが、やはり宝玉に魔力を入れるだけの器ではなかった。それで王家が頭を悩ませていたところに生まれたのが、ツヴァイト第二王子殿下だ。第二王子殿下は誰よりもたくさんの魔力を持っていた。

だからこそ、第二王子がその魔力量で王となるのではないかという懸念が王太子殿下の危機感を煽り、まだ小さい第二王子殿下をまるで敵を見るような視線で見ていたのをいまだに覚えている。

その頃は私もまだ王太子殿下の側近として王宮で働いていたので、その兄弟間の確執をよく目にしていたのだ。

その痛みを思い出したように、殿下は視線を伏せ続けている。

「でも僕の産まれた年は、こんなにたくさんの魔力量保持者がいる。それで自分の代で国を崩壊させることがないと有頂天になった陛下は、ミラ嬢とオルシスを使って宝玉を回復させようとしてあの姉を後押ししようとしてたんだよ。そして」

「オルシスの弱点がアルバだと、セネット公爵夫人は気付いたんだな」

ブルーノが殿下の言葉を繋ぐ。

オルシスもそれに思い当たったのか、静かに怒っている。我が息子ながらうっすらと冷気が漂っていて寒い。

「オルシスが義弟をとても可愛がっているのはわかったけれど、じゃあ義弟離れさせたら普通に打診に頷いてくれるんじゃないかって考えたみたいだね。セドリックもそう心配していたよ」

だからこそのこの手紙だ、とテーブルの上に置かれた手紙を手に取ってヒラヒラさせた。

「秘密は話しちゃダメな。宝玉をいたずらに手に入れようとする者が現れて、本気で国が崩壊するかもしれないからさ」

「それはわかりましたが……セネット公爵夫人は一体何をしようとしていたんでしょうね」

静かな声で、オルシスが独り言のように呟く。

その声には、怒りが多分に込められていた。

しかし、私は他にも懸念事項があった。

宝玉を復活させる高魔力保持者に、オルシスが選ばれた。

それは、ここではないところでも、聞いた言葉ではなかっただろうか。
そうだ。アルバが言っていたはずだ。
『兄様が、選ばれた』と――

番外編　正しい光魔法の使い方

「うーん、やっぱり攻撃魔法の構築理論が全然わからない……」

教科書をパタンと閉じて溜息を吐く。

授業で理解できなかった場所をやり直そうと教科書を開いたけれど、先生の話ですら理解できなかった俺に、自習で理解しろというのはどだい無理な話だった。とはいえ、あの先生は教科書を読んでノートに書かせて終わるだけだから、教科書を理解できない人はわからなくても仕方ないんだけれど。

こういう時には兄様だ、と教科書とノートを手に椅子を立ち、部屋を後にする。

この時間は温室かな、と足を延ばしてみれば、いたのはブルーノ君だけだった。

「どうしたアルバ。調子悪いのか？　それともオルシスを探してたのか？」

「調子は絶好調です。ちょっとわからないところがあって、兄様に聞こうかと思ったんですが……」

「勉強か。俺が教えてやりたいところだが……今ちょっと手が離せないんだ。オルシスなら公爵様の所に領主の勉強をしに行っているぞ」

「兄様が領主の勉強……なんてかっこいい……わかりました。ありがとうございます。父様の所に行ってみます」

俺に手を振ってすぐに踵を返したブルーノ君は本当に忙しそうで、翻る白衣がとても眩しく見える。ブルーノ君の背中に手を振り返すと、代わりに近くにいた研究所員さんが俺に手を振ってくれた。

温室を出て義父の所へ向かう。

それにしても領主の勉強か……兄様は跡継ぎだから学園の勉強の他にそういう勉強もしないといけないんだ。

それに研究所にも顔を出しているし。

……兄様、休む暇はあるんだろうか。

そんな多忙な兄様に、こんな些細なことで手を煩わせてしまっていいんだろうか。

かといって、ブルーノ君だってとても忙しそうだった。

やっぱり自分で一から勉強すべきか……

「でも教科書を読んでもひとつも理解できなかったのに一人で勉強なんて捗るはずない……」

考えれば考える程、どうしていいかわからない。

兄様はこういう時はすぐに訊いて、と言ってくれるけれど、領主の仕事を覚えないといけなくなった兄様の負担になるのは本意ではない。

軽快だった足の動きは、だんだんとゆっくりになっていく。

そして、のろのろと数メートル進むと、足を止めた。

ここから先に進んで、階段を一つ登れば義父の執務室がある。

兄様が領主の勉強をしているというのはすなわち、義父に仕事を教わっているということだ。

「考えただけでもカッコいい。邪魔するのは絶対に嫌。でも、どう考えても素晴らしすぎる……」

顔を歪め、考える。

勉強を教わるのは諦めよう。でも、兄様が執務室で義父の仕事を手伝っているのは、とても見たい。絶対にかっこよくて素敵以外の何物でもない。

うー、と低く唸ると、俺はまた足を動かし始めた。

領主な兄様を一目見ることが出来たら、勉強なんてわからなくても問題ない。そう結論付けて。


執務室の前には、義父の騎士たちが立っている。

騎士たちは俺に気付くと、ニコッと微笑んで頭を下げてくれた。

「オルシス坊ちゃまにご用事ですね。今取り次ぎます」

俺が何かを言う前に、騎士さんの一人が執務室をノックした。視線が俺の手元に向いていたので、きっと勉強を教わりに来たと思われたんだろう。

兄様を一目見に来ただけなんだけど。

目の前で「アルバ坊ちゃまがいらっしゃいました」とドア越しに声を掛けてくれている騎士さんに、今更「兄様を見に来ただけです」とは言うことが出来ないまま、ドアの前で返答を待った。

執務室のドアは、すぐに開いた。そして、兄様がひょこっと顔を出した。

何その擬音、可愛いが過ぎる。

「アルバ。いらっしゃい。どうぞ入って」

兄様はドアを大きく開けて、俺を歓迎してくれた。

「あの、お邪魔にならないでしょうか。父様のお仕事を勉強していると伺ったので」

「大丈夫だよ。おいで」

優しい声に促されて、躊躇いつつも執務室に足を踏み入れる。

いつもは義父に呼ばれないと足を踏み入れない執務室は、義父と兄様の他に数人が机に向かっていた。義父の横にはスウェンも立っている。

「アルバ。こちらのソファに座りなさい。オルシスに用事かい？　スウェン、すぐに」

「お茶をお淹れします」

「いえ、邪魔にならないよう、少しだけ見学して帰ろうと思ったので、お茶は大丈夫です」

スウェンの手を煩わせるのもよくないからと、義父とスウェンを止めると、二人とも目を細めて笑みを浮かべた。

「そろそろ休憩を取ってもらおうとしていたんだよ。オルシス、こちらで少し座りなさい」

義父は俺の手元にちらりと視線を向けて、そう促した。俺が兄様に勉強を教わろうと思ってここまできたんだと認識しているようだ。それもこれもこの『魔法構築理論』の教科書のせいだ。

今日は教わることを諦めて、兄様の仕事ぶりを目に焼き付けようと思ったのに……

手を止めて休憩するということは、兄様の仕事ぶりはお預けということか。

ほんの少しだけがっかりしてしまった。けれど、兄様と一緒に休憩できるのはそれはそれで素晴らしい時間だと思い直す。

ちょこんとソファに座ると、兄様も隣に腰を下ろしてくれた。

「アルバ、勉強お疲れ様。どこかわからないところがあったのかい？」

早速俺の顔を覗き込んできた兄様に、慌てて首を横に振る。

「兄様休憩中なのにこんな雑事で煩わせるわけにはいきません！　ちゃんと休憩時にはお休みしてください。これは……大丈夫ですので」

サッと教科書を身体の後ろに隠した俺の言葉に、兄様は少しだけ悲しそうな顔をした。

「僕はそんなに頼りないかな。むしろアルバに勉強を教えてあげられるなんて僕にとっては嬉しいことなんだけど。アルバ、僕に全然甘えてくれないから」

ね、と首を傾げられて、あまりの可愛さに変な声が出そうになる。

むしろ、俺にとってこの兄様の存在自体がご褒美なんですが!?

兄様が可愛すぎて教科書が目に入らないんじゃないかな。

「今何を勉強していたの？」

見せて、と背中に腕を回すように俺の手にあった教科書を奪った兄様は、回した手はそのままに俺の前に教科書を開いた。

まるで俺を抱き締めるかのようなこの体勢で、身を乗り出すようにして教科書を押さえる兄様は、銀色の綺麗な髪をサラリを肩から流して、魅惑のうなじを俺に見せつけてくる。

無意識なのは！　わかってるけど！

白いうなじに目が釘付けの俺は、大興奮の心臓を落ち着けるため、両手で自分の胸を押さえつけた。

このままでは頭の中がうなじで占められてしまうので、話題を探し、しかしうなじしか出てこずやけくそのように教科書を指さした。

「その、あの、ブックマーカーが挟まったところなんですけど……っ」

どれどれ、と俺の背中に回った手で教科書を開こうとするため、自然兄様の腕に力が入り……結果、俺の身体が兄様に引き寄せられる。

これはあれかな。ここはもう天国かな。心臓が暴れすぎて発作が起きないことが不思議でならない。

「ああ、攻撃系統の魔法構築理論だね。どこら辺が分からないんだい？」

「どこも、一つも、いまいち理解できず……」

理解できたのは兄様のうなじがとても綺麗なことだけです……なんて考えてしまう俺は、きっと変態以外の何物でもないと思う。

挙動不審な俺の態度は見て見ぬふりをしてくれているのか、兄様は屈《かが》めていた身体を起こしてふうむ、と小さく息を吐いた。

「その事象の持つ性質を根底にした形様威力等あらゆる素養を的確に汲み取り、固定し、その像に適した魔力量を放出し魔法を構築すること、か。一つずつ説明しようか」

そう言うと兄様は教科書を押さえていた手で、俺の手をとった。

「ににに兄様？　勉強に手を繋ぐ必要があるのでしょうか……？」

「もちろん必要だから手を取ったんだよ。僕は氷属性でしょう？　だから、氷を作ってそれを動かすことで、攻撃魔法が撃てるよね」

「はい」

兄様の攻撃魔法はそれはそれは芸術的な美しさと鋭さ、そして冷たさがあるよね。

でも、だからってこの手は必要なのかな……？

収まりかけていた心臓のバクバクがまた止まらなくなりそうだ。

手を繋ぐこと自体は割とよくあるけれど、特に魔力が枯渇しているわけでもないこの状態で抱き締められて手を取られるなんて、そんなことが起こるなんて全く想定してなかった！

「ここに書かれている内容は、僕の場合、頭の中で氷の形、鋭さ、強さ、そして込める魔力の量、対峙する者に対する明確なビジョンを想像するんだ。そのビジョンが明確であればあるほど、意のままに攻撃魔法が撃てる」

それは繰り返し使えば使う程、精度が上がっていく。要するにレベル上げだ。

理屈はわかる。けれど、どうしても俺には攻撃した時のビジョンが全く思い描けなかった。

光魔法の攻撃方法って何。光が飛ぶ魔法ってどれほどの威力があるんだ。それに手も繋いでいないのに魔法を外に放出ってどうやるの。そもそも、光魔法の素養って何。

兄様の説明にフンフンわかったように頷いてみても、頭の中ではやっぱりちんぷんかんぷん。

文字の意味はわかっても実践できないこの辛さ。今はまだ実戦魔法のテストが免除だからやっていられるってだけだ。

実際にできないから、魔法構築関連の試験には必ずといっていいほど出てくる「自身の属性魔法に対する見識を求めよ」的な点数の高い問題に何一つ答えることができない。教科書読んでたってわかるわけないじゃん。

兄様は俺の顔を覗き込むようにして、「でもね」と続けた。

「ここに載っている魔法構築理論は何も攻撃魔法にだけ使われるわけじゃないんだ。例えば、氷の花を思い描けば、花の形の氷が」

ほら、と兄様と俺の手の間に、まるで結晶で作られたような美しい氷の花が現れた。

「そして、敵には一撃で致命傷を負わせられるような氷の矢を」

「私はオルシスにとって敵かな？」

兄様のすぐ近くに形作られた氷の矢は、義父の苦笑と共にパリンと割れてパラパラとソファの上や床に落ちていった。どうやら氷の矢は義父に向いていたらしい。

「というように、これは、どのような目的の時にどのような形状で、魔力を込めるのはどれくらい、そして、どのように動かすかを明瞭に想像しろということが書かれているだけなんだよ。だから、攻撃魔法を極める場合は、自分の持つ属性魔法の性質を理解していればいる程強く鋭くなる」

「なるほど……だから僕には理解できないんですね……どの属性がどのような攻撃になるのか本当にわからなくて、自分で実践したこともないから、想像もできないので」

攻撃魔法といえば頭に思い描くのは、兄様とミラ嬢の決勝戦。

しっかりと見ていたと思ったその試合は、思い出してみれば、兄様の姿しか思い描けず、ミラ嬢がどんな魔法を撃っていたのか、全く覚えていなかった。

もしあの時ミラ嬢を注視していたら、少しは光属性の攻撃魔法が使えるようになったんだろうか……ダメだ。手から蛍のような光がへろへろと跳んでいくビジョンしか思い描けない……

「氷魔法だけは完璧なビジョンを思い描けるんですけど……僕は氷出せませんしね」

残念。そう眉尻を下げると、重ねられていた兄様の手にギュッと力がこもった。

「大丈夫だよ。僕がアルバをずっと守るから、アルバはそのままでいて」

「兄様……」

胸に響く優しい言葉に、思わず吐息が零れる。

こんなヘッポコなままの俺でいいなんて……兄様はやっぱり女神かな。

でも俺がそこで止まってしまっては兄様の隣にいる資格がなくなる。

頑張ろう。

心の中で気合を入れていたら、手にしていた氷の花からキラキラと光る雫がぽたりと落ちて俺と兄様の手を濡らした。

◆◆◆

高等学園も二年になり、僕は父のもとで領主としての仕事を覚え始めた。

領主の仕事は多岐に渡り、それらのすべてを網羅し的確に指示する父は尊敬に値する。

自分はまだまだだな、と溜息を呑み込むことも少なくない。

ブルーノと共にしていたレガーレの研究はこれから先ブルーノと第二王子殿下の仕事として移行していくため、少しずつ手を引いてはいるけれど、それでもやらないといけないことは多い。学園の勉強も並行してやるとなると、かなり忙しくなる。

そんな中での僕の息抜きは、アルバの勉強を見てあげることだった。

自分が不甲斐ないと溜息を吐くばかりの中、アルバに何かを教えるという行為は、僕にとって癒しの時間であると共に、僕の日々削がれていく自信を取り戻させてくれるとても大事な時間だった。

あのまん丸の目で僕を見上げて、僕への賛辞を惜しみなく伝えてくれるアルバは、それこそアルバの言葉を借りるなら、天使なのではないかとすら思う。

手放せないのは、きっと僕の方だ。

義弟だからなんてそんなくくりじゃ表せない。アルバの存在は僕にとってはなくてはならないものだ。

父の執務室を辞し、疲れた体を引き摺って部屋に戻り、身を綺麗にして身軽な姿に着替えると、テーブルの上に置いたブックマーカーが目に入った。

「そうだ、アルバに届けないと」

アルバが父の執務室に勉強を教わりに来た時、持っていた教科書に挟んでいたブックマーカーは、ルーナが庭で摘んできた花で作ったものだ。売り物として出してもおかしくない程に綺麗に作られたそれは、アルバが自分で作った物だと言っていた。ルーナから花をもらったのがとても嬉しかったからと。

その時に浮かべた笑顔を思い出して、口元が上がる。

ずっと変わらないでいてほしいと思うのと同時に、アルバがどんな風に変わっていくのかを楽しみにしている自分もいる。願わくば、どのように変わったとしても、僕を疎まないでほしいと思う。

そして、今さらながら思う。

昔アルバが言っていた、僕が笑わなくなるという理由が、義弟のせいだったという言葉。きっとあれは真実を見抜いた言葉だったんだろう。

もし今アルバが儚くなったら、もう僕は金輪際二度と笑える気がしない。考えただけでもこんなに胸が痛い。

実際に何度もアルバを失いそうになった身としては、もう二度とそんなことが起こらないという今がいまだに夢の中にいるんじゃないかと、たまに思って怖くなる。その怖さを消すために、いつでもアルバに触れて、アルバの体温を確認して、アルバが生きているんだということを実感しないとだめになっている。

その都度挙動不審になるアルバの動向を見ていると、褒められた行動じゃないというのは理解しているんだけれど。

そのアルバの動きですら可愛らしいと思ってしまう僕はきっと、もう末期だ。そろそろブルーノにからかわれても言い返せなくなってきているのは自覚している。

ブックマーカーを手にして、僕はすぐ近くにあるアルバの部屋に向かい、ノックをしようと手を上げた。すると、中からアルバの声が聞こえてくる。

「どんな形で、どれくらいの大きさで、威力はどれくらいか……想像する」

今日僕が教えたところを復習しているらしい。

小さくノックしてみたけれど、集中しているのか、返事はない。

そっと覗いて邪魔なようならブックマーカーだけ置いて戻ろう、と思いドアを開けてみると……

◆◆◆

「どんな形で、どれくらいの大きさで、威力はどれくらいか……想像する」

口に出して一つ一つ確認しながら、身体の魔力を意識する。

手のひら大で、丸い光の玉。威力は……威力？　光ってそんなに威力が出るかな。

飛んでいく光といえば、蛍くらいしか想像できない。あれはもう攻撃じゃない。見て楽しむエンターテインメントだ。そんなの攻撃魔法じゃないんじゃ……

なんて邪念が入ってしまったせいか、手の平に現れたのは、小さな光。そして放出しようとした光の玉は、他の光と同じようにそこら辺をふわーっと飛んでいった。

もう一度と挑戦しても、やっぱり同じようなものが出来てしまう。何度作っても蛍が作られてしまうこの自分の才能のなさが憎い。

「……ほんと、才能皆無だよ……」

薄暗いはずの部屋が明るくなる程度に光をあふれさせた俺は、魔力が減ったせいで少しだけ怠くなったので、蛍もどき生成を止める。

これのどこが攻撃魔法なのか。

今まで出した光が身体に纏わりついている状態で溜息を吐き、少し休憩しようと椅子から立ち上ったところで、幻想的な光を纏った女神が部屋にいることに気付き、息を呑んだ。

「……女神？」

「違うよ」

俺の呟きを、笑いを含んだ声で否定した兄様は、ほよほよと飛び回る蛍もどきの光魔法をそっと指でつついた。

「アルバの魔法は優しいね。でもこれだけ出して、魔力は大丈夫？」

光を纏いながら部屋を進んでくる女神……ではなく兄様に目を奪われつつも、辛うじて首を横に振ることで返事をする。

そして、理解する。

ああ、ここに俺の魔法の神髄があった。

俺の光魔法は、このためだけにあったんだ。

「……兄様をこの上なく美しく眩く光り輝かせるために光魔法はあるんだ……」

「いやいや、あたかもそれが真実のようにしみじみ呟かないようにね、アルバ。僕を光らせてどうするの。一瞬で魔物に見つかっちゃうからね」

「大抵の魔物は兄様を見つけた瞬間、その美しい姿を目に焼き付ける前に兄様の手によって葬られるので問題皆無です」

「僕はそんなに有能じゃないよ」

「兄様を有能じゃないといったら、有能な者がこの世には皆無になってしまいますね」

感動して立ち尽くしていると、兄様が俺の前に立って両手を取った。

そっと手に乗せられたのは、落としたはずのブックマーカーだった。

「拾ってくださったんですね。ありがとうございます」

「アルバの宝物なのは知っているからね。アルバがそれを使っているのを見るたび、ルーナもとても嬉しそうな顔をするんだよ」

にこ、と嬉しそうな顔をした兄様の笑顔がルーナの笑顔と重なる。

その無防備ともいえる史上最高に可愛い笑顔は、しっかりと俺の心のアルバムに保存された。

一緒に部屋のソファに腰を下ろすと、兄様の手からとても温かい魔力が流れ込んできた。

じんわりと優しい魔力が、疲れた身体に安らぎを与えてくれる。

「アルバは頑張り屋だけれど、無理はダメだよ。魔法を使うのは、出来れば僕と一緒の時にしてほしいな」

「倒れちゃったら迷惑かけますもんね」

気を付けます、と落ち込めば、兄様は違うよ、と否定した。

「こんな可愛い魔法を使うアルバを見逃すのが、惜しいだけ」

ね、と首を傾げた兄様に、俺は心の中で萌えを叫ばずにいられなかった。

可愛いのは兄様だ、と。

◆◆◆

ふよふよとおかしな光を纏ったアルバの手を取り、魔力を分け与える。

あのセリフからして、この光は攻撃魔法なのだと思う。

けれどアルバから放たれるのは、優しいふわふわとした小さな光の粒。

それが何個も何個も部屋に浮いているのは、とても幻想的で不思議な光景だった。

思わず笑いそうになってしまった僕は、アルバに落ち込んだ顔をさせたくなくて、必死で顔の筋肉を引き締めた。

アルバの光魔法はとても優しく温かい。攻撃魔法のはずなのにこの柔らかさはある意味才能と言ってもいい。

しかも光魔法をこんな状態にするのなんて今まで見たことがなかった。

僕の知っている光魔法は、とても鋭く眩しく、闇を消し去るほどの厳しい光。

その光の先には、こちらをまっすぐ見るミラ嬢の姿がある。

彼女の光魔法は今まで対峙した誰よりも恐ろしかった。正直言えば、父の魔法よりもはるかに強い攻撃だった。魔術大会で僕が勝てたのは、運がよかっただけなのだと思う。彼女は学園の誰よりも実戦慣れしていた。

あの光魔法とアルバの光魔法が同じ属性のものだというのがちょっと信じられない。

けれど、それもまたアルバの可愛らしい一面だと思うと愛しく感じる。

「……っふふ」

まだ髪に纏わりついている光が視界に入って、思わず声を出して笑ってしまう。

きょとんと僕を見上げるアルバの視線に目を細めて、声を押さえようとすると肩が震えてしまう。

「兄様……」

「ごめん、アルバの攻撃魔法が可愛すぎてついつい……」

拗ねないで、と笑いを含んだ声で謝れば、アルバは「大丈夫です」と胸を張った。

「僕の攻撃魔法はこれで完成したんですから」

「完成？」

さっきまで才能皆無だ、と落ち込んでいたアルバは、そう言って目を輝かせた。

そして、繋がっていない手をぐっと握りしめていた。

「僕の光魔法はまさに兄様を輝かせるために、美しく魅せるために在るのだと、確信しました。さすが光魔法。これぞまさに僕の求めていた魔法なのです……！」

力強く言い切るアルバに、とうとう僕は我慢が出来なくて、今までにない程に声を出して笑った。

アルバの顔がへにゃんと嬉しそうに緩むのを堪能しながら。

アルバはそのままでいて。

攻撃が必要な時は、僕が必ずこの命を賭《と》してアルバを守るから。アルバが僕の心を、笑顔をずっと守ってくれているように。

そのまま、いや、今以上に、僕を見ていて。

この作品に対する皆様のご意見・ご感想をお待ちしております。
おハガキ・お手紙は以下の宛先にお送りください。

【宛先】
〒150-6008 東京都渋谷区恵比寿 4-20-3 恵比寿ｶﾞｰﾃﾞﾝﾌﾟﾚｲｽﾀﾜｰ８F
（株）アルファポリス　書籍感想係

メールフォームでのご意見・ご感想は右のＱＲコードから、
あるいは以下のワードで検索をかけてください。

アルファポリス　書籍の感想　検索

ご感想はこちらから

本書は、「アルファポリス」（https://www.alphapolis.co.jp/）に掲載されていたものを、
加筆・改稿のうえ、書籍化したものです。

最《さい》推《お》しの義兄《ぎけい》を愛《め》でるため、長《なが》生《い》きします！２

朝陽天満（あさひ てんま）

2023年 5月 20日初版発行

編集－古屋日菜子・森 順子
編集長－倉持真理
発行者－梶本雄介
発行所－株式会社アルファポリス
〒150-6008 東京都渋谷区恵比寿4-20-3 恵比寿ｶﾞｰﾃﾞﾝﾌﾟﾚｲｽﾀﾜｰ8F
TEL 03-6277-1601（営業） 03-6277-1602（編集）
URL https://www.alphapolis.co.jp/
発売元－株式会社星雲社（共同出版社・流通責任出版社）
〒112-0005 東京都文京区水道1-3-30
TEL 03-3868-3275
装丁・本文イラスト－カズアキ
装丁デザイン－AFTERGLOW
（レーベルフォーマットデザイン―円と球）
印刷－中央精版印刷株式会社

価格はカバーに表示されてあります。
落丁乱丁の場合はアルファポリスまでご連絡ください。
送料は小社負担でお取り替えします。

ISBN978-4-434-32024-8 C0093